白

鲸

诗

丛

白鲸诗丛

麦克尼斯诗选

（上）

路易斯·麦克尼斯——著

吕鹏——译

中国出版集团 东方出版中心

图书在版编目（CIP）数据

麦克尼斯诗选：上下 /（爱尔兰）路易斯·麦克尼斯著；吕鹏译. －上海：东方出版中心, 2023.11
ISBN 978-7-5473-2282-6

Ⅰ.①麦… Ⅱ.①路… ②吕… Ⅲ.①诗集－爱尔兰－现代 Ⅳ.①I562.25

中国国家版本馆CIP数据核字（2023）第202855号

麦克尼斯诗选（上）（下）

著　　者	[爱尔兰] 路易斯·麦克尼斯
译　　者	吕　鹏
责任编辑	赵　明
装帧设计	钟　颖

出 版 人	陈义望
出版发行	东方出版中心
地　　址	上海市仙霞路345号
邮政编码	200336
电　　话	021-62417400
印 刷 者	上海盛通时代印刷有限公司

开　　本	787mm×1092mm　1/32
印　　张	20.375
字　　数	246千字
版　　次	2023年11月第1版
印　　次	2023年11月第1次印刷
定　　价	119.00元

破碎时代中的路易斯·麦克尼斯

王　炜

在《卡戈》一诗结尾,路易斯·麦克尼斯写道:

我们打开手电筒

看到船夫站在眼前,如维吉尔和但丁

看到他那样。他向我们投出冰冷的目光,

眼神死寂,搭在桨上的手黑压压地

攥满奥尔卜,小腿肚斑驳地呈现出

曲张的静脉,还对我们说出冰冷的话:

你们若想赴死就得为死付出代价。

在诗节——如同语言手电筒——的最后一行，诗人为"卡戎"这一很大程度上因但丁而显要的传统共用形象，贡献了一个小小的然而也是独到的修正，而且是被一支麦克尼斯式的语言手电筒照出的。仿佛，诗人安于在不无中规中矩的格律诗框架中提出一种"相对差异"，便可满足。如果，"绝对差异"是但丁那样的"强力诗人"对古希腊文化材料的基督教修正，那么，麦克尼斯或许并不愿对之逾分。始于些许异见，止于隽永，无意于和前人一较高下，这种"美学知足"，也许正适于这位"半英国人"——这位不断失去自己身上的"爱尔兰人"的爱尔兰人——用来表达一种游移摇摆、不愿过分突出主体自我意识的细腻感觉。在已知的规范化诗体，和贡献"相对差异"之间，这一犹如中间地带的发声位置，几乎贯穿了麦克尼斯一生的诗作。同样，诗人也在已知的大不列颠价值和对"相对差异"的敏感之间，前往殖民地印度，与达官政要含糊其词地交往，铺陈古印度文化材料宣泄其东方想象——如行文恣肆的旅游狂想诗《马哈巴利普兰》，也写下了一些较为中肯的观察之作——如《印度来信》，同样，后者也以在精确的"相对差异"方面贡献一二为诗作的支点。

诗人的印度游历，发生在一个特别的历史时期。黛博拉·贝克（Deborah Baker）在其著作《最后的英国人》中，详述了包括麦尼克斯、W. H. 奥登和斯蒂芬·斯彭德在内的英国旅行者的经历。在与尼赫鲁的谈话中，麦克尼斯（当时是纪录片拍摄者兼记者）心不在焉，对理解印度的政治局势缺乏积极性，每夜在宾馆床上疲惫而漫无头绪地苦思甘地、难民和基督教的虚空观念。但是，他为一个8岁的加尔各答女孩早熟的政治意识而惊叹，后者为他背诵了一首献给温斯顿·丘吉尔的诗，诗中质问道："你说过不会抛弃印度。好吧！那现在算什么？"（《最后的英国人》）同期，英国人开始退出印度，奥登与斯蒂芬·斯彭德的兄长——地质学家、登山家乔治·奥登及地图绘制家迈克尔·斯彭德——攀登珠峰的计划也归于失败。这是一场双重失败：政治失败和在自然界的失败。"奥登一代"也像在西班牙一样，没有在印度的这一历史现场中缺席。相比麦克尼斯，奥登更满怀戒心，对印度的一切也更冷漠和傲慢。奥登的侄女指责："自己这位声名显赫的小叔对印度的所有事都缺乏好感。随后还指出了奥登家族的种种虚伪。……不只奥登家族，而是整个英格兰社会都像个傲慢的家族。"（《最后的英国人》）。印度的经历，恰好可与这个诗人团体早年在西班牙的经历相对照。曾经在《秋天日记》中，麦尼克斯以反英雄化的笔法，忠实地写下了参加"西班牙国际纵队"的左翼诗人们郁闷而尴尬的游客状态。同样在印度，"半英国人"麦尼克斯，也以哀婉的诚实——少了早年的辛辣——写下这一代英国人的"大哀歌"：

夜幕降临在吉卜林笔下的大干道，废弃的军营。
夜幕降临在穆里山区，西姆拉的杜鹃花。
夜幕降临在寺院，寺院门前的车，莫卧儿的花园和莫卧儿的墓地。
降临在黄麻磨坊和修行所，降临在十字架和湿婆像。
降临在铁路月台沉睡的枕木，
降临在农田守望者，降临在栖木上的小摆件。
降临在从没离开过森林的人，
降临在即将离开的最后一个英国人。

——《印度日记》，出自《最后的英国人》

尽管各有经验差异，麦克尼斯仍像早年写作

《冰岛牧歌》与《冰岛附篇——写给 W. H. 奥登》一样，显然也把奥登作为他的印度之诗的第一读者。但似乎，麦克尼斯并不把自己归入"即将离开的英国人"，而是其旁观者。尤其，把自己作为奥登的并无意与之一较高下，只提出某种异议的对应者：

尽管欧洲以类似的方式垮台，
太亲密的熟人会叫我们盲目，
因为我们假借冷漠，假借选择，
早已不在乎是什么隐现于
我们脆弱的心灵围墙之后，
早已对洪水、丛林嗤之以鼻。

我们漂到这里，被印度惊醒，
因而知道是什么使我们沉睡；
这就是事实，我们现已醒悟，
这就是恐怖——足够刻骨铭心；
棺盖被打开，是我们在棺中
悄然爬行，像被禁锢于樊笼。

而且，毫无疑问，冷酷的怀疑
总迫使我们寻觅同一线索，

我们也盘腿而坐,盯着肚脐,

仿佛没有知觉,也看见"远方"

——但此刻视野里只能容纳

近景,只不过近得近乎过头。

——《印度来信》,收入1948年的诗集《天空
中的洞》

　　在早期的《诗集》(1935)和《大地逼迫不止》
(1938)两部诗集中,最为突出之作可能是几首对话
体长诗:皆以死神为主角的《圣诞牧歌》和《五栅
门旁的牧歌》,以及稍后时期的《冰岛牧歌》。《冰
岛牧歌》收入麦克尼斯于1936年夏季与奥登在冰
岛合著的旅行作品。在该作中,麦克尼斯与奥登,
化名为两个观点有别的旅行者:克莱文(即奥登,
诗中简称"克")与莱恩(即麦克尼斯本人,诗中简
称"莱")。两人在冰岛的阿纳瓦顿荒野上,与萨
迦英雄格雷蒂尔(Grettir,简称"格"),也与"欧洲
的声音"(在诗中是一个角色,简称"音"),关于动
荡不安的破碎世界进行了一番对话:

　　格　人太多、太多。我的记忆会离却,

　　　　　并在现代人的群体里迷失方向。

记忆是字词；我们记得别人如何

评价我们，记载我们——如尼文石碑。

人太多、太多——笼罩字词的沙暴。

你的故土也是一座岛吗？

如今仍有希望的人都生活在岛上，

那里"最低标准"的标签不会久存，

山丘未被污染，会容纳你的回音。

莱　我来自一座岛，爱尔兰——以暴力

和郁抑的宿怨为地基的国家。

我的同胞顽固不化，如役马一般

把他们的断壁残垣拖在身后，

为捍卫歪曲的思想会果断射击，

打着公共精神的旗号满足私欲——

这一切迫使我流亡。

长诗结束于格雷蒂尔对两位旅行者的动人教诲：

格　记下你们的一举一动，更要记下

你们的险境、蔑视行为和恨的颂歌，

无上的怨仇，对人类价值的断言——

这一切是你们现在唯一的职责。

克　是我们现在唯一的职责吗？

格　是的，朋友。

　　你说什么来着？夜幕降临，我必须

　　越过山谷追寻我记忆中的使命。

　　是的，朋友，这是你们唯一的职责，

　　而且可以说，是你们唯一的机会。

　　"唯一的职责"，正是麦克尼斯借古代英雄之口提供的一种"相对差异"，令人难忘如《卡戎》的结尾。冰岛——西班牙——印度，麦克尼斯都以自己的方式，对诗中巨擘 W. H. 奥登及其意味着的语言命运，提出了自己精确而不逾分的"相对差异"，由此，也使两位诗人在三个历史地点的几乎贯穿于20世纪的双声共在，成为现代诗场景的一个特别的语言友谊现象。然而，并不是三心二意客居于英格兰的麦克尼斯，而是询问对方是否以岛屿为故土的奥登——那个以"傲慢家族"为来源的人——成了事实上的流亡者，并且作为"介入"的文学代表人物，因移居美国而被战时的英国左翼文学界斥为"背叛"。可是——克莱文并没有背叛格雷蒂尔的教诲——奥登也仍然在其余生中尽到了那"唯一的职责"。

《冰岛牧歌》堪称路易斯·麦克尼斯前半生的杰作。它也说明，从很早开始，在一个极大程度上被英格兰所定义的世界中，作为一个"半英国人"，对自己身上那个濒临消失的爱尔兰人的挽救性质的追寻，就已经是麦克尼斯创作中的重要主题。这种追寻，与第二次世界大战前后的世界剧变（麦克尼斯亲历了其中一些事件）交相映衬。此种内在的情感，也曾使作为批评家的麦克尼斯写下研究 W. B. 叶芝的专著。虽然始终以一个客居他乡的爱尔兰人视角为主要视角，但是，麦克尼斯作为爱尔兰人——尤其是爱尔兰诗人——的一面却曾被忽视，其原因之一，也许是他长期被习惯性地归为"奥登一代"中的一个值得注意却次要的人物。他既未成为奥登那样的一代宗匠，也未取得前为共产党员、后来受封为爵士的斯蒂芬·斯彭德那样的成就地位。对于理解一位诗人，"语境"的重要性常常不言自明，但有时我们又应当使之暂停——在后一种情况，一段时期的"行会式语境"便应让位给一种随时间到来的开放历史语境。半个多世纪过去后，读者所得到的自由度，已可使之撇下"行会式语境"——例如"奥登一代"

这样的标签——从而多角度地认识那个有所被遮蔽的"爱尔兰人"和"爱尔兰诗人"。《冰岛牧歌》也提示我们，一种基于地理政治学视野——仍然主要是日不落帝国式的——的世界图景与沉思，始终或隐或现于麦克尼斯的诗中，既表现于他的印度之诗，也表现于《秋记续篇》（1954）中关于乔治·马洛里珠峰登山活动的诗章，甚至他的纪录片工作。一个"半英国人"的人生省思与故土回望，也融汇了那一代大不列颠世界游客的共同视野。也许，这部分可归功于偏爱全景视角、早年曾从事地质勘探工作、诗中常突显世界形势与地形图意象的奥登的影响。但是，依然不同于奥登，麦克尼斯的世界地图从未表现得像前者那么系统化与宏观，而往往只是用于对那个念念不忘、脆弱而边缘的岛屿——"爱尔兰"——进行定位。定位"爱尔兰"何在，它在诗人一生经历的现实湍流和语言变化中位于何处，以及，为"爱尔兰"在剧变中的世界寻找定位的意识，从未在麦克尼斯笔下发展成为一种强有力的探索，只是幽窅地浮动在他一生始终具有回望性的遣词造句中，仿佛，"爱尔兰"本身便是一个漂流者。

在早期的两本主要诗集中，基于早年爱尔兰

生活的自传性作品,其讲述之声的魅力,几乎介于一种A. E. 豪斯曼式的吟游杂谈诗人和落寞于"内心黑海"之畔、书简时期的奥维德之间:

> 我生于贝尔法斯特,山与台架夹峙——
> 当消失的汽笛响起,电车铁轨轰响:
> (……)
> 我是教区长之子,生来是国教信徒,
> 永远无权点燃爱尔兰穷人的蜡烛;
> 奇切斯特人的大理石雕像跪倒在
> 耳堂尽头,脖上围有翎颔,命有定数。
>
> ——《卡里克弗格斯》

爱尔兰的边缘政治地位与经济萧条时期的困局,尤其是爱尔兰的自然景色,对麦克尼斯的感性经验的塑造是决定性的,一如对萧伯纳、乔伊斯和谢默斯·希尼是决定性的。人在自然界中的苦役般的工作与生活场景,如同冲洗旧底片般,清晰化于《泥炭堆》、《告别辞》(诗人对爱尔兰的告别)、《去往都柏林的火车》《渐渐合拢的相册》等诗篇:

> 再看贝尔法斯特,虔诚、世俗且凛冽,

以开垦的烂泥为根基,铁锤在船坞里奏乐,

(……)

我是谁只取决于这片土地……

——《告别辞》

我祝你拥有面容,而非永久的面具,

让你在惊涛骇浪里面不改色——

农民耍诈多要20%时一闪而过的

快乐,或女孩的快乐,忘记斯文,

第一次挑东西,钟情于淡紫色。

——《去往都柏林的火车》

《去往都柏林的火车》在形式上的生动性,很大程度上,是通过后半部分五个诗节每节的首句"我祝你拥有……"作为全篇的动力句法来实现的。形式上的创意,说明曾是一位古典学教师的麦克尼斯在"怎样写一首诗"方面绝非古板守旧者。在《赫布里底群岛》《颂歌》《生前祷告》《低土马》(尤其是该诗的动人的第四部分)、《归来那天》(以尤利西斯还乡为主题)、《树木聚会》(对每一种树木的致敬,如同对每一种美学风格的致敬)等各个时期的诗篇中,诗人在诗作构成方式上的跳脱迭出的创意，都令人赏心悦目。

《秋天日记》(1939年)是麦克尼斯最为公众所知的作品，但如果通读全集，我们可能会感到并不一定是他最好的。《秋天日记》的24首诗篇中，也许只有数首或一些片段是真正精彩的，例如写对爱人的思念的第四首(极为凄艳而聪敏)，写西班牙之行(奥登因此写下名篇《西班牙》，并招来乔治·奥威尔苛评)的第六首，以及若干勾画出战争时期英国社会精神状态的鲜活诗行：

必须祛除这种恐惧。没理由这样想：
如果你给别人思考或生活的机遇，
思想或生活的艺术就会受损，变得更粗俗，
你付出再多，回报也寥寥无几。
我又睡下了，或许又回到梦中并反抗，
梦见自己扮演强盗或酋长，
想杀戮就杀戮，把世界变成我的沙发，
拉开女人的内衣链，侮辱羔羊。
这些幻想无疑是源于我的个人经历，
对心理分析师饶有价值，
但最终的疗效不取决于他解剖过去的手指，
而取决于未来的行动，取决于

不沉浸于自怜的人的意志和拳头，

是他们心无杂念，哪怕没把握也要

冒险改革，全然不管这改革在百年

或千载后会变得更好还是更糟。

而我们都心怀杂念，我们的动机混杂不清，

我们都是自欺者，但最糟糕的自欺

就是喃喃自语"主啊，我真没用"，

说完就惬意躺下，把脸转向墙壁。

但愿我能改掉这个习惯，抬头环顾四周，

但愿我的脚和我远大的目光合拍，

起初无疑会跌倒，然后跟上他人的步伐，

最后——一旦时间和运气降临——跳起舞来。

　　《秋天日记》是一个受了情伤的准中年文人
（可视为诗人的戏剧性面具）有些口才过剩的漫
谈。但是，这些读来常常不无才子病色彩的诗行，
却可以帮助我们调整对现实危机中的时代病的客
观性认识。诗人所写的那个灾难时代——也许它
至今没有结束——依然与我们所在的世界相关
联。《秋天日记》中最好的部分，也许可以帮助我
们像那个在战争时代、在苦涩的现象海洋中努力
自救以保存人性的诗人一样，保持对奇迹的感受

14

力，无论奇迹显现为一个离去的爱人的形象，一片不期而遇的风景，还是别的。

后期的《秋记续篇》更节制与坚实，但因为所写的内容——例如关于攀登珠峰者和对迪兰·托马斯之死的具有内省性的叙述——可能对于大众趣味而言不无隔膜与枯燥。但因为我们不必遵守彼时英格兰的社会趣味，还因为在今天，我们在理解诗艺与公众的关系方面已经获得了某些不同以往的自由度，我们有理由更重视其后期之作。

麦克尼斯是一个具有宽泛自由主义倾向的古典人文主义者，在欧洲成为"黑暗大陆"的时代，他也不曾作出积极主动的政治选择，不像其同侪——例如斯蒂芬·斯彭德那样，曾拥抱共产主义，然后短期内脱党并成为其终生批评者。麦克尼斯游离于政治活动之外，保持了对心灵复杂性的细腻理解。但这并不是说，那些投身于政治活动的人们就是错误的，就失去了创造纯粹艺术作品的能力。《自由主义诗人的墓志铭》证明，麦克尼斯可以写出相当精彩得体的政治诗，不逊色于T. S. 艾略特《保卫群岛》那样的诗和奥登的若干同类诗作：

我们总是受他人左右，但从不承认，
我们被寄予期望——也尽力——完善自我，
我们自由思考业已成习，又怎能
以灰泥修补残损的心和思维模式，
并撰写花里胡哨的故事，只为赞美
将要取代我们且不需要我们的人——
缄默、推崇技术专家治国的征服者？

"个人"早已寂灭；卡图卢斯早逝，
有人取而代之——那些生来老成、
随遇而安、甚至羡慕他的野外生活
和抒情诗的人。虽然我们的歌不如
他的歌温暖，我们的命运却同等寒冷。

然后这等沉默对准我们，钉在墙上，
我们为何要抱怨？出路不存在，鸟儿
不会告诉我们更多；我们将最先隐灭，
却在我们背后留下某些结冰的词，
在某天（虽然不一定）这些词会融化，
且在那么一两分钟内让人倍感口渴。

但这首情信辞巧的诗，却不是从炼火中提炼

的。麦克尼斯的诗思似乎从未迈向炼火般的写作意志——例如T. S. 艾略特《小吉丁》中"激怒的灵魂从错误走向错误/除非得到炼火的匡救(汤永宽译)"所说的那种炼火。麦克尼斯的政治主题的诗,似乎缺乏真正侵入思想领域的具有原创性的批评之声,更显得是一种技法纯熟的反应,恰当于正直和隽雅之间。他也没有为他的爱尔兰在那个时代发生的一切,写出例如前人叶芝、后人希尼写出的那种更具体的诗,他只是隔海遥望而惆怅不已,像一个并不束缚自己的尤利西斯,在空空荡荡的海上久久聆听杳无声息的塞壬。但是,这些诗中——包括《印度来信》——依然闪烁着若干别具意味的"相对差异",在整个现代诗场景中,并不一定需要被称为超群之作,只要足够耐人寻味。

麦克尼斯各时期均有佳作,包括在被认为诗才衰退的50年代。两部诗集《十种燔祭品》(1952)和《拜访》(1957)使他被贬评为说教乏味,不像早期《秋天日记》中那个多愁善感的聪敏才子。然而,这两部被认为不成功的诗集中都有精彩之作或片段。由19节六行诗组成的长诗《无一生还[悼念G. H. S.]》,为悼念海军上尉格雷厄姆·谢波德而写(后者是麦克尼斯父亲的朋友,在一次

护航中其护卫舰被鱼雷击中，该船无人生还），是
1944年的诗集《跳板》中我最喜欢的诗：

> 他乞讨，你施舍，因为你有求必应，
> 如拉夫特里或荷马，他的同道中人——
> 如实看待柜台或搁板，不知变通，
> 但他们天真无邪，叫世界给迷惑
> 他们才观察并热爱世界，直到慧心
> 把他们从纯粹的学生变成建设者。

> 你也是这类又高贵又卑微的人，
> 不加入小圈子，也不受时尚打搅，
> 靠自修在磨炼意志的行业打拼：
> 你重新思考诸般事物，打磨未曾
> 用过的刀刃，因为在宇宙的"碧霄"
> 你那五彩斑斓的激情被死亡合并。

同样的行文风格也活跃在讽刺诗《次要诗人
的挽歌》中：

> 他们在多方面迷失，因为安逸，无知，
> 或夹在女人的乳房之间，少思，多虑，

他们赋有绝世的谈吐之才,一流的
音调和节奏,但正如作家不知分寸,
所以要么半途而废,要么至死坚持——
让我们致敬,既然他们已丧失机遇;

但显然,相对于奥登那种"主要诗人"的"次
要诗人"麦尼克斯,并不能被归入他本人描绘的这
幅漫画群像之中。而且,麦克尼斯所写的"次要诗
人"往往在时代中占据了主要诗人的地位,他们并
非不能意识到,他们那曾经因为各种原因隐而未
显,但总会显现的次要性正在到来,且通过半无意
识、半着意的在世活动来抵御。

作为一个有缺点的人,麦克尼斯酗酒,数次婚
姻失败,子女离散,政治观摇摆不定并屈服于对社
会地位上升的愿望,喜欢与人交游而终于离群索
居,在接近人生尾声时,从经历丰富和不无失意的
人生中,恰如其分地清理出了一个深邃而又不背
离常识(政治的和人情世故的)的内心世界。最后
一本诗集《燃烧的栖枝》(1963)中的长诗《贺拉斯
的备忘录》——依然是贡献给"贺拉斯"这一共用
历史形象的"相对差异"——和短诗《尾声》,都令
人读之难忘。

路易斯·麦克尼斯一生佳篇连连，其诗思、行文时有令人惊悦之处，却建立在常常有些陈腔旧调的基础上，具有一种令人同情——因为这在我们身上也会发生——的缺乏突破性，如果，除了形式与内容的现代化这方面的解释，突破性还是指绝对命令降临于一个诗人的语言。对于叶芝，绝对命令显现于爱尔兰独立运动和他的象征体系的融合。对于谢默斯·希尼，绝对命令是在人生中期，利用大沼泽意象作出转折（相对于之前的农民自然主义者）后所通向的东西。对于 T. S. 艾略特，则显现于《四个四重奏》。但是，在谋篇布局，在赋予一首诗灵活的形式这方面的点子，在组织材料的方式，在"谈话的音乐"，在用练达的行文迅捷道出对形象的发现性概括方面，他都是我们可以好好去跟他学几招的诗人。作为批评家，麦克尼斯的观点基于感受力的诚实，基于创作实践而非抽象理论，基于对诗人的艺术趣味——源于贺拉斯的《诗艺》多过哲学家——在现代条件中转化时的具体表现样态的说明。如果青年时代没有奥登的真诚鼓励，也许麦克尼斯不会继续走上曲折崎岖的诗人之路。大概，奥登是那种熟悉他的人都不会后悔与他成为朋友的人。但也许，奥登对这位作为"爱尔兰人"的一面多过牛津校友的老友，理解上也有所欠缺，一如每个时期的同代人，各自有所负重而匆匆前行，对于同侪之辈，皆欠缺除感性记忆之外的具有发展性的客观认识，后者，常常只能交给在材料的全面性、理解的综合性方面得到了某种便利位置的后来人。

只读某些"最伟大的诗人"，可能徒使我们迷思于"制高点意识"并虚骄狂妄。只注重孤异之士如约翰·克莱尔、威廉·布莱克等，可能使我们固化不成熟状态中的认知偏差，过分扭曲对自我与现实世界的关系的理解。"次要诗人"则帮助我们更好地理解自我，理解自己作为幽晦长河中的无数诗人的一员，是一个怎样的写作事实，厘清教养和自己与诗艺的真实关系，从而内在地认识和继续在一个动荡破碎的世界中写作——写诗。之前，我为此篇拙文想到的标题是"迟来的路易斯·麦克尼斯"，因为他是作为中文写作者的我们，早在20世纪后二十年之中就应当较为全面认识的现代诗人之一。但也许，一位诗人在任何时候都不是迟到的，他总会在未来创造属于自己的时刻。

我个人最喜欢的麦克尼斯诗作是《冰岛牧

歌》《悬崖上的房子》《树木聚会》《贺拉斯的备忘录》和《尾声》。译者吕鹏的行文，堪称恰当而凝练地再现了原作的韵律，他的译文启发我们，在格律诗与无韵体诗之间一个多世纪的争执拉扯后，也许，可以重新想象从随机用韵走向某种有机性韵律的可能性。这本首部中文的麦克尼斯诗选，或可帮助我们看到每个破碎时代之间的一种若续若断，却总被诗人们认领的"唯一的职责"，激发我们对于在混乱中，还可以通过语言做一点并不惊世骇俗，但属于隽永之事的感觉。路易斯·麦克尼斯的作品，或许并不给我们他是一位非常重要的，抑或"大诗人"的感受，然而，他的一些最佳诗作无疑参与构成了现代诗的精粹部分。

2022年11月

目录

大地逼迫不止（1938）

秋天日记（1939）

盲目的烟火（1929）

远处的火车①

火车驶来,静静穿行于我打盹的童年,
温声细语徐徐前行,伴以夏日的静恬,
浓烟似丝带,缩回又冒出,缩回又冒出,
偶尔分开,还会发动装备齐全的巨船,
只见一卷卷烟悬在移动的墓志之上。
然后在远处,噪声减弱如线条在下降,
慢慢滑向山脚直到隐在远处的底里
(因为曾在这里的事物此刻都在那里);
所以听见钢轨低语我们几乎没理会。
但它带给我们信心,也带给我们安慰,
夜刚拉下帷幕时火车安抚我们入梦,
滚轮的链条把我们深深地捆于其中,
直到一切都被来自大海的威胁毁掉,
直到钢制警笛发出震耳欲聋的鸣叫。

---

① 这首诗最初的题目为《幼年回忆》。

3

普桑[①]

在普桑的那幅画里云彩似金茶，
在云彩下四肢有节奏地流动，
丘比特的蓝翼拍出动听的乐音，
而我们磨蹭，把茶匙浸于金茶。
茶水流下台阶，复又涌上台阶，
旧世的喷泉，从雕花的壶口溢出，
茶水冰冷如大理石，糖一般滴入
幽暗的金色深处，在那里寂灭，
茶叶沉浮在四周如断续的副歌，
然后静止，这情形恰似人和月
平行而走但永远也不会相交。
因此纵使我们频频一饮而下，
我们也不会触及杯中的沉渣，
就这样一壁磨蹭，一壁搅动茶水。

---

① 尼古拉斯·普桑（Nicolas Poussin, 1594—1665），法国画家，被视为法国古典主义画家的主要代表。

泛滥的河流①

河流垂落,冰冷葬礼上的棺材越过峭壁
滑向深处,沉睡在池塘的密集的坟墓中,
黄水冲刷坟墓,鹅卵石为河流铺好停尸房,
河马跃起,铆足劲儿对河面攻击、炮轰,
杂乱无序的棺材露出,鼓声轰隆,河水汩涌,
迅猛如豹的马群抬起马蹄,抓住停尸架拉动,
尸体在湍急的河里闪烁,把下巴探出水面
痛饮湍流,拍打吸入的水,低头欢呼起来,
瀑布运送尸体并埋葬,以沙装裹,掩盖,高凌
骨头上空窃笑,将它们淹没,使它们沉醉;
风所唤醒的风琴乐永远不会刺穿水道,
它们就只听见马蹄声和远处马具的战栗,
马头上的铃铛的震颤声和殡仪员的笑声,
听见将会减弱且最后趋于寂静的低语,
随后的片刻听见低语渐渐沉寂,却永不止息,
纵使时间在流逝,在流逝,在流逝……

---

① 这首诗最初的题目为《设想瀑布是正在行进的尸体》。

诗集（1935）

圣诞牧歌

甲：我在不幸时①遇见你。

乙：我想，不祥的钟声
  迫使我们对其他事情不加思忖。

甲：精疲力竭的日历转个不停，
  它的螺母有待上油，碳堵住阀门，
  糖尿病培养物中的过量糖分
  正腐蚀着生活和文学的神经；
  因此当我们拿出旧金属箔和褶边
  宣称基督是诞生于蛮荒的群山，
  我就求助于你，因为你倚靠一套
  阴郁之舞从守旧的眩晕中脱逃。

乙：我的同类，你求助于我是错误之举，
  我的祖国不会予你以任何荫庇，
  当你的城镇和镇民思想尽皆崩溃，
  军械地图上再无救你的精确定位，
  最好效仿我的做法，准备原地死去，

---

① "不幸时"，原文为"evil time"，也可译为"邪恶的年代"。

幸福无处有。回到直觉召唤你之处

重听城镇的猫叫和出租车的呐喊，

或给留声机上发条，窃听伟人交谈。

甲：多年练习鼓和夏威夷吉他我已厌倦，

以镶木地板为轴我似已远离炸弹、

泥浆和毒气，双脚紧跟呈流线型、

平滑如黄油的高级妓女，且走且停，

光在薄纱里迸裂，回旋着、转动着——

闪耀如头油，虚华之物的虚华之美——

我是小丑①在这世纪之初供人取乐，

在朦胧的无边海洋被毕加索②迷惑，

我看见自己被筛分，暂且碎裂成

无数张画像，债务无尽，身无分文，

我是调色刀切割出的抽象物件，

与这异乎寻常的生活毫不相干。

而生活照旧；我无权以肉体或面庞

呈现自己，但他们把我抽象化、解剖

进而做成纯粹的形体，象征，仿制品，

或格式化轮廓，没了灵魂失了肉身：

---

① 小丑（Harlequin），特指传统喜剧中身穿彩衣的丑角。

② 帕布罗·毕加索（Pablo Picasso, 1881—1973），西班牙画家
和雕塑家，20世纪最有影响力的艺术家之一。

正是因此我才打开这乏味的音乐，
弃绝思想并变成一件自动化器械。

乙：这个国家也有让我感到恐惧的人——
死人把啤酒塞入腹中，四十多岁的女人
吹哨、摆阔、骑着各种猎犬越过山峦、
耕地、罗马道路和开满雏菊的河岸，
隐约意识到她们能跨过重重路障
但止于把她们的傲慢围住的铁丝网。

甲：我在城里开车突然碰到两人捣乱——
一个鸣笛示意我把车停在路边，
另一个，当我后倚，伸开右腿提速，
逼我急停、跺脚，车闸尖叫，车猛然停住：
她身穿丝绸长袜嘲弄冬季的风，
他拿根白色拐杖表明他是盲人。

乙：他们仍在乡下狩猎，阴沉的郡里灰色
遍及田野，落日闷燃如野蛮英雄的
一排柴堆，穿过早被工厂灰尘笼罩
的空气——对面的橙色月光在熠耀——
睁大眼睛，固执如乡下佬，穿过铁树，
笑我们已到尽头，枯燥而安逸如先祖；
未及新冰河世纪或成吉思汗到临
我们就自甘堕落如旧石器时代的人。

甲：是时候造新币了，人们已这般老练，

　　善于中饱私囊（钱包铮亮），甚至斗胆

　　认为谁经历这些事都能不改本志，

　　不知他们只是未知"心灵"的计数器。

乙：一颗不思考（若果真如此）的"心灵"，

　　机械的"理性"，反复无常的"身份"。

　　以至我能直面这种压迫，绝不退缩——

甲：小贩的锡玩具在路面蹦跶，一寸寸地，

　　不知已被上了发条；相比之下我们

　　狼狈不堪，被上了发条还急于辨认——

乙：但处处反复浮现伪装出的个性——

甲：涂满香粉、窒息于皮衣里的老面孔。

乙：从弓起的墙上凝视的噘嘴农民。

甲：在便池里彼此打趣的商业旅人。

乙：我想事情已终结，土壤变得霉烂。

甲：此刻过多阐述将毫无益处可言，

　　街道被重修，煤气、电力或排水沟，

　　不断翻新的便利设施都有待整修，

　　恰如萎靡的罗马整修阴沟和别墅

　　（一所隔音书斋，一个稳定的温度）

　　我们的街道正被修缮，阴沉的红灯

　　照出沟渠似的管道，暗处的铁肠道，

风钻铿锵铿锵地震响，无了无休

直到哥特人①再次蜂拥地走下山丘。

但转瞬即逝的醉人之美也存在于

这诞自我们的巨大的有机体里：

交通岛上悬有白色球体，皎洁如月，

城市的雾是呜呜的黄灯，隐隐约约，

巴士紧跟大巴士，从堂皇的弯道拐来，

携来黄光的吻，散发菊花般的光彩。

乙：乡村贵族不会洗心革面，终将殒命，

在发怒时因道德自虐而死于困境，

以蝇头小败而死并证明生命是

久经稀释的药物，是心灵的赘词。

偶像一遭到驱逐他们就生不如死，

或许他们都不能（又怎能）忍受失去

无用的私人财产，哈巴狗，西洋樱草，

美好事物（虽然终会变为脓和毒药），

失去向外弯的椅子、银钳里的糖

和多年来宴锣的内在波动与回响？

他们是否再不能找到累积的明证，

---

① 哥特人（Goth），日耳曼族的一支，曾在3—5世纪入侵罗马帝国。

在自暖房顶滴落下的雨水中？

会怎样，当村民拥有的唯一准许是……

甲：我们会怎样，当我们被裹于爵士乐？

我们去剧院看戏，黑人舞动如鳗鱼，

粉色大腿闪烁如车轮辐条，我们自知

预见所有款步和拙劣的阔步舞蹈，

戴帽的喜剧演员的所有打趣和玩笑，

颠倒常规的音乐大师的所有伎俩——

乙：我们会怎样，当国家拆掉庄园围墙？

当私人打猎或捕鱼被禁止，树被砍倒，

脸变成刻度盘，再不能皱眉或微笑——

甲：会怎样，当青年在公寓、俱乐部、美容院

和父亲的书房里操练窃笑的机关枪？

会怎样，当我们的文明被久压如气球？

乙：将发生的终归会发生；妓女和小丑

会受益；他们不是空想家，不会失去

梦想，起码能在新政权中恢复原职。

但有件事不会发生——

甲：别得意扬扬，

别做自己的秃鹫；在某座山的岩床上，

冷酷且赤裸的抽象之物紧裹脖颈，

会趁你在平原上碎成残骸时降临。

在戏剧和电影的淫秽片段里我听见

独特的歌声——

乙：屋里的女主握住银钳，

然后夹起一块糖，说道"糖中精品！

我别无选择，哪怕能延长我的生命"——

甲：我也别无选择，我准备在今晚离去——

乙：我要到农家庭院走一走，去那里

体味浓郁的粪味，像体味记忆似的——

甲：我会让自己厌腻于每位艺人的

怪异表演，无论是官方的或业余的，

他们让我自安于做英雄崇拜者，

也让我自安于独立个体的角色——

乙：让我们再说一次谎，"咋想就咋做"，

理想主义者的陈年谎话——

甲：让我死前

再看一眼这花哨的强光——

乙：在英格兰

荒凉的高地、白垩丘陵①和朗迈高原②，

让我脚掌从草皮弹起，脸在风中灼伤，

① 白垩丘陵（Wiltshire Downs），位于英格兰威尔特郡（Wiltshire）。

② 朗迈高原（Long Mynd），位于英格兰什罗普郡（Shropshire）。

睫毛在风中刺痛,让灰石般的羊群

贬低我为人的自豪——

甲：让萨克斯管和木琴,

对神技的膜拜,画廊里无尽的油画布,

海上噼啪作响的富翁的游艇帆布,

和完美的烤牛排——

乙：让这些转瞬即逝的东西

以某种方式不朽,如燕子合拢的双翼:

再见,切记今天是圣诞节,他们说基督

是在这个早晨诞生,请你自行领悟。

告别辞①

他们②不敢显露朝气……他们不敢显露朝气……

活泼且淫荡——海豹的头在岛屿间的潮流里

起伏,光滑而黝黑,毫无存在价值,

他们无法合理舍弃心中所想之物:

在借来的旗帜下被枪弹射死,

被潮湿的荆豆狙击,被抓住软鳍

当成死海豹掷入沼泽坑,被喝过威士忌

就咳嗽的长唇农民拳打脚踢。

请你把车停在都柏林这个城市,瞧一瞧

萨克维尔街③已无旧照里的沙袋的面貌,

遇到爱国者雕像,历史永存,

无论如何纵火和谋杀在爱尔兰是遗产

---

① 这首诗是麦克尼斯写给爱尔兰的,因此可把题目理解为
《致爱尔兰的告别辞》。

② "他们",指豹人(Selkie),爱尔兰民间传说中的怪物,在水
中似海豹,在陆地显出人形。

③ 萨克维尔街(Sackville),都柏林的著名街道,1924年更名
为奥康奈尔街(O'Connell Street),以纪念19世纪的爱尔
兰民族主义领袖丹尼尔·奥康奈尔(Daniel O'Connell,
1775—1847)。

如没镶宝石的老戒指（像人被挖去双目），

无声的护身符。

再看贝尔法斯特①，虔诚、世俗且凛冽，

以开垦的烂泥为根基，铁锤在船坞里奏乐，

岁月如钢板被打满孔洞，岁月让

脸庞变得僵硬，以斑点似的灰霜

把披巾和便帽下的脸庞点缀：

这座城是我的娘胎，这些人是我的父辈。

都柏林②呵，你的无情的岩浆冷却为石，

你的湿草堆无用，你的轮船汽笛在呻吟，

你的语调渐弱——我会让你自行抗辩，

我会对你说，快看；

我会说，这些是你给予我的施赏：

冷漠和感伤，

刺耳的傻笑，乱摸的手，

一颗跳向长笛乐队的心：

把这些加以衬托——你的紫水晶和月长石

有若水光里的空气，马蹄如钟状发丝

在橙色马车下趔趔趄趄，啤酒色泉水

---

① 贝尔法斯特（Belfast），北爱尔兰首府。
② 都柏林（Dublin），爱尔兰首都。

在石南丛狂饮，爱尔兰之春喷出一片葱翠。

诅咒母亲之人必会受诅咒。诞生于此

我是谁只取决于这片土地：

我内心深处是零星的雪白，是渔舟

在湖中扬帆，每每想敲响思想之钟①

我就听见它伸出摆尾的敲钟索——

对叛教的追忆。

我想统计生产要素，

可谁能阻挡灵魂的蒸汽拖拉机？

我会说爱尔兰是一派胡言，爱尔兰

是摆满赝造的挂毯的画廊，

但我不能否认我的过去与我自己相干，

手织画像无法解开它自己的线。

四岁时我曾在纸板盖上看到

一座圆塔和一只猎犬的商标，

这正是爱尔兰的魅力，而在墓茔中

假凯尔特十字架夺去我们的个性，

我父亲讲过西部，几年前的时候

他以海草为棍在沙滩上玩曲棍球。

---

① "敲响思想之钟"，意指大声说出自己的想法。

请你把车停在基拉尼①,购买纪念品

(绿色大理石或黑色沼柈),跑去克莱尔郡②,

攀登明信片上的悬崖,游历戈尔韦郡③,

浪漫地看待我们的西班牙血统,

在车牌下给移民留一丝怜惜,

赞扬我们的神圣、英雄主义和寡欲

(科伦巴、凯文④、海士布兰丹⑤、沃尔夫·通⑥、

格拉坦⑦和迈克尔·柯林斯⑧皆受公众推崇),

赞美建筑师重建大厦废墟时

表现出的温文尔雅的气度,回忆

马术比赛的繁荣岁月,你大可夸炫,

---

① 基拉尼(Killarney),位于爱尔兰西部凯里郡(Kerry)的
　城镇。

② 克莱尔郡(Clare),位于爱尔兰西岸。

③ 戈尔韦郡(Galway),位于爱尔兰中西部。

④ 科伦巴(Columba)和凯文(Kevin)都是生活在6世纪的爱
　尔兰传教士。

⑤ 圣布兰丹/布伦丹(St. Brandan/Brendan, 约486—约575),
　爱尔兰修道院院长,《布伦丹航行记》(*Navigation of
　Brendan*)中的传奇人物,该书详述他带领一群修道士航向
　应许之地(可能是奥克尼群岛或赫布里底群岛)。

⑥ 沃尔夫·通(Wolfe Tone, 1763—1798),爱尔兰民族主义
　者,在1798年的爱尔兰起义中被捕,同年在监狱自杀。

⑦ 亨利·格拉坦(Henry Grattan, 1746—1820),爱尔兰政治
　家和演说家。

⑧ 迈克尔·柯林斯(Michael Collins, 1890—1922),爱尔兰民
　族主义者,新芬党(Sinn Fein)领袖。

但在付账前请先乘坐霍利黑德^①的船；

趁你还没直面内在精神

和气候恶劣造成的后果

并付钱欣赏有麻醉之效的^②

宿命论的棱镜般的幻美。

我将驱除我血液里的恶魔，

我将不以婴儿服为裹尸布，

我将养成一种你所没有的态度

并加入你的假日访客的队伍，

无论我来多少次了，

再见了，我的故乡，永别了；

当你的风拂过我的脸，但凡抓住欲望

我就会带回家并置于玻璃柜中，

只在一旁痴望

徽章和枪迭次呈现出新的幻象。

严霜不会侵袭开满倒挂金钟的树篱，

他日这片土地仍会是老样子，

但这些沉醉于血、常被百叶窗遮蔽的

头脑只是想得到一时的称心罢了；

---

① 霍利黑德（Holyhead），位于威尔士霍利岛（Holy Island）上的港口。

② "有麻醉之效的"，修饰下文的"宿命论"。

鳗鱼游上香农河^①河岸，爬过大坝；

你无法借给回答重新定义改变回答。

蓝绿杂糅的喷泉在风中蜷蜿，

我必须东行并淹留，不回头看，

不知哪天会有厚如毛毯的浓雾，

不知阳光何时会笼罩山谷，

也不知白云的插翅的迅影何时

掠过绵延的山丘如小提琴的乐句。

我若是能紧追阳光如一条犬

就会从凤凰公园^②跳到爱奇尔海湾^③，

从而发现数百个早已撕裂

平凡生活之网的逃犯的踪迹，

但我自身也平凡，当然得斟酌

我们与爱尔兰彼此之间有何意义；

我不得不评说里程碑和古董，

一个老国王海口里的隐秘金箔，

虚假的古迹，对于招摇撞骗

我不得不表态——参与或规避；

因此我规避，作别这斑驳陆离、波澜不惊的山丘，

---

① 香农河（Shannon），爱尔兰最长的河流。
② 凤凰公园（Phoenix Park），位于爱尔兰都柏林。
③ 爱奇尔海湾（Achill Sound），位于爱尔兰西北。

条纹鲜艳的大西洋,吞下裹有披巾之人的
亚麻工厂,幽暗的沼泽(泥炭堆
耸立如两座破败的纪念碑重叠);
再见了,你的这些出入白宫的母鸡,
你的路旁的心不在焉的山羊,你的黑色母牛,
你的猎犬,和养得俊秀的猎人,
你的鼓,你的花枝招展的处女,你的无知的亡魂。

五栅门^①旁的牧歌

（死神和两名牧羊人^②）

死神：两名牧羊人^③，读木牌，这里是死路，

这你们无路可走，我独有这片土地。

牧一：但您的田野，先生，利于我们放羊。

牧二：羊群可在这低洼的山坡上避暑。

死神：我自己也有羊群，看啊，就在那边。

牧一：它们似乎没有灵魂，且半死不活。

牧二：它们纤细而光秃，不是丘陵绵羊^④。

死神：它们已死，牧羊人，并非半死不活。

这但你们挂在口头的羊群在哪儿？

牧一：就在我们身旁——

牧二：刚才是在我们身旁。

死神：对，牧羊人，它们刚才是在你们身旁，

这但此刻不见了，不能为你们作证，

---

① "五栅门"，有五道闩的大门，多是牛羊圈的大门。
② "两名牧羊人"，牧羊人一和牧羊人二，在诗中简称"牧一"和"牧二"，合称"牧合"。
③ "牧羊人"，古时对诗人的称呼。
④ 丘陵绵羊（South Down），生于英格兰南部丘陵的绵羊，羊毛偏短。

我得知道你们的出身,以歌告诉我。

牧一: 我是牧羊人,忒奥克里托斯①之后,

三十年的生涯里忙于吟唱牧歌——

牧二: 我也是命该如此,血统被人认可,

已得到准许在溪流旁繁衍生息。

死神: 这可不行,牧羊人,不能那样活着,

我会说他②谈及死时不会那样讲。

你们没想过"死③"吗?

牧一: 偶尔想,希腊语是

Thanatos④,重音落在倒数第三个音节——

牧二: 这并非他的本意,他是话里有话,

如爱丽丝·怀特⑤怀第三胎时所说——

死神: 破例一回,撇开方言和迂腐不谈,

我曾认为牧羊人是诗人——

牧一: 他吹竖笛——

牧二: 吹麦笛——

死神: 牧羊人是诗人,能售卖"高贵而生、

---

① 忒奥克里托斯(Theocritus,约公元前310—前250),古希腊诗人,田园诗的创始人。
② "他",指诗中的牧羊人二。
③ "死",原文为"Death",影射诗中的死神。
④ 塔纳托斯(Thanatos),希腊神话中的死神。
⑤ 爱丽丝·怀特(Alice White,1904—1983),美国女演员。

体面而死",能平铺枕木于铁轨

以承载深邃思想的大功率火车——

牧一: 好想法!

牧二: 但诗人当然都是沉睡者,

是五彩斑斓的树篱后的睡美人。

死神: 你们只须规避他者,远离可怕的美①,

遏制并逃避不可避免的问题,只须

剪掉你们的羊的毛来堵住耳朵。

诗歌,在你们看来,只是表面虚荣,

涂过的指甲,因时尚变窄的臀部,

文字的钩眼扣②;但诗歌不止如此,

诗歌不只是治疗者,独坐在路旁,

支架上摆满药瓶,自己的手掌薄得

有如薄脆饼却还祝福匿名之人;

诗歌不只是架在河两岸间的桥。

牧二: 谁听说过哪条河的河岸有尽头?

死神: 你们俩从没听说过。快告诉我,

我听见布谷鸟在叫,你鞋上有焦油,

我猜是春天来了——

---

① "可怕的美",出自叶芝的名诗《1916年复活节》。

② 钩眼扣(hook and eye),衣服上用作纽扣的金属钩和金属环。

牧二：春天真来了，

在公假日那天我脚穿帆布鞋，

能感受到大地——

死神：既如此，请告诉我

你不曾觉得自己老了吗？

牧二：有个问题。

牧一：我们必须回答这个问题，我会说：

闻到豆味或听见画眉时我猛觉

波浪涌来，苦中带甜，波顶泛着银白——

死神：你又来老一套了，你自满的情绪

使所有刀刃变钝，还以羊毛阻隔，

让现实的火花化为一丝灰烬。

难道你时刻呈现那张敏感的脸？

时间不都是你撕掉的便条本，

你哪能涂写出那么多错误答案。

你这种逃避现实的倾向是渎神，

永生者无论如何都不能渎神，

他的所有琐事最终将成为常态；

但对于你特权和恐慌最为致命，

而"此时此刻"，铁砧正烧得通红

你必须趁热打铁——

牧二：他变得老迈了，

因此才这样讲话。

死神：你们听不懂我的话吗？

好，我会为你们编一顶桂冠，如你们

钟爱的蒂提鲁斯[①]或疲倦的达蒙[②]；

挨次以歌告诉你们昨夜的梦境，

谁的梦听起来真实，我就为谁开门。

牧二：呵，我的梦是这样。

牧一：让我理一下思路。

死神：要想赢得桂冠就快点理清思路。

牧二：那么我先唱了，我的梦不同寻常。

牧一：你的梦不名一文——

死神：越不名一文越好。

牧一：我的梦易于表述——

牧二：但易于转瞬即逝——

死神：梦就是梦而已，都易于转瞬即逝。

水只有在井里才显得高耸如塔——

一切来自同处，同样的鼓声响起

当所有渐渐凸起的恒星颤动着，

---

① 蒂提鲁斯(Tityrus)，又译泰尔西斯，牧羊人的名字，出自忒奥克里托斯的《田园诗》。

② 达蒙(Damon)，牧羊人的名字，出自维吉尔的《达蒙的迈那鲁悲歌》。

　　　　时钟,无论上了发条或停止摆动,

　　　　对时间毫无影响,即便长腿的负荷

　　　　散落在村舍墙壁,或孩子的腿变长——

牧一: 我讨厌你的谈话。

牧二: 你谈得让人眩晕,

　　　　如电话线在一阵东风中轰轰作响,

　　　　还给人腹痛、头疼和恶心的感觉。

死神: 谈话不是我的天性,唱你的歌吧,

　　　　我也将尝试倾听叫人讨厌的歌。

牧一: 昨夜,当胡子拉碴的睡之唇对我

　　　　轻叹后闭合,我沉入和煦的蓝色洞穴,

　　　　光线充足,清脆如硬币的叮当声

　　　　或流过卵石的溪水,有人抓住我,

　　　　一张脸灯笼一样在我眼前晃动

　　　　有如在蛇的脖颈上左摇右摆。

　　　　我知道那是上帝的脸,然后猛醒,

　　　　此刻我又来端详你的脸,陌生人,

　　　　它的皱纹里有东西——

死神: 牧羊人,你的梦

　　　　确实是好梦。让我们听听你的梦吧。

牧二: 嗯,我梦见那是个热天,义勇军士兵①

---

① 义勇军士兵(territorial),防卫本土的士兵。

　　　　顶着榴弹炮躺在熔化的沥青上，

　　　　铜管乐从房屋绷起。传来时我就

　　　　听到水仙似的呼喊，来成全我吧，

　　　　我飞快漂流，我的双脚踢打麦穗，

　　　　但我的眼睛看不见，

　　　　找到她时我把手放在干草堆上

　　　　深挖，我感觉到干草深处的湿热，

　　　　我占有她，粗俗而温和如干草，

　　　　她走了，我的眼睛重又看见，天空

　　　　铺满梯子①，天使升降，闪耀如鲭鱼——

　　　　现在我告诉你时这听起来荒谬。

死神：两位绅士，谢谢你们分享美妙的梦，

　　　　美妙得甚于你们白天的牧歌。

　　　　若你们真想要桂冠我会给你们，

　　　　但你们还是再看看我的土地吧。

牧一：它看起来更冰冷。

牧二：羊群一动不动。

牧一：我有一个幻想，即使在羊群间

---

① "天空铺满梯子"，引用雅各之梯（Jacob's ladder）的典故，据《圣经·创世记》希伯来族长以撒（Isaac）之子雅各（Jacob）劝说兄长以扫（Esau）把长子特权卖给他，并骗走父亲以撒对以扫的恩赐，雅各之梯（Jacob's ladder）是雅各逃离以扫后在梦中看见的天梯。

也没有爱。

死神：它们不繁殖，也不交配。

牧合：而我们呢，要在那里享受一番吗？

死神：哪里？享受什么？

牧二：嗨，你土地上的生命。

死神：我会打开这扇门，让你们亲眼看。

牧一：你先走吧。

牧二：好的，你也跟着来吧。

牧合：我们将一同走向这些新的牧场……

死神：他们这样走了；我土地上的生命……

　　　　但那里没有土地，所以没有生命。

　　　　他们走了，就只剩下我孤身一人，

　　　　还有一扇门——海市蜃楼的正面。

朝阳

火车牵着蓝线穿梭于南北之间，
电车的铁轨如刀剑那般耀眼，
无数张海报声称要垄断真、善、美，
成群的人都使用呼格"你和你"，
言辞如弹丸射穿侵晨的烟雾。

灿黄的太阳闪着白光走下湿街道，
明亮的铬在欢快的阳光中泛黄，
去骨的太阳从紫雾里射出条纹，
一切都被垂吻，织有太阳之网，
在商店门前被铲起，聚成杯形，
跳跃在永不停歇的车流中。

风把街上的喷泉吹得跃过广场
架在空中如彩虹，阳光敷彩于
血红的肉铺和大理石石板上的鱼卷，
音节呼啸，穿过银色浪花和车笛，
击中，击中，剑的反驳，移动的藩篱，

光和声的翻过的一页,白昼之迷宫。

但太阳一走街道就变冷,悬挂的肉
和成排的鱼没了色泽,毫无生机,
车辆鸣笛不止有如神经质发作,
面瘫的妇女踮起匆忙而踉跄的脚;
我看到空中喷泉里的灰色粉末——
灰得像是滞留在香烟上的灰烬——
涌出,覆盖肉铺的血红却似不存在。

泥炭堆

在这些泥炭堆中不见铁马[①]吞食
茎秆、城里的斗士或群众的灵魂，
这里从不批量生产整洁的思想，
没有遮蔽心灵的帆布，也没有黑柩车：
穿靴的佃农脚步踉跄如踏着马蹄，
根本没想过也不想奔驰在沟槽里。

但有些佃农——生来不与人共谋，
没有茶色山丘和受忽视的扶壁——
会觉得应以堡垒对抗思想，对抗
理论供应商的战栗而阴险的打击，
他们[②]有若沙丁鱼[③]，被塞入怪物玩具
集结野兽扑向我们倾圮中的特洛伊[④]。

---

① "铁马"，喻指火车头。
② "他们"，指上文的"理论供应商"。
③ 沙丁鱼（sardine），一种小型鱼类。
④ 特洛伊（Troy），荷马传奇故事中以普里阿摩斯（Priam）为
   国王的城市，相传是特洛伊战争的发生地。

因为我们早就不再喜爱次要事物，

或蹲在角落里把弄镜子和珠子；

我们快点离开最好不过了，去亚洲，

去任何隧道，看那里的世界渐渐消失，

或变成海鸥似的盲目的冶游郎，呐喊

并撕掉任何理想或梦境的边缘。

去往都柏林的火车

我们稚嫩的想法被筛成一缕缕，
依据被反复重塑的基本事实，
我难把心思聚在掌心而目视
火车驶过时把烟影留在草地——
动物就是以这种方式度日。

火车的节奏永不减缓，电话柱
后跨如时间之腿，随后你看到
乔治时代住宅，在地毯边缘转弯
思考一个句子①，而在我窗外
烟悬在空中断续地组成问号。

火车继续前进，而雨息了下来，
我数算座位上的按钮，我听见
贝壳捧到耳边的空洞声，那只是

---

① "思考一个句子"，此处还可以译为"给一个句子润色"，两
种译法都合理。

对整数的复述,是一而再,再而三
鸣响的钟声,是单调的恐惧。

我们时而是教条者,时而又轻浮,
用灰泥盖住裂缝,一种成功的姿势,
但我们的力量不源于我们本身。
我们,在我看来,才是偶像;是上帝
把我们塑造成人,而实则是彩木,

火车载我们到处跑。但只在一瞬,
因为我们有一截人生脱离火车,
只活片刻的偶像肌肉并不发达
但能无拘无束地穿行于斜雨中,
脚踝被浸透了,鬼脸重又放松。

全世界的人都在向国王祝酒,
每人举起酒杯都闪有红色菱光,
但我不祝你拥有偶像或想法,
信条或国王,我祝你拥有的事物
只偶尔出现,穿过太空如出一辙。

我祝你拥有劳力消耗的不均衡

和随意的快乐；祝你拥有戈尔韦海[1]
随意抛耍船柱和骨头时的笑声，
祝你拥有迷你利斐[2]和巨型海鸥，
紫红色树篱和被粉刷过的墙。

我祝你拥有诺曼石头的味道，
你靴下沼泽的嘎吱声，红色沼泽草，
斑驳陆离的安特里姆郡[3]丘陵，
给役马备满黑色金水的食槽，
湖面上宁静阳光的黄铜腰带。

我祝你拥有面容，而非永久的面具，
让你在惊涛骇浪里面不改色——
农民要诈多要20%时一闪而过的
快乐，或女孩的快乐，忘记斯文，
第一次挑东西，钟情于淡紫色。

我祝你拥有大海，再次祝你拥有

---

① 戈尔韦郡海（Galway sea），位于爱尔兰戈尔韦郡。
② "利斐"，指爱尔兰东部的利斐河（Liffey）。
③ 安特里姆郡（County Antrim），北爱尔兰六郡之一，位于北
　爱尔兰东北。

大海的乱哄哄的大理石，

当托尔①在打雷或两手叉腰放松，

躯干笨拙，却用指尖点出一个奇迹——

外科医生的准确性。

我想祝你拥有更多但我手中

握不住东西，而火车继续前行；

我知道还有更进一步的综合体——

人们终将获得（也许如你所拥有）

且发现自己富有，呼吸黄金。

---

① 托尔（Thor），斯堪的纳维亚神话中的雷神。

珀尔修斯[①]

借来羽翼插在脚踝，

手提一名索命石神，

珀尔修斯走进大厅，

大厅里的人都举目看他，

他们的呼吸凝结于自身，

大厅里再也听不见曳步声，且无人喧哗。

然后某人的朋友走进来，

留下一本借来的书或花朵

就离开，活着但近乎死去，

丢下你，活着，但还不如死去，

你不敢翻开那本书的铅灰色书页或触摸那簇花朵，

　那幽暗、静止的韶华。

闭上你的眼睛，

———————

[①] 珀尔修斯（Perseus），希腊神话中的著名英雄，他砍掉戈
　耳戈（能使见到她们的人立刻化为顽石）之一美杜莎
　（Medusa）的头并献给雅典娜，诗中的"索命石神"指的就
　是美杜莎。

你的眼睑底下有许多太阳，

或望向尽头房间里的那面镜子——

你会看见镜中满是眼睛，

裁于剪刀并藏在镜中的古人的笑脸。

他，豪迈的英雄，常来见我，

风雨无阻，他摇动戈耳戈的头，

丢下我，伴以太阳沉闷的鼓声，悬空然后死去，

不然无声的黄昏就化为麻风病人的衣服，

使人感到地球围绕渐暗的球形灯罩转个不休——

　　一只疯狂的飞蛾。

星期天清晨

向公路望去，有个人正在练习音阶，
音符有如小鱼闪一下尾巴就隐灭，
男人放开心胸，慢悠悠地修理汽车，
因为恰逢星期天清晨，"命运"之集市；
掏空腰包及时行乐，留心于"此刻"，
你也许会无由爱上音乐或驶过辛德海德①，
以两个轮子转弯，直到你开得很快，
甚至能抓住如风往昔的一两根刘海，
甚至能提取这天再把它变成一星期，
一个小永恒，一首蕴于韵里的十四行诗。

且听，不知何物在路上吞咽，教堂尖塔
张开八只钟，如不倦的骷髅的嘴巴，
在说为何没有音乐或乐章能保证
远离工作日——能永存于死气沉沉。

---

① 辛德海德(Hindhead)，位于英格兰萨里郡的小镇。

伯明翰[①]

烟踉跄地升起于遮有木板的火车缝隙,刹车声
轰隆隆地传来,当原地打转的警察把手举平,
以巨石般的法老身形挡住一排焦躁的机器
(铬制轧头被丢在引擎盖,脸在安全玻璃后隐匿),
街道在他身后延伸,道旁的商店玻璃极为奢华,
店里尽是立方形香水瓶、假腿、北极狐、电拖把;
但在这中心之外贫民区的景象稀疏如简图:
那里,漠视补锅匠的伏尔甘[②]锻造厂无人过路。

半木式房子(双唇紧闭,双眼[③]透过朦胧的
山楂林盯住车流)向外扩展,穿过建造者
为诱人休息而建的郊区房,向飞奔的大地
伸出混凝土之爪但只抓住六英寸而已;
房中的人追求柏拉图式型相,像入梦一般,

---

① 伯明翰(Birmingham),英格兰中西部工业城市。
② 伏尔甘(Vulcan),罗马神话中的火神。
③ 这里把房子拟人化了,"双唇"指房子的门,"双眼"指房子的窗户。

把玩收音机、猎犬和近乎多变的小型机件，

努力找到上帝，谨慎攀爬偷工减料的美景

并累得流下血汗，借此比邻居高出一等。

午餐时间：商店空荡荡，女店员的写意的脸

透明如绿色玻璃，空空如古老年历，且凌乱

（贴有标签的摆设堆叠在她们脑后），又像

碎于炮弹的圣腓力教堂[1]的伯恩·琼斯[2]之窗；

平淡的色彩，破碎的情感，星期六的恐怖片

（剧院喷满"六月"）——阴沟夺去我们的旧戏票，

下周末我们会在心灵的游乐场里猛拉

把手，拿回我们的钱；拿不回就想尽办法。

在耀眼的铁轨上电车有如巨大石棺，升空，

日落后下沉，融入鸭蛋[3]，紫云如齐柏林飞艇[4]

止住电车，车前灯的芽从人行道和交通信号，

---

① 圣腓力教堂（St. Philip），伯明翰教区的主教座堂。

② 爱德华·伯恩–琼斯（Edward Burne-Jones，1833—1898），
　英国拉斐尔前派的重要画家和设计师。

③ "鸭蛋"，对夕阳的比喻。

④ 齐柏林飞艇（Zeppelin），第一次世界大战时的德国大型
　飞艇。

从薄荷酒或公牛血抽出,像是五旬节①已到,
告诉某人刹车(引擎轻轻呼吸),或驶向远边——
工厂烟囱如西方残败区域的黑色器官导管,
阴郁地放哨,整夜等待,只为在严酷的早晨
召唤那些睡意蒙眬的脸穿过每日的大门。

---

① 五旬节(Pentecost),又译圣灵降临节,是耶稣升天后耶稣门徒歌颂圣灵降临的节日,在复活节后第七个星期日举行。

静物画

（即便如此死也并非轻而易举）

一如那些不惯于运动的人每逢吃早餐
都占用他人的肌腱并代为享受一番，
受永存日志庇佑躲开刺破梦境的爱人，
在印刷文字里发现他们的寿命与日俱增，
我们这些被感官予以错觉和幻听的人
也诉诸自命不凡之词（以便自我调整），
是它把阳光稳稳照在太阳顾爱的树上，
靠拍摄我们的鬼魂声称要让我们舒畅；
可即便如此，无论谋划自我重建时是何等
坚定且镇静，甚至一幅静物画都栩栩如生，
而在你的夏尔丹①中，灵魂那骇人的骚动
渗自干鱼身上、棕色罐子里和碗中。

---

① 让·西梅翁·夏尔丹（Jean Siméon Chardin, 1699—1779），
法国画家，以风俗画和静物画闻名，诗中的夏尔丹疑是转
喻，喻指静物画。

雪

屋内蓦然绚烂,凸窗滋生纷纷的雪
如蛙产卵,映衬出粉红色玫瑰,
无声中并行存在却互不相容①:
世界蓦然转变,非我们所能想象。

世界古怪而丰富,非我们所能认知,
世界之多元乃是常态。我剥下
橘皮,掰开橘瓣,吐出粒粒橘籽,
沉醉于事物呈现的千形万状。

熊熊之火烧得噼里啪啦:这世界
凶险且放纵,非人们所能猜测——
用舌舐,用眼看,用耳听,用手握②——
雪和硕大的玫瑰之间岂止玻璃。

---

① 窗外的白雪和屋内的粉红色玫瑰形成鲜明的对比,因而"在
无声中并行存在",但中间隔着窗玻璃,所以"互不相容"。
② "用舌舐,用眼看,用耳听,用手握",对上文认知世界的方
式的总结。

贝尔法斯特

北方人难以应付的严寒之火
从玄武岩中的火焰凝入他血液，
闪耀在他云母似的眼睛后，
而腐肉似的咸水带给他财富。

在那座忧郁之湖的尽头
污浊的湖面映出恐怖的天空，
铁锤在大梁上凶狠地当当作响，
一座座台架耸立如十字架。

在大理石店里，橡胶手套聚集
如珊瑚虫；赛璐珞①，彩色器皿，
刺眼的金属专利，羊皮纸灯罩，
想买到美丽事物的显眼的企图。

在花哨"处女"眼前的教堂门廊里

---

① 赛璐珞（celluloid），旧时用来制作摄影胶片的透明易燃的
塑料，喻指电影。

有名披肩女工(仿佛在那里遭遇海难)
摊开四肢,被油嘴滑舌的我们瞥见
在幽穴中,当我们施施然走在街头。

在那个戴头巾的面孔频现的国家
太阳随奥伦治①鼓的砰砰声落下,
当男性杀死女伴,而圣母玛利亚
对她们祈求失忆的祷辞不予回应。

---

① 奥伦治(Orange),疑指北爱尔兰的新教政治团体奥伦治会
（Orange Order）。

狼群

我不想再陷入冥想的漩涡中：
妒忌且鄙视这漩涡之外的事物，
感同身受于狗，不健全的手迹，
做头发的少女，和所有在孩子们做梦时
被冲刷的、最后与海岸持平的沙堡。

潮汐涌来，潮汐又退去——我不想
反复强调它的变化无穷或永恒；
我不想成为悲剧或哲学的领唱，
而只想把目光聚焦于临近的未来，
在那以后任凭海潮溢过我们。

来啊，你们所有人，走近些，围成一圈，
把手拉在一起，设想拉在一起的
手会赶走沿着我们的海岸嚎叫、
隐在水中的狼群，假定它们的嚎叫
淹没在我们的欢声笑语中，无人听见。

八月

时间之快门不住地趋于幽暗，
弹走泡沫似的山楂花和接骨木，
而我此刻意识到，欢乐的月份
复又与我擦肩而过，一如昔年。

因心灵天性做作，焊接其框架
如坟墓，围住白昼的每个渺世；
我们从一幅画跳到另一幅，错过
相像得让人屏息的跃动的曲线。

当割草机伴随其歌声来回移动，
射出翠绿色小喷泉，我，如普桑，
为我们举行一场幽静的宴会，
止住昆虫或机器的每阵噪声。

花环固在一定角度不会滑落，
戏剧性地（且仿佛永远地）把雅致
赐予你和我，花园里的石神，

还有也以石脸露面的"时间"。

但这一切只是半吊子的谎语，
"时间"没长石脸，也没生石翼；
我们已死的心灵想让时间死去，
因我们本是鬼魂，抓不住东西。

晨歌

咬下生活如咬下酸涩的苹果
或玩弄生活如玩弄鱼,给人快乐,

用手指感觉到天空是蓝色,
自此以后我们还能期待什么?

不是诸神的薄暮,而是清晰的黎明:
黄砖和灰砖显现,报童喊道"战争"。

春之声

小户主刚走出屋,迈着谨慎的脚步,

惧怕欢快叫喊的阳光袭来如弹幕,

春天在聚集力量,鸟儿在空中眨眼,

栗子堆如城垛接连喷出绿色火焰,

在风中排列成行的鸽群和汽笛声

怂恿他野跑起来,赌马,买雪茄享用;

欢乐在他眼前,他能用手舀取并堆聚——

可在他身后,在他别墅的阴影里,记忆

冲他脖颈吹气,嘀咕这一切都曾发生,

避风,冬衣不脱[①],别冒险踏上陌生旅程,

且让冬天滑过,但别想登它的车上路,

因为它向西驶往碎铁乱成一团之处;

春之声说,切莫在起伏的云朵间独行,

否则你会逛进突然咆哮的火山口,或跌倒,猛

    退,绞死在太阳手中。

---

① "冬衣不脱",出自英国谚语"五月不过,冬衣不脱"。

喀耳刻①

她的周身像是裹着玻璃，死水，

给我们寒气和拥抱，

致命甚于彩色肉体或天然磁石似的活发，

这水晶般灿烂的绝望。

那喀索斯②的错误

笼罩我们，戕害我们——

我们因凝视那绝育的美人而感到晕眩，

这是我们内心的想法。

人逃向野兽

就不能停止思考；泰门③

无止境地寻金。

---

① 喀耳刻（Circe），埃埃亚岛（Aeaea）上的女巫，尤利西斯（Ulysses）来到该岛后，他的同伴被喀耳刻变成猪，他受魔力草保护而幸免并迫使喀耳刻把他的同伴恢复成人形。

② 那喀索斯（Narcissus），希腊神话中的美少年，他拒绝仙女厄科（Echo）的爱，反而爱上池塘中自己的倒影，郁郁而终，死后化为水仙。

③ 泰门（Timon），莎士比亚的悲剧《雅典的泰门》（*Timon of Athens*）中的人物，他是雅典贵族，因乐善好施而被别有用心之人骗得倾家荡产。

在鹦鹉出没的森林或贫瘠的海岸
一阵比鸟叫或海浪更萦绕的声音
以冰封的字母在空中留下徽章,
寻找我们,当然也会找到我们
(说"当然",是因它是我们的回音)。

勇敢点,我的自我,直视镜子,
要意识到那永远触摸不到的
幻象是你的情妇。

蜉蝣①

一只蜉蝣——我今日情绪的晴雨表——
在百万只蜉蝣中穿梭,蹦来蹦去,
与其他蜉蝣相比没什么不同,
在五月艳阳下只存活一朝一夕。

太阳下的水面像镶着宝石,乡下佬
在水边掇着白镴器皿和泡沫花。
"南方之女",呼唤阳光返至家中
在你的双乳间筑巢。昙花一现的
驴蹄草②乐呵呵地吞咽着笑声。

黄色欢乐被吞咽;涟漪咯咯地叫;
河之唇在芦苇丛四周噘起、低语。
蜉蝣在水面卖弄风情、搔首弄姿,

---

① 蜉蝣(mayfly),由水生蛹发育而成的昆虫,靠近水源生活,
存活期很短,常用来象征转瞬即逝的爱情。
② 驴蹄草(kingcup),一种生长在潮湿地带的植物,开黄色
花朵。

兴奋时多次飞来飞去，以此取乐。

"当我们长大我们肯定会向着
美好而改变，会采取更坚定的信条；
到那时驴蹄草不再递出酒杯，
泡沫从啤酒里溢出，暑气不再舞蹈，
振奋的情绪不再有魅力，而五月
把调子调到六月——但生为蜉蝣
我们的苦闷是不曾有机会长大。"

他们是无缘长大，可他们拥有时间，
他们把时间拉得紧而细，好生清脆；
而我们这些生命线也没更长的人，
让我们也把时间变得富有弹性
并在晶耀的浪花上断续地舞蹈。

让我们别渲染事物的恻隐之心，
别烘托酒的残渣，枯萎的花萼，
别谬谈蹉跎的岁月以引起怜悯，
正是我们蹉跎岁月——石头的岁月：
花岗岩狮身人面像①列队旁观。

———————————
① 狮身人面像（sphinx），位于埃及金字塔附近。

是我们蹉跎岁月，身为马戏团大师
让蜉蝣翩翩起舞，让田凫抬起羽冠；
这场表演行将落幕，欢歌也会消失，
但这个夏天过后让我们同赴黄泉，
我可是一直想贴近你的乳房呢。

颂歌

今夜如此粗糙,因为风从

　　伯恩维尔①吹来巧克力,

于是我以一种轻浮的

　　怀旧之情渴望大西洋,

如同电影迷有感于

　　电影的抽象造物——

时髦英雄和永命金发女——

　　并靠他人代为逃避

八小时的一天,或生活

　　之轮和生儿育女。

倘使上帝浩茫如海洋或穹苍

海天和他②就都会受制于眼睛,

我们总有地平线,

不是用来游泳,而是用来看:

---

① 伯恩维尔(Bournville),位于英格兰伯明翰的郊区,以盛产
　巧克力闻名。
② "他",即上帝。

上帝的形状和界限历历可辨，

接近边缘时更紫，

在我他无限延伸的这一段

才是他身为上帝的表征。

你也如此，我的爱人，我的界限，

你触手可及，你头发通红——

一如我不想有太多学问我不想

有数百个妻子或数百条性命，

或钱多如沙，或如九头蛇①的头

能摇舌聚积催生自我的力量，

我想要充足的样本（真实可靠，

既精确又完美），隔在岛屿的时辰。

我会祝福那座岛屿；暴徒之息扑鼻，

我不能臆断他们从容的无畏

是被口号麻醉，咀嚼古老的谎话——

平行线会在无穷远处相交；

走在棱角分明的环海的岸边时

---

① 九头蛇（Hydra），希腊神话中的怪物，头被砍掉后还能再长
出来。

我祈祷我儿子别得到那太过贪婪

且露骨的上帝之爱；让他的"上帝"

建得体面如任何有四壁的屋宇。

我还是开门见山吧：

诞生于五月中旬

让他尽可能积累、证实

真相自带的福祉：

它存在于跳舞的原子和呼吸的树，

处处可见，只是不存在于人的想象，

因为人涂雪泥于山楂树和山楂花。

让他有五种感官，

能领悟对称之美，

感觉灵敏如磁铁，

头脑灵活而镇静，

易于转变思路，

别让枯燥言辞的

渎神之语欺骗他。

愿他悟得能够遏制

极端季节的中庸之道，

愿他在落日时分狂欢

并殒命于水晶之梦里,

愿他的善行像回飞镖

掷出去还能飞回来,

然后戴在他的脖颈

如有一定价值的项链。

愿他优雅地习得

半真半假的乐趣,

如五月的蜜蜂,水果的花簇,

愿他让数据交叉受精,愿他

从鼓、三角琴、小提琴、风琴,

从太阳的碎于重炮的玻璃,

不止提炼出嘣嘣的强光或炫目的噪声①。

愿他获得永恒,听尽在二十年前

流干的水沟和在二十年前

寂灭的乌鸫的歌声,如人言入耳,

将其变成自己的肉身,从而抛去

---

① "嘣嘣的强光或炫目的噪声",一种特殊的诗歌技巧,"嘣嘣
的"本应修饰"噪声","炫目的"本应修饰"强光",疑起源
于逆喻。

虚假灵魂的面具,起伏在铅灰色
波浪上的空桶,岁月撕裂的镶板。

愿他同时骑两匹马,双脚各踏一匹,
在抽象的空间里向外策马扬鞭
看见无数人在旁观死者和胎儿,
愿他偿还亏欠的每一笔债务,
愿他把船靠岸以便他人使用,
把面包扔到水面,最好的沉积物。

发现人是那么可爱真让人吃惊,
相互冲突的忠诚是那么常见;
偶然瞥见的一辆自行车的踏板
让一阵金雨在阳光下转个不停,
荒蛮的铁轨上火车驶向四面八方,
每个落实并收效的行动都可能
伴随一个不被认可的失落的世界。

那么就不要伤感,也别见风使舵,
我们必须切断时间的咽喉①,让它

---

① "切断时间的咽喉",喻指抓紧时间。

不再纠缠我们,只因我们的感情
维系它的存在,进而败坏它的
本质;瓶装的时间置于窗台会变酸。

孩子们在公园里嬉戏;成群的幼鸭
在水面探头并迅即游走,一辆车
行驶得愈发缓慢,三明治宣传员
来回走动,不曾带来新的消息。
不要在分叉路上作过多的思索。

树顶叶丛苍翠,树下叶丛浅绿,绿色海洋
使他血脉偾张,色彩像是被石匠的泥刀
或滑动的冰激凌(在黄绿色山毛榉下的
尘土飞扬的街道购得)涂了一层又一层,
就在片刻前绿色还只是星星点点而已,
但此刻我们瞠视无数波浪和绿色潮塔。

珊瑚色的映山红、猩红的杜鹃花、
山梅花、粉色七叶树和金链花
坚固如处处回荡着鸟鸣的庙宇,
撑大眼睛和鼻孔,索要致敬之辞。
而我们不得不避开这些花朵,

冷静下来,制定一个道德准则:
我可有什么东西交给我儿子,
圣甲虫还是他的旅途指南针?

只有象征,就我所能找到的而言;
没有十诚[①],没有化学式分子;
未知的气味和噪声,玻璃上的苍蝇,
堆积在黑色玻璃灵车上的郁金香,
对幽暗中公鸡啼叫如诅咒的记忆,
刻在记忆里的六月飞机的催眠术——

我们观看板球比赛,一边是绿色石板
和蓝色石板,一边是缓缓露出的云朵,
我们透过草帽仰望穹苍,见它变成
一片幽冥,点缀着无数洁白的星子。
然后天使如往常那般从南走来,
他的歌像是舞在砾石上的热气
悬于球棒楔子和南移的白衣裁判,
当跑动得分的掌声在回声中变冷,
而他自己的嗡嗡声被削得细如针尖
以便打盹的男孩摸索声音之魂。

---

① 十诚(the Decalogue),圣经中的《摩西十诚》。

但这相同的声音,那时夏季运动的
典范般的悠闲,和草经修剪的味道,
来日会预兆我们的战争,当这群
笔尖似的小蝇平静地以我们的死
让欧洲图表再倾斜一个梯度,
在俄罗斯的阴森恐怖的平地上空,
这阵声音将在我们死后萦绕不去,
而不见尽头的谷物疲倦地飘动。

一片嘈营:轰炸机,窗玻璃上的苍蝇,
垂挂在枯死的松树上的电话线
(在爱尔兰曾有一串鲜红的山楂果
被孩子们抛起,也落在电话线上):
哦上帝,别这样悬在你的铁塔之间!
城里人有如蔬菜水果店里的兔子
曾经是那么天真且正直,而今呢,
割开的内脏通红,脚后跟耷拉着,
脚后跟耷拉着,内脏暴露在雾里,
在两座没注意到他的尖塔之间。

因此别让我儿子把真理分成两半
夹在参差不齐的刀刃之间;

别让他把世界拆碎

借此篡改世界；

别让他扯断"起因"和"结果"、

"形式"和"内容"的红线。

愿他在郁金香时代获得智慧，

拥有僧侣的休息，军事热情，

如龙或好色之徒那般张开嘴——

让他保留这些瞬间如四肢，他的岁月

因而免受信仰或记忆之缺陷摧残。

这个节骨眼，伯明翰市场大厅

还有淡紫色款式的马掌花环，

以铁丝固定，以浅粉色玫瑰钉住，

向运行在常规轮上的生活致敬——

愿他的生活不只是轮子和电线。

我记得父母都会屡次迁宅，

只为把孩子也培养成父母

（剪盒、女贞①和鹦鹉的声音），

培养成职员，把外来资金的流动汇总，

———————————

① 女贞（privet），一种灌木，常用来作树篱。

68

培养成花商,设计马掌花环和婚礼花束。

我不能起草任何法规,
　　要求的条件太多,
旁边的星号太多,
　　空白处的叉号太多,
但也如他人,只顾眼前,
　　追逐科学艺术
和宗教的妙策,
　　所以我愿神秘而伤感,
梦见海洋的真实的碎浪
　　和理想的碎浪。
我必须收起这种兴奋剂。

必须成为凭感觉寻找路线的候鸟,
彗星表面上随意运行的轨道
不自我沉溺于天幕般的降落伞,
爬数英里并亲吻数英里的泡沫,
因为谦卑地隐忍是至高的自豪,
不腾空也不急转,漠视曲折无穷的
大海,进而获胜,于是回到自己的家。

并因此得到安宁,当黄色海浪在咆哮。

大地逼迫不止（1938）

卡里克弗格斯①

我生于贝尔法斯特，山与台架夹峙——
　　当消失的汽笛响起，电车铁轨轰响：
从贝尔法斯特，直至安特里姆郡的
　　"雾镇"卡里克②（瓶颈港③聚积泥浆

以便诺曼城堡下的小船畅通无阻），
　　处处可见码头的盐块闪烁如水晶：
苏格兰区是一排住宅，但爱尔兰区
　　是贫民窟，盲人和跛足者居于其中。

黄色小溪从散发氯臭的工厂流出，
　　中午时纺纱厂有似葬礼，哭声一片；

---

① 卡里克弗格斯（Carrickfergus），北爱尔兰的一个海港，位于
　贝尔法斯特的东北，麦克尼斯两岁时全家搬到这里生活，
　这首诗中有不少自传的成分。
② 卡里克（Carrick），位于北爱尔兰安特里姆郡的鱼镇，
　"Carrick"在爱尔兰语里是"岩石"的意思。
③ "瓶颈港"，喻指狭隘、拥挤的海港。

我们的灯越过湖望向班戈①的灯，

　　上空是一轮溺水之月的孔雀光环。

那个诺曼人②以这座城镇阻隔乡村

　　以阻止耳朵听见他的奴隶的呐喊，

还建一座教堂，十字架的构型代表

　　中殿角落的十字架上的基督名单。

我是教区长之子，生来是国教信徒，

　　永远无权点燃爱尔兰穷人的蜡烛；

奇切斯特③人的大理石雕像跪倒在

　　耳堂尽头，脖上围有翎颌④，命有定数。

那场战争⑤来临，一座巨大的军营

　　从地面长出，就在我家门前，一行

---

①

① 班戈（Bangor），北爱尔兰东部的一个自治区。

② "那个诺曼人"，指英格兰第一位诺曼国王威廉一世
（William Ⅰ，1027—1087），又称征服者威廉（William the
Conqueror）。

③ 奇切斯特（Chichester），位于英格兰西萨塞克斯郡（West
Sussex）的城市。

④ 翎颌（ruff），鸟兽脖子周围的环形彩色翎毛。"ruff"也有
"（盛行于16和17世纪的）轮状皱领"之意。

⑤ "那场战争"，即第一次世界大战。

74

假人吊在绞刑架上供人练习刺刀，

    而哨兵的口令一整天都在回响；

一只约克犬①在禁止平民进入的

    侧屋里跑进跑出，狂吠如遭到冒犯：

惬意而行，唱着"是谁杀死知更鸟？②"

    部队从门房出发，然后直奔前线。

载我去英格兰的汽船罩了伪装——

    卡莱尔③火车里的卡其布和汗水：

我原以为战火永远都不会熄灭，

    而糖总是限量供应，且再也不会

看见没有插入沙袋照片的周报，

    我的女家教仍会用苔藓做绷带，

仍能看见有人在壁炉上方摆弄

    地图，别针上的旗子在来回摇摆——

---

① 约克犬（Yorkshire terrier），英格兰约克郡特有的犬种，体型小，长有棕色长毛。
② "是谁杀死知更鸟？"一首英国童谣。
③ 卡莱尔（Carlisle），英格兰西北部的一座城镇，和苏格兰接壤。

喧嚷的号角声从山楂树篱传来，

　　照明弹划过夜晚的苍穹，

在湖面某处有艘德军的禁囚船，

　　他们的视线止于牢笼。

我在多塞特郡^①上学，儿子的木偶世界

　　是父母的世界收缩而成，

望也望不见女工，熏鼻的脚夫，盐矿

　　和手中握有枪炮的士兵。

---

① 多塞特郡（Dorset），位于英格兰西南部。

六月雷电

六月是多么无羁而繁盛,驾车穿过
狭隘的小径,挡泥板擦着峨参;
穿过芥菜地,山楂和栗树在六月头顶
　　无畏地严阵以待;

驶在青翠而妖娆的山毛榉之间
或白垩地,金雀花和荆豆飘扬如旗——
一季的转瞬即逝的乐事此刻重又
　　闪烁在眼前,

叫人满心热忱,但我觉得更能挑动
成熟情绪的是即将到来的雷声,
那时天空湛蓝,花园一片静谧,
　　只有树梢在动。

随后我房里的窗帘突然飘向屋内,
灌丛窸窣作响,鸟儿吃力地往家飞,
树上的白花化为虚无,雨落下来

如一面垂幕。

霎时滂沱大雨袭来如宣泄的情绪，

卷来尘埃，冲垮我们过期的幻想之花，

我们往日的多情和奇想，清晨的恋爱，

　　也都没能幸免。

八点过半天就变暗[1]，黑夜即将来临，

云像正在坠落的砖石，闪电一次次

报喜[2]，发疯的天使抽出长剑，

　　剑鞘闪着寒光。

你若来直面雨的透明的壁垒

和雷的无底的城壕，那就太好了，

你此刻若来我准会高兴，我多盼望

　　你来，就在此刻。

---

[1] 六月的英国要到晚上十点钟天才变暗。

[2] "闪电一次次/报喜"，影射《圣经》中的天使报喜［天使
　　加百列（Gabriel）向圣母玛利亚传报耶稣降生的喜讯］的
　　故事。

照临花园的阳光

照临花园的阳光
变得坚硬而冰冷，
我们无法把这片刻
囚禁于它的金网中，
当一切被公之于众，
我们无法祈求原谅。

我们的自由有如长矛
自由地奔向它的尽头，
大地逼迫不止，把鸟群
和十四行诗全盘收受，
而不久后，我的朋友，
我们就没有时间舞蹈。

借天空之力翱翔
便可蔑视教堂钟声，
蔑视所有邪恶的
铁制警笛以及警讯：

大地逼迫不止,埃及呵,

我们所面临的是死亡①,

而且不再期望原谅,

内心里再次变硬②,

但我会欣喜于与你

同坐,承受雷雨交侵,

也会把感恩之情

给予照临花园的阳光。

---

① "埃及呵,我们所面临的是死亡",改自莎士比亚的戏剧
　《安东尼和克娄巴特拉》(Antony and Cleopatra)中安东尼
　对克娄巴特拉说的话,"埃及呵,我所面临的是死亡"。此
　处的"埃及"是安东尼对埃及女王克娄巴特拉的称呼。

② "变硬",喻指变得冷漠。

象棋

在倒数第二步，他们的萨迦①几乎变成歌，
他们拼命证明自己年少时是多么出色，
他们曾是无言的同性恋，却不曾听闻
如何称呼同性恋，而今翻遍词典查寻。
你四次以熟练之手用车把王给将死！
你的棋子所剩不多，这样做有何价值？
与其说两个老叟在裂缝里狙击空气，
不如说两个新征兵在广场挤来挤去；
人行道上老兵鼓起面颊，吹奏奴役之歌，
歌的回音说道"我可早就对你说过"；
干裂之手摸索长笛，破烂的海报喊出
他们想招募还没死去的新兵的抱负。
我们的队伍相异，却都移动、感受阳光，
胜者一旦赢得战争就毫无价值可讲。
请你选择开局让棋法，改变游戏策略，
你困在封闭的范围里，终点②总是无差别。

---

① 萨迦（Saga），有关英雄成就的长篇故事，尤指中世纪冰岛
  和挪威的叙事散文。
② "终点"，原文为"end"，兼有"结局"之意。

赫布里底群岛①

在这群岛屿上

西风脱口说出懒惰至上的思想，

无人匆忙，墨西哥湾流②温暖了粗糙的

片麻岩壁垒，农民的岁月之脚

在它们的哨区踱来踱去，不向

任何访者盘问口令——只见死神

没说口令便披着将军斗篷走过。

房屋凌乱地坐落在棕土色荒野，

木板房里阿拉丁③神灯咕哝着，

有个女人正在压制芳香炭的火。

无人重复这个众所周知的口令，

它还没到唇边一切就尽人皆知——

天生的智慧。已被祛除皱褶的

照片摆放在华丽的花瓶上方，

---

① 赫布里底群岛（Hebrides），位于苏格兰西北海岸外的群岛。

② 墨西哥湾流（Gulf Stream），从墨西哥湾经过大西洋又流向欧洲的暖流。

③ 阿拉丁（Aladdin），《天方夜谭》（*Arabian Nights*）中的人物，他找到神灯并以神灯召唤听命于他的神怪。

成功者的巨幅肖像——在多伦多

或纽约娶"财富"为妻的儿子们——

聊以安慰老人们的孤独之夜，

劳动记忆、生儿育女和圣经注释

如筑堤一般隔断他们的生活。

在这群岛屿上

少年会窃取自家祖先的权利——

如莪相①似的鲑鱼以磁铁般的

意志扼制住汹涌的黄色河水——

也会屏息聆听同乐会②的故事，

当泥炭烟和粪味从洞似的牛棚

飘来，充斥着覆有毛毡的房间。

窗如眼睛沉陷在一堵由随意采自

小山凸耳的石头筑成的四英尺高的

墙里，无一扇敞开，房屋爬在小山上

如睡着了才呼吸的黑色无腿兽

在泥炭堆和干草垛中摊开身子——

英勇的绿洲独存于冷漠的沼泽。

---

① 莪相（Ossian），又译奥西恩，传说中的爱尔兰英雄和吟游
诗人。
② 同乐会（ceilidh），爱尔兰或苏格兰的社交集会，会间活动
以唱民间音乐、跳传统舞蹈和讲故事为主。

而当这些故事像烟一样四散，
生命之感就从单眼房屋里蔓延
漾起渐宽的圆圈①穿过夜里的湖，
能言善辩者向湖中扔一块石头——
漾起渐宽的圆圈包围黑脸羊，
越来越宽，也越来越暗，直到几乎
冲平群居死者留作遗产的乌木。
在这群岛屿上
遭到体面的姑娘白眼的补锅匠
保全盖尔语音乐，使民间爱好者
和友好的游客无法伸手糟蹋，
保全马肉的相关知识，也保全
流氓的绝不妥协的帝国。
在这群岛屿上
被拴的牛在红门兰花丛中吃草，
身穿蓝色棉衣的人靠手翻动
难以开垦的土地，巴士径直前行
敷衍地把包裹扔给孤独的家庭，
记得选经驱逐的故事的人乐于
拥有自己的土地，虽然石头遍地——

---

① "圆圈"，喻指一圈又一圈的波纹。

仍能撑起尸体的光荣的骨头。

在这群岛屿上

缭绕着跳跃的鱼的回声，就是这种

声音使首领们免受杀戮的不安；

缭绕着绝种的狂吠之犬的回声

和麦克雷蒙①丢在洞中的笛子的回声；

海豹的呐喊声和溺水者的呼救声相混。

当人们出海捕鱼，不必说"祝你好运"，

而在出海的船中所讲述的秘密

定是仿佛被印在波浪的白丝带上，

印完就撤销——所以无人听说过。

在这群岛屿上

恺郁的牧师描述逼真的地狱之旅，

不可再生的水从瓶颈汩汩涌出

如向魔鬼之头投去的挑战书，

并在山上散播传统歌曲，像展开

渐损的挂毯：呈露战争和爱情，

猎杀野猪和夜里落下的绳索——

丢失的借口和久久不去的乡愁。

---

① 麦克雷蒙（MacCrimmon），苏格兰著名民谣《麦克雷蒙的哀歌》（*MacCrimmon's Lament*）里的主人公。

在这群岛屿上

鱼唱着歌从酒气四溢的海游来，

冲过船舷的鲱鱼把自己分类

自行挤入期待满载而归的桶——

抑或这是渔夫的梦，他从某个夜里

归来，几英里的渔网没捕到一条鱼，

湿透的绑腿在他熟睡时挂在门上。

在这群岛屿上

一个眼神坦诚的女孩嫁给外乡的

永远只有七英亩土地的独立佃户，

他每年都会跑去南方修路

只为筹集四十先令的租金，

所有邻居都以酒和烟斗庆祝

他们的婚礼，舞者欢呼雀跃，

狂舞的影子映在谷仓墙壁上。

在这群岛屿上

许多人靠救济金或养老金存活，

许多人毁于痨病，一些人溺死，

还有些老人在深沉的睡梦中

跌入一直在梦中回避的坑洞，

或在海鸥的尖叫声中跌落悬崖，

还没来得及醒来就摔在地上——

任谁以何种方式死在这群岛屿上，

全村人都会举行为期三天的丧礼，

痛失至亲的一家受到尊敬，商店关门，

因为在这群岛屿上

几个姓氏就足以涵盖一大群人，

而以生人的身份对待邻居的艺术

依旧有待进口，死亡依旧

不是公共彩票中的彩票——

结果要在报纸封面才能看到——

而是一件关乎整个家庭的家庭问题。

在这群岛屿上

不见火车行驶在铁轨上，暴君似的岁月

没有钟塔，无法通过旗语的最后通牒

滴答滴答地提醒人们走向毁灭，

但仍有和平，虽然对我来说没有，

兴许也不会长久——斜角山上仍有和平

对于步父辈后尘的人，他们仍能生活

在这群岛屿上。

冰岛牧歌①

场景：阿纳瓦顿荒野②。
克莱文，莱恩和格雷蒂尔③的鬼魂。
欧洲的声音④。

莱 克莱文，这里就是我们的终点；

    拴好马，我们总算熬过这一天。

克 暗夜拉下帷幕像是在攥拳，

    漫漫冰川在雾中消失不见。

莱 每年的这个时候访客寥寥。

---

① 1936年夏，W. H. 奥登（诗中的克莱文，在诗中简称"克"）
和麦克尼斯（诗中的莱恩，在诗中简称"莱"）受托访问冰
岛（Iceland，位于北大西洋的岛国）并为此撰写一部旅行作
品，两人合著的《冰岛来信》(*Letters from Iceland*)，麦克尼
斯的《冰岛牧歌》和《冰岛附篇》都被收录在这本书中。

② 阿纳瓦顿荒野（Arnarvatn），位于冰岛。

③ 格雷蒂尔（Grettir），萨迦英雄之一，在诗中自称"萨迦英雄
最后的血胤"。

④ "欧洲的声音"，在诗中简称"音"。

我听见跫音，是谁跛行而来？

克　看啊，他向我们这里走来了。
　　我们终于有同行的伙伴了。

莱　雾气弥漫——他看上去那么魁伟；
　　他靠左腿撑持，走路时颤巍巍。

格　晚安，陌生人。你们也是奔波
　　在逃亡途中吗？我欢迎你们。
　　我是格雷蒂尔·阿斯蒙逊，
　　死了多年。我的日子结束了。
　　但你们的日子还在流逝，
　　我忘记……我说什么来着？
　　我们在死去那刻便忘记
　　忧郁和血腥，无聊和欢快。
　　你们的日子吐出湿烛芯，
　　你们若不够快就会失败。
　　那些亲吻雾之妻的男人
　　已被冻死，忘记他们自己的
　　同类是生活在无风之地。
　　我的记忆正在离却——告诉我

如今可还有人被罗盘指引

总踏上禁止通行的道路？

有，贪婪的年轻人，他们随意

挑选想要的东西但不走运；

是谁听到一句讽辞就跨过

参差不齐的死寂的裂缝？

你的眼睛周围有鱼尾纹，

在你的祖国诸事顺遂否？

克 诸事糟糕。我的同胞再也不能

信步而行，伸懒腰或生儿育女——

格 你有着窃贼特有的下唇，

在你的故土诸事安定否？

莱 在我的故土只见一片疮痍，

有人飞得高，还有人躺得低。

格 人太多、太多。我的记忆会离却，

并在现代人的群体里迷失方向。

记忆是字词；我们记得别人如何

评价我们，记载我们——如尼文^①石碑。
人太多、太多——笼罩字词的沙暴。
你的故土也是一座岛吗？
如今仍有希望的人都生活在岛上，
那里"最低标准"的标签不会久存，
山丘未被污染，会容纳你的回音。

莱　我来自一座岛，爱尔兰——以暴力
　　和郁抑的宿怨为地基的国家。
　　我的同胞顽固不化，如役马一般
　　把他们的断壁残垣拖在身后，
　　为捍卫歪曲的思想会果断射击，
　　打着公共精神的旗号满足私欲——
　　这一切迫使我流亡。

克　是的，我们是在流亡，
　　周游世界寻求欣慰。
　　这个复活节我待在西班牙，那时内战
　　还没吞噬游客的美食，当地的情调，

---

① 如尼文（Rune），古代北欧人使用的文字。

俯瞰阿维拉①的鹳群，隆达②的咖啡色海水，

咖啡馆里的擦鞋匠的喜剧节目，

火车里的横陈走廊的无腿乞丐，

石桌上的多米诺骨牌，多样的建筑

（摩尔风格③，穆德扎风格④，丘里格拉风格⑤），

斗牛表演——圣诞蜡烛似的标枪，

被涂得乱七八糟的锤子和镰刀⑥：

尽是复制品——无以看穿的表面。

我无意寻找藏在表面下的嗤笑，

我为何劳神，既然我沉溺于遗忘，

不仅逃离我自己供奉的家神

而且不打算去寻觅别处的神祇？

莱 因而我们来到冰岛——

---

① 阿维拉（Avila），位于西班牙卡斯蒂利亚-莱昂自治区的小
城。

② 隆达（Ronda），位于西班牙马拉加市的一座小城。

③ 摩尔风格（Moorish），一种具有蹄形拱、装饰华丽的建筑风
格，在8—16世纪流行于西班牙。

④ 穆德扎风格（Mudejar），兼具哥特式风格和伊斯兰风格，在
12—15世纪流行于西班牙。

⑤ 丘里格拉风格（Churriguerresque），装饰繁华的西班牙巴洛
克晚期风格。

⑥ "锤子和镰刀"，象征共产主义。

克 我们最晚近的兜风。

格   那么你们在冰岛有何发现?

克 有何发现? 更多复制品,更多表面,
    他们称之为花饰,相册里的枯花——
    农家的簧风琴、上等面包和薄煎饼,
    一盆爬过整扇窗户的常青藤,
    穿橡胶靴的孩童,戴黑圆帽的姑娘。

莱 以及死寂的火山口,险峻的峭壁。

格 正是峭壁目睹我二十年来与厄运
    斗智斗勇,藏身于无数冰冷之地;
    我是萨迦英雄最后的血胤,
    无尼亚尔的智慧,无贡纳①的美貌,
    我注定坚不可摧,灾难赐我以机智;
    生来就是暴躁之辈、饭桶,游手好闲,
    沉重的打击使我崇高。

──────────

① 尼亚尔(Njal)和贡纳(Gunnar)都是北欧神话里的萨迦
  英雄。

有意志和膂力的人①一坐上象牙椅

就变成恶棍；他的逃犯之命更幸运，

皮带上别着一团干鱼，一把越橘，

远离友人驰骋于阴郁的风景，

穿过丛林似的熔岩，幻想之冰谷，

穿过冰川，躲避硬邦邦的冰雹，

穿过平坦的牧场，永不停下步伐

歇在丛生的毛茛和羊胡子草中。

我被施了诅咒，能在夜里看见眼睛，

总是被迫往前走；我渴望陪伴，

最终和两个旁人生活在一座岛上。

我游过波纹迭起的峡湾去取火，

峭壁上乌鸦纷飞，低抑的鸦叫声

告诉我耳朵是什么滤过我血管：

末日之感——在我优雅的呈现下

那致命的清晰度不容更改，但我

真正骄傲于殉道。因为我好耍笑，

好穿盛装，不摆神秘主义者的姿态，

我贪生怕死，更为喜爱日常物品，

---

① "有意志和膂力的人"和下文的"他"都指格雷蒂尔，是格
雷蒂尔以第三人称讲述自己的经历。

斗马表演，女人的美腿，一大块肉。

克　但这人人生来愤世的阴郁"时代"
　　在晨曦伸出覆着东西的舌头醒来，
　　且劬劳地把它自己磨砺成苦工，
　　面对死亡露着满不在乎的神情。
　　这些愤世者以自身性命为赌注
　　开快车并爬上异国的山，不是想
　　饱腹、报侮辱之仇或攫取战利品，
　　而是想虚张声势或摆脱无聊。
　　反观英雄，他呆立在熟食店门外，
　　戴着绶带，空空的袖子被钉住，
　　乞讨钱财，当他的战友翻起衣领
　　以铜管乐器吹响《伦敦德里小曲》[①]，
　　而柔滑如丝的大腿和摆动的臀
　　宣传着别针上小纸板旗的销量。

格　他们也出卖我们，
　　那些个豢养许多羊的男男女女。

---

① 《伦敦德里小曲》(*Londonderry Air*)，源自北爱尔兰伦敦德里的小曲。

贪污和侵略行为，法律的搪塞，

驱走我们身上最为美好的一面，

把长寿只赐给狡诈之徒和哑巴，

只赐给不愿说出真实想法的人——

他们是假借伪装冷漠达成目的，

是假借奴隶和佣工流出的血汗

骗取那些可怜人应得的份额：

饥饿之冬里卡德巴克岛①的鲸鱼。

莱　如今在格里姆斯比②，拖网渔船上

挨度受人曲解的生涯的人们

装卸无数吨亮闪闪的鱼，好让

市场的地主享受雪茄和汽车。

克　是什么音乐在空中缭绕不绝——

从远处传来的管风琴音乐吗？

莱　蜜一般的音乐——在我听来像是

---

① 卡德巴克岛(Kaldbak)，位于丹麦的法罗群岛(Faroe Islands)。

② 格里姆斯比(Grimsby)，英格兰港市，位于亨伯(Humber)河口南岸。

"庆典"里的沃利策管风琴①音乐。

格　我什么也没听见。

克　想象一下闪耀在舞台上的紫光,

莱　时代被压榨得渐渐消融的片刻,

克　电影又在一阵金雨中

　　从天而降之前的停顿。

格　我什么也没听见。

克　我们不久就会故态复萌: 排队等候

　　娱乐项目或在办公桌前工作,

　　在死书的柜台上翻来翻去,凝视

　　连环画目录和家庭企业项目单,

　　重新诠释过时口译员的用词

　　并引以为豪,把他们的褪色生活

---

① 沃利策管风琴(Wurlitzer),一种大型管风琴,以德裔美国
　乐器制造师鲁道夫·沃利策(Rudolf Wurlitzer, 1831—
　1914)命名。

看作文本，加以整理，加以删减，

钦佩福楼拜[①]，塞尚[②]——受刑的艺术家——
身体前倾，把我们烟斗里的烟灰
敲进火里，坚称艺术有其价值
并赋予生命一种意义和看法。

格 黑暗在集聚。不久空气就会
用眼睛盯视，有如固执的鬼魂，
在我提出困惑时施我以诅咒。
禁令会永远持续下去吗？我，
本身是鬼魂，现在没资格求死。

莱 我复又听见那阵音乐响起——
施特劳斯[③]和玫瑰——听得明晰。
甜美的音乐像是五彩纸屑[④]

[①] 居斯塔夫·福楼拜（Gustave Flaubert, 1821—1880），法国小说家，法国现实主义流派的领军人物，以《包法利夫人》（*Madame Bovary*）闻名于世。

[②] 保罗·塞尚（Paul Cézanne, 1839—1906），法国画家，后印象主义代表人物。

[③] 理查德·施特劳斯（Richard Strauss, 1864—1949），德国作曲家。

[④] 五彩纸屑（confetti），特指婚礼时抛撒在新人身上的纸屑。

从柯林斯风格①的首府落下。

克 她的头和他的肩膀贴到一起……
　　随音乐消逝而合成一个整体②。

格 被卷入喧嚣后我们迅即发火，
　　至死骄傲，身为逃犯而付出代价——

克 如卡瓦康蒂③，因豪情失去佛罗伦萨④

莱 或如欧洲中部的爱尔兰野鹅⑤。
　　让我们感谢上帝把抽象的勇气
　　赐给那些走自己的路⑥的独行者——

---

① 柯林斯风格(Corinthian)，一种精巧且华美的古典建筑柱
　 式，以喇叭形柱头和成排的叶形装饰板为特征。
② 上文提到婚礼时专用的五彩纸屑，此处的"她的头和他的
　 肩膀贴到一起……"是克莱文对新人亲昵行为的设想。
③ 吉多·卡瓦尔康蒂(Guido Cavalcanti，约公元1255—
　 1300)，意大利诗人，以情诗闻名。
④ 佛罗伦萨(Florence)，意大利中西部城市，是意大利文艺复
　 兴的中心。
⑤ 爱尔兰野鹅(the Wild Geese of Ireland)，指17世纪末到
　 20世纪初移居欧洲天主教强国并担任职业军人的爱尔兰
　 侨民。
⑥ "走自己的路"，即独自行动。

他们不会亲法律和秩序的屁股[1]，

也不认同牺牲骄傲换来身体舒适：

命运的战士，忤逆的艺术家，叛徒，骗棍，

他们的言辞不受"是"和"否"束缚

在血誓里涌现如牡丹，他们吹牛

是因为更喜欢揶揄上帝的面具，

命他露脸，死在活生生的闪电里。

是什么声音絮絮叨叨，没完没了？

音　蓝调、蓝调……高跟鞋和修过的手

　　总是对化妆包感到难为情，

　　清教徒的丹唇摒弃欲望并说道

　　"我们不在乎"……"我们不在乎"——

　　我不在乎，我花枝招展成性

　　总是赤裸裸[2]地扭动我的丰臀，

　　总是精神错乱了才想起养神，

　　总是在等待最佳时机时溜号，

　　总是立场不稳，但我就是不在乎——

---

[1] "亲……的屁股"，喻指拍马屁，巴结。

[2] 译文中的"赤裸裸"是双关，兼有"一丝不挂"和"不加掩饰/明目张胆"之意。

克　提及契诃夫[①]，

　　他的大出血把他从莫斯科驱逐，

　　他热爱生活，但不是为生活而生，

　　他觉得当窗户被烟雾和谈话弥漫

　　就没人能看到外面，那么反过来

　　霜之巨人和农神撒旦就无法

　　向里面窥视，给邪恶之眼施压。

莱　提及麦肯纳[②]，

　　他耗费二十年心血翻译希腊哲学，

　　疾病缠身，备受折磨，但不愿毁约，

　　他谈锋甚健，却毅然离开沙龙

　　只为享受"心灵"的独自飞行。

格　提及昂纳德·特雷福特[③]，

　　他跛行去冰岛，到得晚，一路摸索

---

① 安东·契诃夫（Anton Tchekov/Chekhov, 1860—1904），俄国剧作家和短篇小说家。
② 斯蒂芬·麦肯纳（Stephen MacKenna, 1872—1934），爱尔兰思想家和翻译家，以翻译古罗马哲学家柏罗丁（Plotinus，约205—270）的作品闻名，与爱尔兰文艺复兴的名人有过交往。
③ 昂纳德·特雷福特（Onund Treefoot），《萨迦："强者"格雷蒂尔传》（*The Saga of Grettir the Strong*）中的人物。

尽管土地恶劣，同行者心怀嫉妒。

克　提及那个舞者①，

他跳战争之舞，然后陷入昏迷，

却耸起肩膀径直穿过象牙门。

莱　提及康诺利②，

他正被天主教组织的帮派诽谤。

格　提及伊吉尔③，

他是英雄，也是守财奴，盲目而死时

他把钱财散到人群中，只为倾听

全世界抢夺他的藏金时的厮打声。

克　很多人值得一提，

他们的常识、幽默感，哪怕是渴望

自主的念头，引领他们渡过难关。

莱　但无法获得幸福。尽管他们不时

---

① "那个舞者"，原文是特指，但所指不详。

② 西里尔·康诺利（Cyril Connolly, 1903—1974），英国作家
和记者。

③ 伊吉尔（Egil），公元5世纪初瑞典乌普萨拉的斯韦人国王。

在阳光下停仁,享受与朋友或自然

相融的片刻,直到冷嘲热讽的风

把树吹得苍白——

音　蓝调,蓝调,坐好,放松,

让你的自怜随音乐高涨,抓住

你的芬芳的小物神。谁在乎洪水

是否会让日本绝种? 我不在乎,

我总是高悬空中坐在星辰间,

坐在电信号间,坐在进口葡萄酒间,

总是来了兴致就爬上禁忌之树,

把苹果皮从我的肩头向下抛扔

看它化作一个新阴谋的首字母。

格　如尼文,无人能译解的如尼文。

莱　打错电话了——她一直没接听①。

克　浪漫的护栅(西班牙巴洛克风格)旁,

———————————

① "打错电话了——她一直没接听","她"疑指上文克莱文
口中的"她",整句话可能是莱恩插入的题外话。

只有眼睛留意我此刻所见的景象。

格　你此刻看见他们了吗?

克　以前也见过。

格　在未来的岁月里,也要铭记不忘。

莱　我也认得他们,
　　这些高悬在北方的雾里的眼睛,
　　充满愚昧和仇恨的残忍的凝视,
　　最为原始且虚假的神谕。

克　这些眼睛
　　像蛇一般匍匐在一千张面具后——
　　这些眼睛适于每张脸,就在这里:
　　独裁者,威凌的学童或寻常的粗人,
　　贪婪的女人,金融家,老弱病残,
　　都能投出那种锋芒逼人的目光,
　　是这种目光暴露宇宙的无意义,
　　磨着镰刀时的梦魇般的噪声——
　　岁月独坐在高耸的岩石间磨刀。

莱　命运把这种脸挂起来,充当傀儡
　　凌驾于权杖或死于贪财的悲剧。

格　我取得成功,虽然因此受到诅咒。

克　因此我们才敬重你,你始于无数
　　普遍的前提①,但最终所剩不多,
　　在死胡同②里又作一番艰苦跋涉。

格　虽然主路因结霜而坚硬,且幽暗。

音　男人的热毛巾,女人的护肤膏,
　　会让你们在生活中如履平地。
　　我给你们一扇私人窗,一个视角
　　(孤立者之窗呈现出孤立者教堂)。

莱　你相信他吗?

克　我不知道该不该相信。

---

① "前提",原文为"premises",兼有"宅地"之意。
② 死胡同(blind alley),喻指僵局。

你相信他吗?

格 我不相信他。
你不能跟眼睛或声音争论:
争论会让你受挫直到你死去,
走你自己的路吧,揭穿那声音的谎言。
瞪退那非人的眼睛。就得这样。
原路返回吧,但不要为了规避它们
而总是横穿马路,不要躲避埋伏,
要悄悄绕道而行,但得迎难而上。

克 但斧尖从灌木丛中闪烁,我们没有
胜算。频繁引诱的女人半死不活,
她们怂恿别人过更充实的生活,
从来不爱别人但会被别人所爱。

莱 她们在纸板城堡里鼓舞自己,
铺好床铺,以孩子丢弃的玩具,
结着浮华果实的死松树,童年信条,
和南海岛的饰品。多年来她们留意
诸多事物的变化组合:标签和衬料,
原料(乔其纱、天鹅绒或灯芯绒),

帽和眼罩,鞋,蜥蜴皮或绒面革,
手镯,牛奶或珊瑚,带拉链的拎包,
粉盒,口红,眼罩和别致的发型——
尽皆附属于合人心意的整体,
附属于掩饰灵魂的肉体托架。

克 也有一些人看起来很有头脑,
是好伙伴,在危急时刻值得信赖,
他们准备殴打你,当你饮酒如狗
且怕得叫苦;怕的是贴邮票时
舔了食指的舌头沾染上病菌,
怕的是酒吧里的人说三道四,
怕的是"思想"习得麻木不仁。
这一切造就这个世界,希腊语的
死词从罐里抽芽,在土色墙壁上——
诊所或理工学院——贫民窟世界,
每天都能看见横冲直撞的猪
匆匆冲入食管一般的伦敦管道,
当某某敌人,或某某寇仇,释放毒气。

格 如我这样流亡的朋友,听我一言,

回到故土。我本可逃去奥克尼群岛①
或赫布里底群岛，本可富有而闻名，
但我更愿意在祖国维护我的权利
（我的权利，也是她的权利），因为国家
都是依存于个人意志的神圣性。

莱　是的，他说得对，

克　但我们不如他坚韧

莱　就只能跪在喧嚣的肉体之墙前，
　　卑躬屈膝。

克　只能把我们卑微的牺牲
　　献给无名之神，无名却被崇拜的神，
　　他的声音呼唤着毁灭者的塞壬②。

格　记下你们的一举一动，更要记下
　　你们的险境、蔑视行为和恨的颂歌，

---

① 奥克尼群岛（Orkney），位于苏格兰以北。

② 塞壬（Sirens），一群女海妖，以歌声诱惑海员，使他们丧失
　　警惕而触礁沉没。

无上的怨仇,对人类价值的断言——
这一切是你们现在唯一的职责。

克　是我们现在唯一的职责吗?

格　是的,朋友。
你说什么来着? 夜幕降临,我必须
越过山谷追寻我记忆中的使命。
是的,朋友,这是你们唯一的职责,
而且可以说,是你们唯一的机会。

作别巴拉①

海上炫目的光,我的爱人,
从西方的海峡照来,
一层层的光辉带领我
永远地离开那座岛屿②。

我不会再游历那座岛屿
去感受其轻松的节奏——
海豹沐浴着日光,海鸥
盘旋于空中寻找垃圾。

我另寻一种别样的垃圾,
匆忙觅取告示的碎屑,
假装无视耻辱,即便耻辱
玷污我的生活和闲暇。

---

① 巴拉(Barra),紧靠外赫布里底群岛(Outer Hebrides)南端
的小岛。
② "那座岛屿",指巴拉。

我会感到烦躁，即便有闲暇，

会因价值不同感到不安，

焦急如海鸥徘徊在空中，

总是渴望亚特兰蒂斯[①]。

我不知道亚特兰蒂斯，

没人见过，也无人懂得，

但它显露苗头，给人触感，

以一种幽灵似的饥饿。

但愿我能消灭饥饿，

但愿我能杀死幽灵，

那我无疑会感到快乐，

快乐如傻瓜、狗或佛陀。

哦，能自我克制的佛陀，

"不信上帝"的信仰，

对明暗对照法的否定——

一点都不关乎生存！

---

① 亚特兰蒂斯（Atlantis），传说中位于大西洋的美丽而富饶
的岛屿，后沉入海底。

但是我会珍惜生存，
因为我喜欢野兽和泡沫，
热爱雨和雨后的彩虹，
还认为哲学是外星人。

因为宗教都是外星人，
声称生活是虚构的，
而当我们求同存异
公鸡在啼叫，天已破晓。

但愿我醒来，当天已破晓，
发现我已习得解决之策，
醒来，虽掌握知识的诀窍，
可至今也还只是略知。

尽管有些真相加深略知——
月亮之美，悦耳的音乐，
工人的惯常的勇气，
女同性恋的耐力；在我

看来，女人中你代表我
所希望的一切，太多太多，

我谢谢你,亲爱的,比如:
像赋格曲那般生活,前行。

因为很少有人能保持前行,
他们在车流中拖沓,疲乏,
而毫无疑问你活力十足
如海上炫目的光,我的爱人。

暗冰

没有几首歌会歌颂家庭生活、
日常工作、赚钱或学术，虽然这些
适于以颂词称赞抑或写入悲剧。

而我要赞扬我们随机应变的能力：
年复一年地待在办公室里和床上，
每天早晨都惯常地旋动餐巾环——
那断续的活力有如鸟儿的啁啾。

我要赞扬我们不可思议的耐力：
依据时钟和日历进行工作并保持
神经和观念的平衡之态。赞扬我们
面对"时间"时能略略虚张声势。

赞扬忽视解除武装的人。国内伏击，
打褶的灯罩，失败主义的时钟，
可能永远不会终结，我们可能永远
不会在平静的软垫下敲打岩石。

但有些人出于习惯飘起，而护送是由
助于消化食物或帮别人披外套的
惯常的脸和手，虽则如此却已迷失，
撞上暗冰或没入无人看到的潮水。

现身后，其中一个像吻花的犹大①，
还有一个坐在时钟和太阳之间，
如圣塞巴斯蒂安②，浑身射满以他的
嗜好、他钟爱的时刻③为羽饰的箭。

---

① "犹大"，即加略人犹大（Judas Iscariot），耶稣十二使徒之
  一，为了30枚银币向犹太当局出卖耶稣，因而犹大喻指叛
  徒或出卖朋友之人。
② 圣塞巴斯蒂安（Saint Sebastian），公元3世纪末的罗马殉教
  者。据传说罗马皇帝戴克里先（Diocletian）命令弓箭手把
  他射死，但他并未死去，康复后又与戴克里先对抗，被杖责
  致死。
③ "他 的 嗜 好、他 钟 爱 的 时 刻（his own hobby, his pet
  hours）"，"hobby"是双关，兼有"燕隼"之意；"pet hours"
  是双关，也可译为"耍鸟的时刻"。麦克尼斯在自己的著
  作《现代诗》的第九章写道："他（圣塞巴斯蒂安）是毁于他
  钟爱的事物——刺入他体内的箭羽是他养的鸟的翎毛。"

白兰地酒杯

但愿那刻重在他掌心成形——
就像白兰地酒杯握于手中。
独坐在空荡荡的餐厅里……
雪从枝形吊灯纷纷飘落
堆积在饮料瓶和桌腿四周,
堵住通往旋转门的过道。
最后的食客,如口技者丢下的
玩偶,在他面前凝目,哀求道:
"但愿那刻重在我掌心成形。"

雾的形体

雾的形体有如戴风帽的年幼乞儿
加快步伐沿着路中间偷偷溜走,
而灯在明亮如铅的池里拖曳奶汁,
于是我因无性命之危而顿感欣喜。

在夜里,当潮湿的路面反射出树的
抓紧就不松开的手指,而风的阴影
在我开车时冲到挡风玻璃上跃动,
我因有存活的机会而感到欢欣。

有那么多夜晚布满星辰或紧密地
镶嵌着中灰色或紫红色光芒,
有那么多游客把佛陀般的手掌
压在人们倚着休息的窗玻璃上。

他们①垂青于你,帮你屏蔽睡眠——

---

① “他们”,指上文的“游客”。

你不必倾听为黎明调音的琴弦——
爱人，请把呼吸混入宁静的睡之息，
且知古代作家称睡与死为兄弟。

圣诞购物

她们为购买圣诞礼物而入不敷出——
弹簧门、拥挤的电梯和起褶的杂物——
"我们要如何给丈夫和儿子购买
　　与去年相异的礼物?"

狐狸把鼻子贴在平板玻璃后,悬着——
金刚鹦鹉的尖叫声从纸花后传来——
唯有巧克力盒上的脸免于无聊
　　且没有鱼尾纹。

有时巧克力盒上的女孩活生生逃跑,
举步轻盈地穿过人群,颤声嬉笑;
再过几年她也会和其他人一样
　　脚和脑都疲倦了。

大窗户集结它们的军队袭击钱包,
许是最后一次集结,骗人的逻辑,
最后的片刻把汩汩作响的便士

排入管道，

金钱的下水道——满是老鼠和沼气——
伴着不绝的乐音在人行道下流淌：
这惯例持续好几个小时，眼皮欲垂——
　　那尸体上的便士。

而在街道对面，集中供暖的公共
图书馆里斜着肩膀、手插口袋的
人越来越少，长靴被压得如棋子，
　　盯着登载的

广告栏，通往财富的快速路，
从小职员和临时工起步，可我们
一旦起步谁知道我们能否坚持，
　　薪水上涨

就像鲑鱼逆着弯曲的河水而游，
游向能无忧地度日的产卵地，
好好享受一番，趁着金色车轮
　　还没停滞不前。

基督诞生——婴儿室里,玩具给人快乐,
灯光和可清洗的颜料散发生气,
儿童的眼睛理所应当地期待体制的
　　偶然的战利品。

南方的味道——银纸上的橙子,
红枣和生姜,火光的祝福,蓝色火焰
绕着以白兰地泡成的葡萄干跳舞,
　　从他们头顶微笑,

他们头顶的手像是神灵之手,实则
是他们父母的手,往下瞧就能看见,
他们自己总是迫不及待地望向
　　篱笆尽头的未来——

正是在那里未来迅速而徒劳地
加快速度;死风穿过伦敦地铁
把人群吹散,有如野兽在逃脱
　　森林里的火。

矮小的冷杉树随着蜡烛颤动
在数百个喋喋不休的家庭里,郊区

四散如焦躁的涂鸦,页边空白处
　　被烟囱涂得脏乱。

在更远的海岸上灯塔移动它的
光之臂穿过填衬我们幸福的迷雾,
不停地移动,如头脑真空的巨人
　　转动瑞典钻。

风笛乐[1]

我们不要旋转木马,我们不要黄包车,
我们只要豪华轿车和看西洋镜的门票。
她们身穿绉纱制成的短衬裤,脚穿蟒皮鞋,
她们的大厅铺有虎皮地毯,墙上挂有野牛头。

约翰·麦克唐纳发现一具尸体,放在沙发下
等它苏醒,然后就用一根拨火棍捶打它,
卖它的眼买纪念品,卖它的血买威士忌,
保留它的骨头,等他五十岁时当作哑铃。

我们不要瑜伽师,我们不要布拉瓦茨基[2],
我们只要银行存款和出租车里的靓女。

安妮·麦克杜高去挤牛奶,脚被石南绊一下,

---

[1] 风笛常见于苏格兰,这首诗的创作背景是大萧条(the Great Depression)期间的苏格兰。
[2] 海伦娜·布拉瓦茨基(Helena Blavatsky, 1831—1891),俄国女通神学者,在20世纪30年代她的神学思想很受英国人的追捧。

醒来听到舞曲唱片在播放《古老的维也纳》。
我们不要你们的贞洁,我们不要你们的文化,
我们只要邓禄普轮胎和修补轮胎裂孔的家伙。

除夕①时莱尔德·奥菲尔普斯自称头脑清醒,
细数双脚以证明他所言不虚,却发现多一只。
卡麦考夫人生完第五胎,甚为唾视她的成果,
对接生婆说:"快拿走;我的批量生产已完毕。"

我们不要八卦专栏,我们不要同乐会,
我们只想母亲有援手,婴儿有棒棒糖。

威利·默雷割伤拇指,不知伤得有多厉害,
就随手拿起艾尔郡牛的牛皮当作绷带。
他的兄弟在大海慷慨时抓到三百斗鱼,
却把捕来的可怜虫扔回海里,靠教区接济。

我们不要鲱鱼委员会,我们不要圣经,
我们只要一包香烟,无事可做时享用。

---

① 除夕(Hogmanay),特指苏格兰的除夕。

我们不要电影院,我们不要体育场,
我们不要摆一盆粉色天竺葵的乡下小床,
我们不要政府补助金,我们不要选举,
你最好闲坐五十年,最后靠退休金度日。

我不要蜜一般的爱情,我不要生儿育女;
你日复一日地操劳,但风会吹散你的所得。
晴雨表逐刻降低,晴雨表将一直降低,
但若打碎该死的晴雨表你将挡不住天气。

冰岛附篇

——写给 W. H. 奥登

此刻冬夜已拉下帷幕，

孤独和舒适把我围住；

所以我趁记忆还没溜去

回首我们的冰岛之旅——

神话般的海岸对我而言

无田园气息，也不浪漫，

而是插于肃穆的演出的

奇妙的节目，你自然懂得。

放眼欧洲，塞维利亚①

陷落，各国萌着地狱之芽，

奥运会办得热火朝天——

雅利安太阳上的污点。

---

① 塞维利亚（Seville），位于西班牙南部的城市，摩尔人统治
时期的重要文化中心。

因而我身上的教师叙说
北方的风景是如何
让萨迦风格应运而生，
一英里一英里地缓行。

你身上的教师予以回复：
北方是始于内部，
我们苦行的内脏汲取
拉丁之火后亟须喘息。

所以虽然鬼魂没被祛除
我们也高兴，当我们目睹
乌鸦从页岩壁上飞走
绕着腐烂的鲸鱼巡游，

当我们目睹硫黄盆沸腾，
循环的蒸汽展开又合拢，
当渐渐消失的山谷
化为世界末日的草图。

所以我们骑马，打趣，
抽烟，没有唤起奇迹，

在稀薄、虚幻的阳光里

感受不到一丝浮力；

在那座岛屿无人见过

幻想从地面开出花朵，

没有圣保罗①那样的皈依，

也根本没发生过大事。

假期应该是这样度过，

别那么啰啰唆唆，

要让灵魂舒展并吐口水，

趁这世界还没有回归，

趁成排的烟囱还没冒烟

冷笑道："我们早讲过箴言。"

趁隐匿于雾中的汽笛

还没下令摧毁漫漫海堤。

我四周列有成排的书，

_____

① 圣保罗（St. Paul），又称使徒保罗（Paul the Apostle）或非犹
太教使徒（the Apostle of the Gentiles），传教士，他最初不
是耶稣的信徒，但在去大马士革（Damascus）传教的途中
因目睹神迹而改信基督教。

从两边把我死死围住；
我要穿过那片死词之林
猎取活蹦乱跳的鸟儿们——

那独自从一片多石地带
缓缓飞过的硕大的乌鸫，
还有那在大海上织就
自由的韵律之被的海鸥。

此刻我坐在汉普斯特德[①]
独享这深夜里的月色，
我等待电话响起铃声
或无名天使在门口现身；

北方的天空总要好过
这伪装之下的沙漠——
地毯和坐垫俯拾皆是，
鸟鸣缭绕在长镜里。

因为这些低语的墙壁

---

① 汉普斯特德（Hampstead），位于英格兰伦敦西北的郊区。

说出一连串的狐疑，
直到房间变成一个坑，
回荡着对狐疑的惶恐，

回荡着对孤独的惶恐，
对置身绝境的惶恐，
电线都被切断，我的友人
只得在绝境之外求生存。

你同样感受到死亡愿望
我遂为你写下这些诗行，
但你对生活怀有贪欲——
喝喝咖啡，讲讲故事。

谁知我们身为男人的
特权何时会被取缔；
趁枪托还没把门敲响
就让我干杯，祝你健康。

秋天日记（1939）

我知道这首诗中有言过其实之处——比如涉及爱尔兰、牛津补选或我自己更私密的生活的段落；也有前后矛盾之处。如果我写的是一首名副其实的说教诗，我的使命就是修正或祛除这些言过其实之处和前后矛盾之处。但我写的是我所谓的日记。是人在日记或私人信札里写下当时的感触；以此试图证明科学的真实性是不真实的——这正是悖论之所在。抒情诗的真实不同于科学的真实，这首诗又是介于抒情诗和说教诗之间。正是因为它接近于说教诗，我才相信它包含一些"对生活的批评"，或暗示一些不仅仅是个人层面的标准。我在1938年8月开始写这首诗，此后直到新年我都没根据创作后发生的事情修正任何关于公共事件的段落。因此，关于巴塞罗那的章节是写于巴塞罗那沦陷之前，我理应认为，通过我对后来事件的反应来加以修正是不真实的。我也没试图满足许多人如今强加给诗人的要求——一个最终的裁决或一个公正的评判。"最终"或"公正"根本不是这首诗的本质。我心怀些许信念——这些信念，我希望，是在写这首诗的过程中油然而生，绝不是由我从字里行间提炼而成。正因如此，我可能会被一些人称为雕琢者，被另一些人称为情感极端主义者。但在我看来，诗歌的真实必然高于一切，我拒绝以真实为代价实现"客观"或明确。

路易斯·麦克尼斯

1939年3月

一

夏天缓缓靠近,在汉普郡①走到尽头,

　　沿光秃的草坪斜坡消失,修得齐整的紫杉树②

隔住视野:不见海陆空上将退休后如何生活,

　　不见挂在穿堂里的望远镜和摆在教堂包厢里的

祈祷书,

不见八月走到外面,倾听旱金莲的锡喇叭

　　和向日葵"救世军"的刺耳的铜管乐器,

不见老处女坐在躺椅上缝缝补补,

　　听到飞机嗡嗡地从里昂索伦特③向北飞去

但没抬起眼睛理会。只见大果柏木,柏树,

　　乡村棚架上的玫瑰,桑树,

银盘里用做早餐的培根和鸡蛋,

　　身体安逸继承下来的所有财富,

继承下来的所有烦恼,风湿和赋税,

---

① 汉普郡(Hampshire),位于英格兰南部。
② "紫杉树"四季常青,在诗中疑是再生的象征。
③ 里昂索伦特(Lee-on-Solent),位于英格兰汉普郡的城镇。

（斯特拉是否会结婚，迪克该怎么办①），

在"仇恨"中失却钱财的家族分支，

　　消逝的晨报和生命转折点，

与日俱增的粗鄙行径，经过门房的汽车，

　　海滩上脱衣的人群，

徒步旅行的伦敦东区的恋人——他们不在乎上帝

　　也不挂怀国家，而是彼此关心。

但家仍是窗帘盒②下的圣地，

　　"家门前"③一片静寂，

傍晚农家庭院里的嘈杂声穿过田野，

　　当南方铁路的卡车磨磨蹭蹭……转至

装载罂粟的夜间站点——但夜不懂激情，

　　无视黑手或毒舌的袭侵，

因为一切都古老如燧石、粉笔或松针，

　　而叛乱分子和年轻人

已乘上进城的火车或坐双座汽车

　　去拆卸铁轨或路衢，

故意把思路丢在他们身后——

---

① "斯特拉是否会结婚，迪克该怎么办"，随意插入的题外话。

② "窗帘盒"，遮挡窗帘杆的盒子。

③ "家门前"，原文为"Family Front"，暗指"Home Front（战
　　时的大后方）"。

秋天的翻案诗。

我此刻也在火车上，夏天南行，

　　我却北行

奔向垂落的枯叶，燃烧的篝火，

　　孕育更坚韧的生命、

露出树木之梁的垂危之人，

　　冻死自由放任主义之菌的严霜；

经过西米昂，蒂斯特德①，法纳姆，沃金，韦布里奇②，

　　然后呼吸伦敦的空气，密集、陈腐且意味深长。

我的狗，作废的秩序之象征，

　　躺在车厢地板上，

她的眼睛笨拙，却迷人如电影明星的眼睛，

　　谁渴望活下去，也就是渴望

更多的礼品，珠宝，皮衣，玩物，诉求，

　　好像活下去依靠的

不是追随行星的轨道或盯住限量的水，

　　而是一次盲跳，一次离题，一次走火。

这是我们在失败无数次后才习得的，

---

① 西米昂（West Meon）和蒂斯特德（Tisted）都是位于英格兰
汉普郡的城镇。
② 法纳姆（Farnham）、沃金（Woking）和韦布里奇（Weybridge）
都是位于英格兰萨里郡的城镇。

以沙建造城堡，以雪塑造皇后，都毫无收获，

因而我们在生活或生活之美中占不到任何一角，

　　不流动的河根本不是河。

火车行至瑟比顿[①]，一个女人走进来，光鲜亮丽，

　　染过的头发只是长袜里的抽丝，眼睛

在为数不多的几根睫毛下耐心十足，

　　永远习惯于吃惊；

火车的节奏是在重复每首疲倦的晨歌

　　和伤感的牧歌，叫人作呕，

性魅力的褪去的神气

　　像枯叶一样沿仓库墙壁转悠：

"我爱我的爱人，明证是一张月台票，

　　一首爵士乐曲，

一个手提包，一双由巴黎之沙[②]织成的长袜——

　　我对她的爱矢志不渝。

我爱她，在字里行间，争分夺秒，

　　不是直到死去

而是直到生活把我们分开，我爱她，明证是纸钱

　　和呼出的威士忌气息。

---

① 瑟比顿（Surbiton），位于英格兰萨里郡的城镇。

② 巴黎之沙（Paris Sand），一种在当时流行的丝绸品牌。

我爱她,明证是孔雀之眼和迦太基①的商品,

　镜子,手套,黄金,还有粉扑,

渎神之辞,同志情谊,虚张声势,

　以及许多其他的品物。

我爱我的爱人,明证是被散沫花浸红

　(非尘世之红)的天使之翼,

我的办公时间,鲜花和警报声,

　我的预算,钥匙和每日的生计。"

于是我来到伦敦,走下移动不止的

　楼梯,

我看见暖风把人们的身体吹到一处

　却也吹散他们的情结和忧虑。

---

① 迦太基(Carthage),北非沿海古城。

二

蜘蛛,蜘蛛,扭动紧闭的身体——

　　但这名更夫在枕下小心翼翼——

我在夜之网里感到恐惧,

　　当树枝的阴影抚弄窗户如手指,

狮群在山下咆哮个不停,

　　计程表咔嗒作响,蓄水池冒泡,

神心不在焉而人默默无声——

　　别干涉我,我的灵魂已丧失。

有些人正待在蜂箱似的家里悠然自得,

　　跷着二郎腿,育儿室里有盏灯,

有些人在被满繁星的穹顶下挨饿,

　　有些人只顾转动把手。

荣耀归于"地狱的上帝",地下的和平,

　　在低谷挣扎的聋人和哑巴;

我现在想知道是否任何事情

　　都值得睁眼去瞧,用心回忆。

我想到珀尔塞福涅①坠入黑暗，

　　处女不再有，绚丽的草地已消失，

但为何她必须回来，为何雪花莲

　　必须是生活延续的标志？

有些夜里我感到孤独而渴望爱情，

　　但今夜是黑暗之典范——

我左顾右盼也不见有人；只见头顶

　　堆起高高的古冢，作别星光。

作别"肉体之人"的柏拉图②式筛子，

　　但也作别柏拉图式哲学；

我有个妙计，

　　可以直截了当地击中目标。

你可以把形态至纯的"存在"看作是

　　拒绝一切表象，

然后让我消失——气味变得温郁

　　适于纯粹的"不存在"，涅槃。

只见这只蜘蛛死守他的无色

　　之线的疆域，说道："总会有人完美无缺，

---

① 珀尔塞福涅（Persephone），得墨忒耳（Demeter）和宙斯（Zeus）之女，她被冥神哈得斯（Hades）劫持，被其母所救后每年在人间过六个月，在地狱过六个月。
② 柏拉图（Plato，约公元前429—前347），古希腊哲学家。

总会有人横加干涉,

他们不让死狗倒下也不让死亡成定局";

他边结网边暗示明天会比今晚

更重要,"成为"和"存在"相配,

明天又是一天,

我必须下床并直面残局。

一如那些露齿而笑、挣脱睡眠

如甩掉狗的人,匆匆走向办公桌或引擎,

当他们打完卡生活的恐惧就会消散,

历史也被重申。

蜘蛛,蜘蛛,你的讽刺名副其实;

我是谁——还是我——想要被人遗忘?

我明天就得和别人一同出去

建造摇摇欲坠的城堡——

它从未倾倒,

不是多亏成规、繁文缛节或机构,

不是多亏银行或信条,

而是多亏通人性的动物始终怀有勇气。

蜘蛛,蜘蛛,扭动

你的音栓,让我睡一小会儿,

不是想草草了事,而是要践行

常常践行的使命。

三

八月行将结束,度假的人们

　　归来,浑身曝得黑油油,

拇指起了水泡,钱包里装满快照和少量

　　违禁的法国逍遥酒[①];

他们的耐力足以再等上一年,

　　只为一年一度的狂欢,

他们的记忆里留有一片片阳光

　　如褪色的鸢尾花。

出纳机和打字机在召唤手指,

　　工人聚拢好工具

准备干八小时的活儿,但干完活儿

　　就从电影或足球赌博寻求慰藉,

再就陶醉于闲谈或拥抱,或是自我夸耀

　　或是自我放纵,遮住怀疑的眼睛,

蓝色烟雾升起,棕色花边沉入

　　空空的啤酒杯中。

---

① 法国逍遥酒(Joie de vivre),一种产自法国的葡萄酒。

多数人惯于忍受，自呱呱坠地就被生计套住，

　　对待事情随遇而安，

但有些人拒绝被套住，更多人没机会被套住

　　就祈祷另一个更好的"国度"出现——

有人在空中画出它的草图，有人嘲讽地把它当口号

　　以粉笔或焦油写在石膏板或墙皮，

但有天它可能会在人的躯体里找到自身，

　　找到合乎人心的法则和秩序，

到那时有才能不会无用武之地，有精力不会

　　耗费于竞争和贪污，

不必卑躬屈膝地任人剥削，更不必忠于

　　一个完全作废且愚昧的制度，

它以昂贵的价格提供优渥的生活，

　　只有少数人买得起，

但百分之九十九的人从未参加过宴会

　　却要洗掉餐刀上多年的油脂。

而此刻诱惑者低声说道："但你们也有

　　奴隶主的思想，

想要睡在轻松获利的床垫上，

　　打打响指或挥一挥鞭就能让

仆人或美女时刻畏首畏尾、百般奉承，

　　以他们的耻辱树立你的自尊；

你想要的不是一个予人以自由的世界，

　　而是占个高位，吃奶油的顶层。"

我答道，这大抵如此，因为习惯使我认为

　　有人胜利就定然有人失利，

自由意指有权发号施令，而要想维护

　　精英们所珍视的价值

精英就得保持在少数。真难以想象

　　此等世界：多数人要想施展才能

该如何维持智性生活的水平，

　　高雅之士所关心的该如何留存。

必须祛除这种恐惧。没理由这样想：

　　如果你给别人思考或生活的机遇

思想或生活的艺术就会受损，变得更粗俗，

　　你付出再多回报也寥寥无几。

我又睡下了，或许又回到梦中并反抗，

　　梦见自己扮演强盗或酋长，

想杀戮就杀戮，把世界变成我的沙发，

　　拉开女人的内衣链，侮辱羔羊。

这些幻想无疑是源于我的个人经历，

　　对心理分析师饶有价值，

但最终的疗效不取决于他解剖过去①的手指，

———————————

① "解剖过去"是隐喻式表达，即"剖析过去"。

而取决于未来的行动，取决于

不沉浸于自怜的人的意志和拳头，

　　是他们心无杂念，哪怕没把握也要

冒险改革，全然不管这改革在百年

　　或千载后会变得更好还是更糟。

而我们都心怀杂念，我们的动机混杂不清，

　　我们都是自欺者，但最糟糕的自欺

就是喃喃自语"主啊，我真没用"，

　　说完就惬意躺下，把脸转向墙壁。

但愿我能改掉这个习惯，抬头环顾四周，

　　但愿我的脚和我远大的目光合拍，

起初无疑会跌倒，然后跟上他人的步伐，

　　最后——一旦时间和运气降临——跳起舞来。

四

九月降临,我从梦中醒来,

　　我愉悦地想,不管现在或将来,无论什么制度,

没什么能驱使人们离开,

　　总会有人留下,是为朋友

或爱人留下,虽然爱的条件

　　或许将会改变,爱的恶行或许将会减少,

感情或许将不会深陷

　　狭隘的占有欲,嫉妒或许将不会以虚荣为根基。

九月降临,正是她的活力

　　跳跃在秋天,

她的本性更钟情于

　　无有叶丛的树和壁炉里的一团火;

所以我给她这个月和下个月,

　　虽然我这一整年都应属于她,是她让这一年的

多数日子叫人无法忍受或困惑不解,

　　但也让它的更多日子给人幸福;

是她让我的生活有了香气,离开我的屋子

　　与她的影子跳起没休止的舞,

是她的头发缠在我的所有瀑布①里，

　　也缠在充满难忘之吻的整个伦敦。

所以我感到欢欣，

　　因为生活中有她，她的心境和在场

之前在我看来是美的不可或缺的部分，

　　如今却更诡谲多变、稍纵即逝；

她的心灵似风吹拂浩瀚如海的麦浪，

　　她的眼神是那么坦诚，

她脚下的自信好像

　　一只从不因怀疑而改变方向的信鸽。

我向她道谢：

　　空气变成杂色丝绸，街道上乐音不绝于耳，

而人的级别

　　就是人的级别，不再是密码的级别。

所以如果我现在茕茕孤立

　　我必须追求这种生活，它将不只是

从头到尾都是编号石头的路衢，

　　而是天使之梯，是涨潮之河。

性情冷淡，有时歇斯底里、不够沉着，

　　我要永远把你铭记在心——

----

① "瀑布"，对头发（尤其是长卷发）的比喻。

伪善之辞绝不会叫你堕落，

　　唇枪舌剑断不能剥夺你的特权。

行事草率，总是匆匆忙忙，忘记住处，

　　时常皱眉，尤为注意

头衔和回嘴——我该如何评估

　　那使你与众不同的特质？

我记得你，或疲倦或快乐，

　　酒醉时笑，怒火中烧时也笑，

提要求不分场合——

　　在船上，在火车上，在走路时的路上。

有时凌乱不堪，但常常雅致，

　　动不动就感伤，能随机应变，

对你来说一桩小事都能给你刺激，

　　或是吗哪①且能给你慰藉。

你的话自相矛盾，因兴奋不已

　　而滔滔不绝，

在你待人友善时你的手指

　　会变得卷曲且柔软。

我将记得你在床上露出明亮的

_____

① 吗哪（manna），《圣经》中以色列人逃离埃及后在荒漠中得
　　到的神赐之物。

眼睛或在咖啡店里魂不守舍地
搅咖啡,你的盘子上留下白色

　　烟蒂,沾有你嘴唇的深红。
我还将记得你的话是多么伤人,

　　因为你直言不讳,
甚至你的谎话也能

　　断言目的的完整。
正是基于了解你的性格

　　我才认为感觉的积累
胜过仅仅斟酌要做什么,

　　当赞成或反对都左右不了心态。
你从不趋炎附势或作虚假的回应,

　　虽然我受过你特殊力量的折磨,
我会感到骄傲,如果我最终能拟定

　　相同的要旨和模式。

五

今天是那么美好,数个星期以来

　　天空初度呈现出灿烂的蔚蓝,

但飘在栏杆上的海报告诉动荡的

　　世界"是希特勒在发言,是希特勒在发言",

我们无从领会,我们回归日常工作,

　　当名为"战争"的沉闷的副歌

在我们耳边嗡嗡,如从隐匿的昆虫传来,

　　我们想:"定是出了差错,这确曾发生过,

以前也这样,我们定是在梦中;

　　很久以前这群苍蝇

也这般嗡嗡,它们为何依旧不是轰击

　　耳朵就是轰击眼睛?"

我们一笑置之,夜晚到城里转悠,

　　当然我来付钱;

与众不同之物,一杯上等飘仙酒①,一杯派康酒②——

---

① 飘仙酒(Pimm's),以杜松子酒为主,佐以柠檬水或苏打水。

② 派康酒(Picon),一种混合而成的酒。

但是你看见

最新消息吗? 你说的是科伯①打破纪录,

　　是澳大利亚队因十名击球手未被判出局

而输掉最后一场比赛, 还是秋季时装——

　　不, 我们不会再说那种东西。

不, 我们说的是霍德萨②, 亨莱因③, 希特勒,

　　马其诺防线④,

是让肺部痉挛、沿脊柱挤压衣领的

　　难堪的慌乱。

当我们走入皮卡迪利广场⑤

　　他们在买卖过时的特刊,

有人一把抓起来, 随即站在

　　粗俗如"命运"的液晶标牌下阅看。

而个人, 无权无势者, 必须发挥

---

① 泰鲁斯·雷蒙德·科伯(Tyrus Raymond Cobb, 1886—
　　1961), 美国棒球选手和经纪人。
② 米兰·霍德萨(Milan Hodza, 1878—1944), 是捷克斯洛伐
　　克政治家和外交家。
③ 康拉德·亨莱因(Konrad Henlein, 1898—1945), 苏台德地
　　区德意志人的领袖。
④ 马其诺防线(Maginot Line), 法国于1929年至1934年间
　　在其东部边境修建的防御工事体系, 1940年被德军从侧
　　翼攻破。
⑤ 皮卡迪利广场(Piccadilly Circus), 英格兰伦敦中部的一
　　条街。

意志和选择的效用，

权衡两大罪恶并作出选择，但选择哪个

　　都取决于别人的口吻。

气缸在压力机里运转，

　　地雷已被埋下，

彩带测量华尔街①的深处有多深，

　　你我都担惊受怕。

今天他们在牛津街②施工，灰浆

　　散发宜人的味道，

但这现在看来是徒劳而愚蠢的，

　　接下来会发生什么还不知道

就建造商店。我们问将会发生什么，

　　徒然把问题提给空气；

纳尔逊③是石头，行者约翰尼④移动他的腿

① 华尔街（Wall Street），位于美国纽约，美国最重要的金融中心。

② 牛津街（Oxford Street），位于英格兰伦敦。

③ 塞缪尔·纳尔逊（Samuel Nelson, 1758—1805），英国海军
统帅。1798年纳尔逊在尼罗河战役中击溃法国舰队，拿破
仑征服埃及的设想就此落空。1805年纳尔逊在特拉法尔
加之战中大败法西联合舰队，这场战役让他身负重伤，也
让他成为民族英雄。

④ 行者约翰尼（Johnnie Walker），又译尊尼获加，举世闻名的
苏格兰威士忌品牌，创立于1820年，在诗中疑指"行者约
翰尼"的创始人约翰·沃克（John Walker，生平不详）。

如特拉法尔加广场①上的白痴。

而在"角屋②"里,地毯清洁工

　在桌子间行进,

无可阻挡地追着面包屑,如坦克营

　回应鼓声。

在托特纳姆法院路站③妓女和黑人

　在灯光下蹀躞,

风变得更冷,正如许多其他的

　九月之夜。

夏洛特街④飘有法国面包的味道,摄政公园⑤里

　树叶沙沙作响,

我突然听见动物园里有只海狮

　自信地叫嚷。

于是我回到公寓,窗外有树,

① 特拉法尔加广场(Trafalgar Square),位于英格兰伦敦市中
　心,纳尔逊纪念柱坐落在该广场上。
② 角屋(Corner House),位于英格兰曼彻斯特(Manchester)。
③ 托特纳姆法院路站(Tottenham Court Road),位于英格兰
　伦敦西敏寺的地铁站。
④ 夏洛特街(Charlotte Street),位于英格兰伦敦,在20世纪
　30年代是文人的渊薮。
⑤ 摄政公园(Regent's Park),位于英格兰伦敦。

樱草山①上亮起形如大丽花的灯，

其山峰曾被用作炮台，

　　且很可能

还会作那种用途。血腥的前线

　　聚集在我们床头

有如丛林里的猎人助手②逼近命中应得的

　　战利品——毛皮和头。

在一天中的这时候，不适合说

　　"拿走这只杯子"；

既然我们把它斟满，那么我们立即

　　一饮而下才合乎逻辑。

我们也不能把头埋在沙子中，沙子③

　　已被滤尽。

在这时候，在这一天中开始行动的时候，

　　只有岩石得以留存。

抑或是我感觉如此，当我倾听

　　六点钟的汽笛，

然后一只木鸽叫了片刻就不叫了，但风

---

① 樱草山（Primrose Hill），位于摄政公园以北。
② 猎人助手（beater），帮助猎人把猎物从树丛中驱赶出来的人。
③ "沙子"，喻指时间。

仍在林中奏响挽歌,玩把戏。

而牛奶车正哒哒地缓缓而来——

把牛奶送到门口——

工人走在去往工厂的路上,

清洁女工奔向家务。

我搭眼一看,我的黑色双层鸭绒被——

八年前①的

结婚礼物——的绸缎已腐烂,绒毛冒出

像抽芽似的。

安逸的日子里,当我满脑子只想

温情和慰藉,

爱抚和赞誉,就躺在产自爱尔兰的

亚麻布床单上息歇。

现在那只木鸽又开始否认

城镇的价值,而一辆

穿过山丘的汽车在加速,刚换入

低速挡就换入高速挡。

火车发出轧轧声,我想知道晨报

有何可言,

---

① "八年前",指1930年,麦克尼斯和玛丽·埃兹拉(Mary Ezra)于此年结婚,这是他的第一段婚姻。

然后就决定早早睡觉，因为清晨已和我们
同在，日子就是今天。

六

我还记得复活节那天

　　西班牙成熟得像要反抗并毁灭的蛋，

虽然对游客而言

　　糟糕的是雨，甚于那些愠怒、焦虑或痛苦的脸，

不仅如此，墙上布满涂鸦——

　　锤子和镰刀，抵制，万岁，牺牲；

还有注满瀑布的牛奶咖啡，

　　雪利酒，有壶水生动物，煎蛋卷。

还有摩尔人[①]为光影效果

　　而刻的雕花的石头；

以及穷人、乞讨的

　　跛足的人和要饭的孩子的投影。

遍及教堂的圣人

　　在大理石刑架上备受折磨——

往日的怨恨

———————————

[①]　摩尔人(Moor)，北非的穆斯林，阿拉伯人(Arab)和柏柏尔
　　人(Berber)的后裔，公元8世纪入侵西班牙，在安达卢西亚
　　(Andalusia)建立文明并持续到15世纪末。

被镀金,被蜡烛添一丝幽光。

纪念碑或高耸或平庸,

　　或记载财富或记载压迫,

埃斯科里亚尔建筑群①

　　里面永远冰冷,如腓力②的心。

整个星期天

　　多米诺骨牌都排列在咖啡馆桌子上;

为吸引游客,歌舞表演团

　　露出大腿和乳头,暗送秋波。

士兵和修女蓬头垢面,

　　上几次选举的海报

一张张地脱落——承诺面包或炮弹③,

　　一次赦免或另一种秩序,

不然就承诺刻在镶板上、

　　涂有清漆的古老的“光荣”

(就好像镶板能让

　　腐烂的内脏和碎骨合为整体)。

---

① 埃斯科里亚尔建筑群(Escorial),16世纪晚期腓力二世为
　庆祝战胜法国而兴建埃斯科里亚尔建筑群(包括教堂、宫
　殿和修道院等),该建筑群位于西班牙首都马德里。
② 即腓力二世(Philip Ⅱ,1527—1598),西班牙国王,1588年
　腓力二世派遣西班牙无敌舰队远征英格兰,但遭遇惨败。
③ “面包和炮弹”,分别喻指国民生计和国家军事实力。

159

在隆达悬崖下方

　　一只秃鹰悬于空中，而他那

钩状的翼影摇摆如绝望

　　穿过斑驳陆离的葡萄园。

马德里①的擦鞋匠用抛光剂

　　和钳子耗费我们半小时光景，

在马德里

　　我们只能喝酒，寻思，闲逛。

在普拉多美术馆②，愚昧的

　　王子们从购得的画布上投出目光

（戈雅③笑了——

　　但是笑声能祛除腐败的本质吗？）

在阿兰胡埃斯④那天

　　当太阳难得升起一回，照在泛黄的水面，

我们喝完瓦尔德佩纳斯酒⑤感到呼吸困难，

　　就在皇家花园里像皇室那样睡一觉；

---

① 马德里（Madrid），西班牙首都。

② 普拉多美术馆（Prado），西班牙国家艺术博物馆，建于1818
　年，位于马德里中部。

③ 弗朗西斯科·何塞·德·戈雅–卢西恩特斯（Francisco
　José de Goya y Lucientes，1746—1828），西班牙画家，以画
　作反映他所处时代的政治动乱和社会动乱。

④ 阿兰胡埃斯（Aranjuez），位于马德里附近的小镇。

⑤ 瓦尔德佩纳斯酒（Valdepeñas），一种产自西班牙的葡萄酒。

在托莱多①,我们

　　绕城墙转悠,看到当地人扔掉的垃圾

就以三寸之舌谈论

　　西班牙人为何缺乏商业意识。

阿维拉天气冷峭,

　　塞哥维亚②风景如画却臭气熏天,

路上的一只山羊看起来古老

　　如岩石或罗马拱门。

在塞维利亚复活节湿气浓厚,

　　复活节周日的比赛上

一头笨公牛,然后又一头笨公牛

　　点头示意斗牛士③死于无聊。

生活水平低,但我们心想

　　这事儿与我们没有任何瓜葛;

游客只希望现状

　　是为游客量身打造。

这些文件里含有他们的

------

① 托莱多(Toledo),位于西班牙中部的城市,在712年—1031
年期间是摩尔人的首都。
② 塞哥维亚(Segovia),位于西班牙中部的城市,重要的罗马
城镇,在714年—1079年间不时被摩尔人占领。
③ "斗牛士",原文为"banderilla",本意是(斗牛时用的)短标
枪,在诗中是转喻,喻指斗牛士。

政党政治和空洞的谩骂，我们很感兴趣；

我们觉得那个

染发的黑妇女应该频繁染发。

我们在火车里坐一整宿，

窗户关闭，隔开国民警卫队和农民，

我们尽力借一丝灯光玩皮球，

尽力笔直地入眠；

我们咒骂西班牙阴雨绵绵，

咒骂他们的裂成碎片的香烟，

我们在科尔多瓦①染患重感冒，徒然

等待适于拍照的光线。

我们遇到一位剑桥老师，他以神气的口吻

说："这个国家不久就会有麻烦。"

他矮胖而温雅，能给犀鹃下命令，

欣欣然地炫耀自己精通这门鸟语。

但就在一英寸后，隔着

这张绘有橄榄和圣栎的图，这块彩色广告牌，

人们的心灵无视游客

有如鼹鼠挖掘通向白昼和险境的隧道。

---

① 科尔多瓦（Cordova），位于西班牙南部安达卢西亚的城市，由迦太基人建立，在711年—1236年间处于摩尔人的统治之下。

离开的前日

　我们在阿尔赫西拉斯[①]看到暴民多如繁花，

聚在一扇光滑的门外，一座教堂早已

　被剥夺其形象与光环。

而在拉利内阿[②]，夜晚

　使我们和直布罗陀[③]相隔数英里，

我们听到一个嗜血的醉汉

　以诅咒堆满他的天空。

第二天我们乘船返至

　家中，忘记西班牙，尚未意识到

西班牙很快就会喻指

　我们的悲伤，我们的渴望；

且不知我们变钝的理想

　会自找磨刀石，而我们的精神

会在西班牙前线找到它的边疆，

　在乱军中发现它的尸体。

---

① 阿尔赫西拉斯（Algeciras），位于西班牙南部的城市。
② 拉利内阿（La Linea），西班牙海滨小镇，与直布罗陀接壤。
③ 直布罗陀（Gilbraltar），英国属地，位于伊利亚半岛南端。

七

会议,休会,最后通牒,

    空中的战机,空中的城堡,

对条约的解剖,桥下的炸药,

    自由放任主义的终了。

温郁的日子过后雨落下来,

    铺路石上布满白斑,

国民的良知悄悄地随着雨

    整夜里流散。

周日在潮湿的公园里,抗议活动

    不再如以往那般频繁,现在

聚众只为宣传某种专利的灵丹妙药,

    但也不过是坦白

守住时局的必要;一种不加掩饰的坦白——

    它可能只暗示

近在眼前的死亡,但从长远来看可能暗示

    谎言暴露无遗。

想一个数字,乘以两倍、三倍、它本身,

    然后用海绵拭去,

即兴背诵,在石板上画十字;

　　没时间怀疑

谜题是否确有答案。希特勒在无线电里呐喊,

　　寂静的夜湿漉漉,

我听见伐木声丁丁地从窗外飘来;

　　是他们在砍伐樱草山上的树。

树林皓皓,像是烤鸡的肉,

　　每棵树倒下如扇子合拢;

不要再坐在树枝下的座椅上赏景,

　　一切都将按计划进行;

他们想占用樱草山山顶,借以防空,

　　大炮将遮住视线,

探照灯将以狭窄的蓝色光杖

　　搜寻漫天的细菌。

雨倾盆而下,我看见领土居民

　　不住地锯、砍,在村里的拔河比赛中

拽绳如马队;我发现我的狗杳无踪迹,

　　心想,"此乃旧政权之告终",

但发现警察在圣约翰伍德①站逮到她,

---

① 圣约翰伍德(St. John Wood),位于伦敦西北的街区,与摄
　　政公园相邻。

165

我冒雨接回她,然后到通宵避雨处

喝杯咖啡,听到一个出租车司机

　　说,"我劲头十足,

当我看见这些士兵躺在卡车里"——囚车的隆隆声

　　回荡在林中,

震破忘情的树精的耳膜——

　　我劲头十足;一杯咖啡,请。

当我走出去我看到风挡雨刷

　　在一辆空车里

发疯地擦拭,我感到震惊

　　事情已发展到这般田地。

我回到我的公寓,想知道从此刻起

　　我是否有必要

不怕麻烦地出去挑选做窗帘的材料

　　(因为我不认识任何人),以迅速做好

窗帘。个人的首要使命是迅速堵住

　　泄漏天然气的裂缝或挖一条沟渠,

为防止莫名的完人到来还要

　　采取微不足道的措施。

但这个人——也就是我——已厌烦,这个问题

　　涉及原则但切合实情,

在恐慌和自欺中浪费原则——

行动之后的附属品，

所以我们能预见的只是泛滥的河流

淹没双手后涌溢，

而人漂浮如死蛙，直到河流

在沙滩上迷失。

而我们这些人，打小就认为"英勇的比利时人"

是无稽之谈，

如今念及布拉格①又要准备

以恶致善；

我们还认为，必须无鉴别力，

有报复心，还必须（为打败敌人）

以敌人——为我们的圣灵而嚎叫的收音机——

为模型塑造我们自身。

夜依然湿漉漉，挥斧声仍旧不息，

小山变得凄凉且光秃，

不再是伦敦的风景之一，但我们也许

会在这儿放烟花，趁本周还没结束。

---

① 布拉格（Prague），捷克共和国的首都。

八

惬意、欢快的阳光照临

　　疯人院，仓库，啤酒厂，市场，

照临巧克力工厂和伯明翰轻武器公司①，

　　照临希腊市政厅和约西亚·梅森②；

照临米歇尔和巴特勒家族的都铎酒馆③；

　　照临白人警察和单向行驶的车辆，

并擦过镀铬轮毂

　　和圆滑的碎石路上的金属钉。

大约八年前的此时

　　我来到这座烟雾缭绕的城市④生活，

在沾满污垢的学校里

　　教英格兰中部地区的学生研习名著；

平常重点学习

---

① 伯明翰轻武器公司(B. S. A.)，位于伯明翰，曾在第二次世界大战期间为军方提供枪械并因此遭到德国的空袭。

② 约西亚·梅森(Josiah Mason，生卒年不详)，伯明翰的企业家与慈善家，一手创立伯明翰大学梅森理学院。

③ "都铎酒馆"，指都铎时代(1485—1603)的酒馆。

④ "烟雾缭绕的城市"，指伯明翰。

维吉尔①、李维②，还有失传的迪哥玛③；

听荷马诗句回荡在监狱般的讲堂里，

以达德利④人的口音。

但生活是那么舒适，生活是那么美好，

两个人共享一张床，拼布垫、

格子和流苏在晾衣绳上飘摇，

一部留声机，一只猫，还有茉莉的馨香。

牛排鲜嫩，电影趣味横生，

墙壁布满条纹如俄罗斯芭蕾舞演员，

虽有很多事情尚待完成

但无人理会，因为天还尚早。

无人挑剔，无人理会，

灵魂对渐增的债务充耳不闻，

灵魂毫无准备，

但火光舞动在由胶合板制成的天花板上。

我们开辆雅致的车在什罗普郡⑤闲逛——

---

① 维吉尔(Virgil，公元前70—前19)，罗马诗人。
② 李维(Livy，公元前59—17)，罗马历史学家。
③ 迪哥玛(digamma)，早期希腊语的第六个字母。
④ 达德利(Dudley)，英格兰中西部地区的工业城市。
⑤ 什罗普郡(Shropshire)，位于英格兰西部，与威尔士接壤，
　 因英国维多利亚后期的著名诗人和古典文学学者A. E. 豪
　 斯曼(A. E. Housman，1859—1936)的诗集《什罗普郡少
　 年》(*A Shropshire Lad*)而闻名。

在比尤德里①,克里奥布里默蒂梅尔,拉德洛②——

英格兰的地图是个玩具市场,

电话线是悠闲的音乐。

惬意、刺目的阳光照临

谢得迅速的梨树花,

照临铺满鹅卵石的庭院里的鸽群——

它们正在求偶,脖颈闪烁,鸣叫如雷。

我们穿亚麻布衣服睡下,我们用酒烹调。

我们用现金支付,毫不在乎

火车是如何违抗信号

沿铁轨驶入阳光中。

整个萧条期我们都住在伯明翰——

以一张纸填充靴子——

阳光在垃圾堆上舞步翩翩,

在排队的人群中和饥饿的烟囱里舞步翩翩。

眼下是下一届选举——

工党在厄丁顿和阿斯顿③落败:

---

① 比尤德里(Bewdley),位于英格兰伍斯特郡(Worcestershire)
   的城镇。
② 克里奥布里默蒂梅尔(Cleobury Mortimer)和拉德洛
   (Ludlow)都是位于什罗普郡的城镇。
③ 厄丁顿(Erdington)和阿斯顿(Aston)都是位于伯明翰的
   郊区。

生活继续——因为我们也要继续；

　　我们中谁该去计算损失呢？

有些人回到工作，空虚也

　　具有了形体，当其他人攀登

失业者的艰难之夜，

　　早晨醒来就听见工厂的汽笛声。

盘里所剩无几，且没有待收的邮件，

　　他们①只能在雨中排队，或栖身于

公共图书馆，任眼睛航行于印刷专栏

　　寻找一个给人希望的港口。

但惬意、欢快的路在蔓延，

　　渐渐远离这座城市，我们能一同

穿上粗花呢衣服向南

　　或向西逃去，到克里或科茨沃兹②；

加四十加仑的油；逃入英格兰的

　　昔日历史中的绿色田野；

引擎盖里的苍蝇乱飞，屏幕上落有尘埃，

　　无人回头看燃烧着的城市。

时过境迁，彼一时此一时，

---

① "他们"，即上文的"其他人"。
② 克里（Clee）和科茨沃兹（Cotswolds）都是英格兰的旅游
　　胜地。

我再次经由这里，

且走且看，但记忆

何以堵住通道。

惬意的阳光照临

一如1931年，但我不会再

在阳光下找个地方歇身——

没有妻子，没有象牙塔，没有避难所。

夜色变紫，危机在屋顶高悬

如波斯军队，

色诺芬①的所有遮阳伞

只是让我们稍稍摆脱危险。

灯火管制训练和空袭预防措施，

促使生意兴隆的报童，

抓过来就能看看是否有事

发生的报纸。

我还去了伯明翰竞技场，

人群挤到屋顶，随时准备哄堂大笑，

我还在家里待得舒畅，

有尤克里里琴和滑稽的栗子相伴；

---

① 色诺芬（Xenophon，约公元前435—前354），古希腊历史学
家、作家和将领，苏格拉底的门徒，代表作有《远征记》和
《希腊史》。

"我们以友人的身份相遇又别离"——

　　肥胖和新冠饰；

喜剧演员推翻载满双关语

　　和打油诗的苹果车，

翌日，破晓又伴着警报

　　到来，有人满心焦虑地

倾听公报

　　从远处传来，话音沉稳——

主张和平，

　　然而军事行动即将开始，

雄鹰聚首，汽油、石油和黄油

　　都已就绪，秃鹫一齐拥护鹰。

但危机再度

　　被推迟，情况看似好转，

我们觉得谈判并非徒费功夫——

　　解救我，诅咒我的良心。

谈判以胜利收场，

　　如果你能称之为胜利，

而我们此刻——一如从前——安然无恙；

　　因慕尼黑①，荣耀归于上帝。

---

① 慕尼黑（Munich），位于德国东南部的城市，《慕尼黑协定》
　 的签订地。

股票上涨,残局得以整顿,

政客的声誉节节高升

如"豆茎上的杰克";唯独捷克人

没上战场就被击败。

九

如今我们回到正常生活,心智也

    复归寻常日子的平稳进程,

不再滑过噩梦之途的

    令人不安的拱径。

尽管别人撞坏河谷上空的栏杆,

    我们仍安全;他们的车轮在河岸留下印迹,

但这事过后我们就只能争论,

    数一数他们沉没之处有多少圈涟漪。

十月携雨而来,在夜里的白浪中

    雨水拍打脚踝四周,

填满天然的黏土壕沟(伦敦的公园

    让人看后作呕)。

一周后我回归工作,传道,授业,

    讲解古希腊人的文明:

他们身穿长袍,以吃鱼和橄榄为生,

    在派系里谈论哲学或淫秽内容;

他们相信年轻,且不掩饰年老造成的

    不快的后果;

有人说,什么是生活,什么给人快乐,

　　一旦你翻过爱的

这一页? 日子变得更糟,那些以泪

　　换取呼吸的活人只得接受厄运;

从未出生才最为幸福,不把这边①的

　　幸福之人呼作亡魂。

他们早就意识到——先于恩格斯②——必要性

　　因而摆脱羁绊,

他们以真理和幽默规划如何生活在

　　好妒的天堂和冷漠的大海之间。

品达③歌颂野橄榄花环,

　　亚西比德④靠叛卖雅典⑤、

波斯⑥、斯巴达⑦才勉强糊口,

---

① "这边",出自俗语"坟墓这边"(喻指世间)。

② 弗雷德里希·恩格斯(Friedrich Engels, 1820—1895),德国社会主义者和政治哲学家,与马克思合著《共产党宣言》。

③ 品达(Pindar, 约公元前518—前438),古希腊抒情诗人,以《颂集》(Odes)闻名于世。

④ 亚西比德(Alcibiades, 约前450—前404),雅典政治家和将军,因三易其主(即雅典、波斯和斯巴达)而使其卓越的军事生涯毁于一旦。

⑤ 雅典(Athens),希腊首都。

⑥ 波斯(Persia),位于亚洲西南部的古国,现称伊朗。

⑦ 斯巴达(Sparta),位于希腊伯罗奔尼撒半岛(Peloponnese)南部的城市,公元前5世纪时是强盛的城邦,在伯罗奔尼撒战争中击败雅典并成为希腊最重要的城市。

许多人死在瘟疫之城,许多人死于矛和箭,

许多人在西西里岛①的采石场死于干旱,

　　还有许多说谎说得太晚的人

陷入城邦的永恒的内讧

　　和反动。

言论自由在马其顿②的长矛下瑟瑟发抖,

　　之后在罗马③的刀剑下颤动,

雅典只是变成一座大学城,

　　诞生于泡沫的女神沦落成

姘妇,被奉为梅南德④剧中的女英雄,

　　哲学家缩小研究范围,把精力用在

让自己的灵魂复回到正常秩序

　　并保持平静的心态。

千年以来他们的谈话不曾休止,

　　说出的话那么恰到好处,

一个不再有英雄而只有教授、

---

① 西西里岛(Sicilia),位于意大利,是地中海最大的岛屿。

② 马其顿(Macedonia),希腊古国,位于希腊半岛北端,在腓力二世和亚历山大大帝统治时期成为世界强国,公元前146年成为古罗马的第一个省,现分属于希腊、保加利亚和马其顿共和国。

③ 罗马(Rome),意大利首都。

④ 梅南德(Menander,约公元前342—前293),古希腊剧作家。

奸商、职员和秘书的种族；

他们创作出时髦的短篇挽歌

    叙说命运之讽刺，叙说一切情感

转瞬即逝，谨慎避免言过其实，

    整个垂死之秋都没偷闲。

那归于希腊的荣耀：把它写进教学大纲，

    作一页页评语，

训练思维，甚至为当今时代

    指出寓意：

逻辑、冷静、尊严、理智的模范，

    对立灾祸之间的中庸之态，

当然也有例外——色雷斯①山上的

    血腥的酒神节②，但无非是例外。

在詹姆斯一世风格的镶板房中，古典学者

    咀嚼烟斗，眼睁睁地目睹散乱的四方院

把"古代世界"剁成一篇布道，

    让上帝的荣光越发灿烂。

---

① 色雷斯（Thrace），位于黑海以西、爱琴海以北的古国，北色雷斯于1885年并入保加利亚，东色雷斯于1923年并入土耳其。

② 酒神节（Bacchanals/Bacchanalia），纪念罗马神话中的酒神巴克斯（Bacchus）的节日，巴克斯即希腊神话中的狄俄尼索斯（Dionysus）。

但我做不出如此有益或轻易的事；

　　这些死者已死，

而每当我想起希腊的模范，

　　我反倒是想起

那些骗子，冒险家，机会主义者，

　　粗心的运动员和花哨的小伙，

吹毛求疵之辈，学究，顽固的怀疑论者，

　　集市①，聚众喧闹的

煽动者和庸医；还有那些把祭酒倒在

　　坟墓上的妇女，

德尔斐②的修边工，斯巴达的人体模型，

　　最后我想起奴隶。

我真不知身为人该如何想象自己

　　与他们同道；

这一切都相异得那么不可思议，

　　又都是那么古老。

---

① 集市（Agora），特指古希腊的集市。
② 德尔菲（Delphi），古希腊最盛名的宗教圣殿之一，供奉太阳神阿波罗（Apollo）。

十

因此又回到工作——文学硕士礼服，
　阿尔法[①]和贝塔[②]，集中供暖，地板抛光，
《狄摩西尼[③]头戴花冠》[④]，
　《俄狄浦斯身处科罗诺斯》[⑤]。
我还想到其他术语的首字母
　漂洋过海来到陌生的英格兰，
记忆再度
　确认抵达时的惊恐与兴奋：
白木箱，靴子的哐啷声，一股更衣室的
　气味——浮起的肥皂和多泥的法兰绒衣服——
更糟的是：一阵铃声强迫

---

① 阿尔法（Alpha），古希腊语的第一个字母。
② 贝塔（Beta），古希腊语的第二个字母。
③ 狄摩西尼（Demosthenes，公元前384—前322年），古希腊雄辩家和政治家。
④ 《狄摩西尼头戴花冠》（*Demosthenes on the Crown*），古希腊名著。
⑤ 《俄狄浦斯身处科罗诺斯》（*Oedipus at Colonus*），古希腊剧作家索福克勒斯（Sophocles，约公元前496—前406）的悲剧。

我们奔去回音缭绕的宿舍或教室，

冷若冰霜的口吻越过无人落座、

　　绣有姓名首字母的长凳和课桌；

我们坐在墙边的热管道上，觉得

　　寒气刺骨，听见噪声和即将响起的铃声；

看到漆黑的厕所里煤气闪耀如鱼尾，

　　粉笔，墨水，成排的挂衣钉和储物柜；

是"战争①"在进行——玉米，人造黄油，

　　还有关于佛兰德斯②地图的指南。

但我们有自己的玩具——手电筒，玻璃狗

　　和玻璃猫，橡皮泥和七叶树果，

我们有自己的比赛，我们学习运球和传球，

　　身披条纹球衣有如老虎。

我们有自己的假想，星期天结伙散步时

　　我们有自己的伪装的自由，

我们从黄色岩石里挖出化石

　　或一口饮下多塞特的迢递。

我们小心翼翼，不敢过早

　　谈到事实，幻想，统计数据，

---

① "战争"，即第二次世界大战。
② 佛兰德斯（Flanders），位于欧洲西部，第一次世界大战的主
　　要战场。

比利·邦特①的污秽的小玩笑

　　和一堆自制的教条。

黄色街道染上教堂洪钟的光泽，

　　浴缸的水龙头里流出浑黄的水，

树上栖满猫头鹰，糖果是甜的，

　　生活是架不断膨胀的梯子。

我们读着浪漫故事渴望长大成人，

　　渴望畅所欲言，娶美女为妻，

渴望抽雪茄，以冰镇红葡萄酒为饮，

　　渴望早晨赖在床上；

想当然地认为诸事的进展

　　越来越顺遂，诸事的前景越来越广阔，

认为路穿过小山

　　而后就通向伊甸园；

一切都值得期待，一切都不叫人悔憾，

　　喑哑的地平线那头日子安逸，

没什么可被怀疑，没什么值得留恋，

　　在那童年的歇脚之所。

---

① 比利·邦特(Billy Bunter)，弗兰克·理查茨(Frank
　Richards)作品中的人物，其形象是一个以肥胖和贪吃著名
　的男学生。弗兰克·理查茨是查尔斯·汉密尔顿(Charles
　Hamilton, 1876—1961)的笔名。

当然我们没有留恋,我们继续

成长、成长,贪图未来,

四英尺六英寸①消失,

我们发现是时候离开了,

换学校,粉笔取代砂岩,

海绵的坚硬外壳取代鹦鹉螺化石,

还要提及别的方言

和其他颜色的运动衫。

而有些事不会变:渐增的无干的事实,

一系列的军事历史日期,

福音书,使徒行传,

数学、希腊语和《以利亚随笔》②;

有些事不会变:自由泳的刺激的节律

或网球场上的发球,

拳击场上打的手势

或淋在出汗的身体上的雨。

生活开始窄至结束之处——

占统治地位的动形词——

---

① "四英尺六英寸",约为一点四米,即普通人十二三岁时的
身高,喻指童年结束。
② 《以利亚随笔》,英国随笔作家查尔斯·兰姆(Charles
Lamb,1775—1834)的作品。

"二号"必须模仿"一号"的风度、

　　憎恶、态度和口音。

因此我们舍却所有

　　幼稚的幻想和无政府主义；

弱者必须一无所有，

　　但力量暗指体制；

要想坚强你必须失去灵魂，你难以

　　只靠双腿或想法苦苦支撑；

白昼的秩序是彻里彻外的扭曲，

　　是不由自主的自满。

这就是白昼的秩序；只是时而马屁精中

　　有"傻瓜"甩动杂色彩衣，

以韵律刺破他们的伪理性，

　　对法庭行为不加怀疑。

法规常受质疑：有时是一阵

　　书中的私语，或残缺的记忆，

有时是铺天盖地的鸦群，

　　有时仅仅是糊在感官的光。

而被囚禁于心里的评论家会透过炉架窥看，

　　长久沉默后声音沙哑，轻声低语

丹麦政府的内里已略有腐烂，

　　但政府不能代表整个丹麦，

铁锹仍是铁锹[①]，

　定制西装和现成西装之间的差次

也不会存续太久，

　知识——不一定——就是智慧；

只有有教养的口音才不会吆卖

　《新生》[②]的季节门票；

门外还有很多更出色的

　后来者等待答"到"。

但评论家不曾赢过，至今也

　没赢过，虽然总提醒我们遗忘哪些要点；

我们急于忘却，

　一如他急于记忆。

学校的功用常如他们所言：

　人生的学徒期，启蒙阶段，

且因倡导者被蒙住双眼

　而蒸蒸日上；

狗或羊的反射动作

　足以满足正常的业余爱好

或丰富办公室里轮班睡觉的生活，

---

① "铁锹仍是铁锹"，喻指事物的本质不会改变。
② 《新生》(*Vita Nuova*)，但丁的诗集，原文疑指改编自《新生》的歌剧。

只要一切正常。

据假设他们永远不会改头换面；

基于这种假设学期开始又结束；

而现在，公元1938年，

学期又一次开始。

十一

但工作像是陌路人;对于主宰那些知情者、

　　所知甚多者的大师①,我在意什么呢?

我也倍感磨折地隐忍熟悉的恶魔——

　　那些我看不见、摸不着的恶魔;

我心如明镜,在报纸上也得知,

　　个人痴迷是多么徒劳

且荒谬,但脉搏仍在怦怦跳动,

　　她的声音穿过一道道

冷漠和抽象之墙,横跨伦敦屋顶,

　　依稀可闻,

时不时唤起不知从何而来的希望,

　　一阵远处的马蹄声,

我的常识否认她正在归来

　　并说"就算她回来,她也不会停留";

而我的自尊心,以理智之名,告诉我及时止损,

　　一切至此到头。

---

① "主宰那些知情者、/所知甚多者的大师",暗指上帝。

因此,如果我的信念有懦弱的一面,

　　我当然得

这么做,但怀疑仍能找到漏洞

　　赌另一场约会。

我努力在幻想中感受她,可幻想

　　消融在缭绕的雾里,

我努力概括她的品性,但饥饿的"爱①"

　　怎能作出恰当的分析?

因为我突然对她生恨,想要抹杀

　　她的记忆,如果我能,

可我蓦地看见她娴静地熟眠在

　　沉睡之林,不得近身,

她的周围布满层层荆棘,

　　夜的呼喊在在可闻,

我没有刀斧,无法披荆斩棘

　　回到失去的欢欣。

然后我想到其他人,嫉妒心作祟

　　想要杀死他们,

以所有机械似的事实和所有梦中的磨折,

---

① "爱",原文为"Love",可能是人格化的用法,也可能指
爱神。

但计划落了空。

但是,亲爱的,哪怕只是为了自我消遣,

　　我也必须学会

评估你的躯体之美,你的精神悖论,

　　甚至你的穿着品位。

你的感情是错综复杂的辩证法,

　　而你对多样生活的

渴望可能会被谴责为善变,

　　不切实际,或只是好奇罢了。

一个肤浅的评论;因为你做任何事

　　都是由本能批准,

你知道真理不是任何抽象之物,

　　知道行动使愿望得以实现,使原则得以践行;

你的善变有棱镜的逻辑,

　　你的情绪有创造力,

你从不在门槛上纠缠不休,

　　权衡利弊直到为时已迟。

你有时性情执拗,满怀仇恨,吹毛求疵,

　　出口伤人;

有时过于害羞,抑郁,持失败主义的态度;

　　有时是世界年轻的象征;

常常夸大其词,粗心大意,

很快就会敲响

敏锐的直觉之钟，有时怀有恶意，

　　有时也慷慨大方。

你那万花筒般的多变不掺半点虚假，

　　你说谎，跳舞时却是那么真实，

所以即使你欺骗你的欺骗也只是

　　技术层面的，徒劳无益。

所以，想起你我就必得与你进行一场

　　思想交流，在你熟悉的领域；

把我的代数规范应用到你的身上

　　绝对不可取；

而既然同意这一点，我无法凭利弊

　　权衡我对你的希冀或恐惧；

事实已证明阿喀琉斯①抓不住龟甲形连环盾②，

　　事实已证明人只是机器，

一切错误都被证实。我不愿再

　　给出明证；

我看到未来因你的存在而耀眼

　　如皓月照在石板屋顶，

---

① 阿喀琉斯（Achilles），特洛伊战争的英雄。

② 龟甲形连环盾（tortoise），古罗马军队攻城时所用的盾牌。

我的精神重又振奋。适逢十月，

    年神注定要在柴堆上死去，

伴以落日的五彩缤纷

    和火葬的雅致，

他裹在灰色世界里如在茧中，但正在策划

    如何逐步回归；

无人能阻止这种循环；

    炉栅里满是灰烬但火势不退。

因此,聆听出租车

    (你从未乘过的)频频经过，

我欣然等待,指望春天到来,观看

    枯叶在脏乱的草地上空蹀躞。

十二

这些天雾蒙蒙的，与世隔绝，缄默
　　如褪色的挂毯，柔软的
花瓣掉到地上，黄叶也纷纷落下，
　　我们几乎无心再去干涉
个人道德操守或公众吁求；
　　人们还没从危机中回过神，
他们的面孔远去了，说话的语气
　　表明他们言不由衷。
因为他们说是该采取明确的行动了，
　　是该抵押东西了，
这种指摘，以前是种美德，
　　如今却没那么高尚了，
而当我们去罗马，
　　我们必须效法罗马人，一起喊要
面包和马戏团；为适应罗马的天气，
　　请你穿上宽外袍。
死亡的马戏团，从最高层涌来，
　　一大片面孔，瞪大眼睛在咆哮；

在竞技场的沙滩上，

　　那些垂毙之人试探着他们的步调。

暮色降临，冷雾弥漫，夜晚

　　静悄悄，湿漉漉，孤零零；

坐在炉火旁难以意识到

　　军团在大门口等候，也难以意识到只剩

些微时间，是用以休息（虽不是凭权力休息），

　　更是用以磨砺意志，用以

达成需求和愿望之间的妥协，

　　习得如何憎恨但为时已迟。

记得在你小时候练习刺刀的中士

　　吼叫个不停；

要杀死傀儡你必须表现得像个傀儡，

　　否则你根本就不能切冰①。

又到了清晨，10月25日，

　　汽车的黄灯闪耀在白雾里；

寒意爬上手腕，太阳黄澄澄，

　　寂静的时光悬垂如钟乳石。

当我读到柏拉图借"形式论"谴责

　　绕着他的镜子推销的艺术家，

────────────

① "不能切冰"，喻指起不到作用。

我欣喜于分得还算过得去的床铺

　　并在谬误横生的世界里下榻。

他那由大写字母，由超然的思想

　　所组成的世界太过暗淡；

在我看来，要达成所有意图和目的

　　就只剩这一周的时间，

每个星期二都与众不同——你是毁掉它，

　　如果你祛除相异之处并认为它依附于

"星期二的形式[①]"。今天就是星期二，

　　1938 年 10 月 25 日。

亚里士多德[②]更为明智，他细看昆虫的繁殖，

　　观察自然界的演进，

强调功能，摒弃"形式"本身，

　　把马从书架上拿下来任它驰骋。

教育赋予我们太多标签

　　和陈词滥调，砍断太多戈尔迪之结[③]；

教育磨炼我们，为的是修路而不是侦察

---

① "星期二的形式"，衍生于柏拉图的形式论。

② 亚里士多德（Aristotle，公元前384—前322），古希腊哲学家、科学家，柏拉图的学生。

③ 希腊神话中弗利基亚（Phrygia）国王戈尔迪（Gordius）打了一个错综复杂的结，按神谕打开这个结就能入主亚洲，马其顿国王亚历山大（Alexander the Great，公元前356—前323）听到后用剑把它砍断。"砍断太多戈尔迪之结"喻指解决太多难题。

游览胜地或危险地界。

并不是说我情愿做个农民;"快乐的农民"

  是神话,一如"高贵的野蛮人";

我不羡慕榆树能安之若素,

  也不羡慕花岗岩巨石能处变不惊。

我只想成为人,在一个便于沟通、

  人人信守纲常的文明社区里

有一席之地,灵魂的所得受之无愧,

  肉体也不任人质疑。

事实上,所谓的人文研究

  或会带来使人安逸的生计,

但让那些精神上破产的人都变成

  势利眼的知识分子。

倒不是我体会到舒适感就高兴,

  真财神总要好过假神祇;

如果没有人文科学我可能在用

  运砖斗爬梯子。

每年挣来的七百英镑

  要付租房、煤气、电话和杂货等费用;

("皇帝①"就座,以垂毙之人

  为华盖……)快把窗帘拉近。

_____

① "皇帝",原文为特指,但所指不详,可能指上帝也可能指统治者。

十三

事情既然如此,一如我们研修名著时

　　所说,我应欣喜万分,

因为我是在马尔伯勒①和默顿②研修名著,

　　能在这两所学府修习一门

毫无疑问业已作废的语言,

　　能胸有成竹地把弄

嵌着以纯大理石刻成的格言的玩具盒,

　　不是谁都能享有的殊荣③。

我们用希腊文写作,他们说这是一门

　　逻辑课,且对大脑有益;

我们行军,与陆军元帅的蓝铅笔似的指挥棒

　　背道而驰,我们向右看齐,复又写出口令。

我们得知绅士永远不会忘记自己的口音,

　　若不曾用英语和曾祖父母沟通

谁也不会说英语,更不用说会写,

---

① 马尔伯勒(Marlborough),即马尔伯勒学院(Marlborough College),位于英格兰威尔特郡。
② 默顿(Merton),即牛津大学默顿学院(Merton College)。
③ "殊荣",原文为"privilege",也可译为"特权"。

"现代社会"的男孩只是寄生虫，

古典派的门生却被培养成高官，他①锤炼句法

　　就是锤炼思维，甚至是

锤炼道德；若被叫去律师公会或军营

　　他总是会竭尽全力。

此外，知识也应因为是知识而被珍视：

　　牛津大学的壁炉架上摆满神灵——

斯卡利杰②，海因修斯③，丁多夫④，本特利⑤和维拉

　　莫维茨⑥——

　　一如我们学会向荣誉致敬。

那时他们教我们哲学、逻辑学和形而上学，

　　"否定判断"和"自在之物"，

每个独立的思想家都强大如拿破仑，

---

① "他"，指上文的"古典学派的门生"。

② 约瑟夫·斯卡利杰(Joseph J. Scaliger, 1540—1609)，法国著名古典学家，任教于荷兰莱顿大学(Universiteit Leiden)。

③ 丹尼尔·海因修斯(Daniel Heinsius, 1580—1655)，荷兰著名古典学家，任教于荷兰莱顿大学，兼任图书馆馆长，是斯卡利杰的得意门生。

④ 卡尔·威廉·丁多夫(Karl Wilhelm Dindorf, 1802—1883)，德国古典学者。

⑤ 理查德·本特利(Richard Bentley, 1662—1742)，英国牧师和古典学者。

⑥ 乌尔里希·冯·维拉莫维茨-默伦多夫(Ulrich von Wilamovitz-Moellendorff, 1848—1931)，德国古典学者。

狡黠如梅特涅①。

能够谈论桌子②真的很吸引人，

　　然后问桌子是否存在，

拔掉古老谜题的瓶塞，然后看着

　　悖论嘶嘶地冒出泡来。

人会满怀信心，一想到没什么能

　　在阳光下显露真实面目，

现实不是真实，真实不与我们同在，

　　而最重要的非"一③"莫属。

他们说："平民百姓太过天真，

　　总是见树不见林；

他以为他意识到他看见一物，但他是怎么意识到

　　他以为他看见一物的，他无法对你言明。"

哦，我是多么认可这"具体的共性"，

　　我从没想过我应该告诉

他们：反之亦然——

　　他们见林不见树。

但当然这只要存在就是饶有兴味的，

_____

① 克莱门斯·冯·梅特涅（Clemens von Metterich, 1773—
　　1859），奥地利政治家。
② "谈论桌子"，喻指闲谈，畅所欲言。
③ 一（the One），柏拉图的哲学概念。

我获得荣誉学位

并被认为永远是聪慧的知识分子，

　　只要两三位

聪慧的知识分子聚在一起

　　谈个不止，

以虚幻的粉笔在无形的黑板上

　　写下诸种定义。

但这样的圣礼场合

　　如今相对较少。

总有一个妻子、老板、骗棍或客户

　　扰乱情调。

野蛮人长期存在，生活总是在于细节，

　　平民百姓举不胜举，

而如何才能饱食是虽不重要

　　但永存的问题。

因而请在玄学家头顶吹响号角，

　　让纯净的心灵复归"纯净的心灵"；

我必须满足于停留在"表象"的世界里，

　　单单等待背后的表象如何变更。

而万一你认为我的教育已荒废

　　我就赶紧

解释：我曾在牛津大学求学。

你永远不要重信

任何人说的任何话,在我们的世界里,

　　这当然是一种资产;

为何要费心地把水浇给

　　种满纸花的花园?

啊,新闻自由,深夜最后档期,

　　明天的低俗书刊;

人不应畅饮波尔图葡萄酒①,可既不是此酒

　　饮不饮得由着我的意愿,

但也许我只好欣赏一下这种颜色②

　　并把酒倒入水槽,

因为我不认为广告是一种声明,

　　也不认为任何骗人的药是饮料。

再见了,柏拉图和黑格尔③,

　　商店就要关闭;

在英格兰人们根本不需要一流哲学家,

　　这座人之城里没有普世。

<hr />

① 波尔图葡萄酒(Port),一种产自葡萄牙的葡萄酒,酒精度
　　高,呈深红色。
② "这种颜色",指波尔图葡萄酒的深红色。
③ 格奥尔格·威廉·弗里德里希·黑格尔(Georg Wilhelm
　　Friedrich Hegel,1770—1831),德国唯心主义哲学家。

十四

第二天我驾车夜行，

　　红色、琥珀色、绿色、长矛、蜡烛、

开瓶器和多雨如镜的沥青

　　反射出光条把我包围，

我一路沿北环线和大西路

　　行驶，贫乏的幻想把我围攻，

我看见家庭主妇撑起粗制滥造的茅屋，

　　全凭自尊心和分期付款的习惯。

车轮在湿地面上飕飕地响，霓虹灯展开

　　闪烁的光串，风挡雨刷

摆来摆去，如笼中虎或整夜都在

　　空费歌喉的蟋蟀。

工厂，工厂场地，垃圾场，

　　以板条和灰泥筑成的平房，砖平房，混凝土平房，

闪闪发光的半圆形汽油泵——好像

　　一群顽固的偶像。

道路在我头顶摇摆如套绳，

　　圈出无数片越来越广阔的黑暗，

乡村取代城镇,但乡村也同等

　　潮湿、黑暗、邪恶。

枯叶掠过奇尔特恩斯[①]

　　聚堆冲向挡风玻璃,像有如弹幕的、

愤怒的鸟群,与此同时

　　我坠入亨利市区[②]或冥府。

在道路拐弯处,电话线闪动

　　如丝绸,树篱唆使

我的靠不住的轮胎造成

　　一场事故,冲向湿草丛中的花圃。

弯道一片静谧,只见乡村酒馆

　　向人行道上

泼洒金色水坑,树木下弯,

　　以指关节擦拭没打开的屋顶窗。

奈托拜德[③],西灵福德[④],多切斯特[⑤]——都铺好

　　通往牛津的路;明天我要做什么,

---

① 奇尔特恩斯(Chilterns),位于英格兰白金汉郡的城镇。

② 亨利市区(Henley),位于英格兰伦敦西部。

③ 奈托拜德(Nettlebed),位于英格兰牛津郡(Oxfordshire)的城镇。

④ 西灵福德(Shillingford),位于英格兰牛津郡的城镇。

⑤ 多切斯特(Dorchester),位于英格兰多塞特郡的城镇,是多塞特郡的首府。

是开车把选民送到

幻灭之乡的投票站吗？

我这么做是为了什么？

主要是为了娱乐，其次是为了半真半假的

原则，一堆废话中的

事实的核心，

记住，这种粗陋的、所谓过时的、

头重脚轻的、冗长乏味的议会制度，

是我们击败军团之鹰和武士之斧的

唯一现成武器；

记住，那些生性憎恨政治的人

不能再保有私密的

价值，除非他们敞开公共大门

迎接一个更好的政治体系。

罗马非一日建成不是自由放任主义的

借口，也不是我们向逆境低头的借口；

质问就那么

一块砖有什么用，这本身又有什么用？

完美主义者永远站在雾中等待

直到雾散去；不如粗俗一点，

尽你所能，给霍格留一处空白，

为林赛画个十字记号①。

太多人会说:"投给林赛或投给霍格

　　有什么区别?

一次补选不足以让历史之河

　　改道。"

周四到来,牛津开展投票活动,

　　鼓动懦夫去投票,失落之魂

——那些奸商、笨蛋、自负之人——

　　的胜利的欢呼声响彻大街。

我在昏暗的清晨开车回到伦敦,

　　树木在由纸板剪成的车灯下尤为显眼;

我想知道哪种弊病

　　更糟糕——"现状"还是"纯乌托邦"。

因为从现在起

　　每一刻都必须加以利用,哪怕微不足道,

把那些即将失去机遇的人聚到一起,

　　哪怕只是打游击战。

英格兰最友善之人最倾向于规避

---

① 指1938年10月牛津补选一事,昆汀·霍格(Quintin Hogg)
　和 A. D. 林赛(A. D. Lindsay)都是当时的候选人,麦克尼
　斯所支持的林赛最终败给霍格,"给霍格留一处空白"指不
　把票投给霍格,"为林赛画个十字记号"指把票投给林赛。

团结或缔盟，一直如此，

但他们现在必须缔盟以对抗潜行于

　　每扇门、吠叫在每个头条的野兽。

且看这黎明，伦敦，白昼，太阳：

　　我停车，从引擎盖上取下

黄色海报；虽没取得成功或获得荣耀

　　但小小的使命已臻于圆满。

梧桐树叶悄悄坠落

　　（抓住我的金币①，抓住我的金币），

阳光爱抚着坎登小镇②，爱抚着

　　装有橘子和苹果的手推车。

---

① "抓住我的金币"，麦克尼斯把黄色的梧桐树叶想象成
　　金币。
② 坎登小镇（Camden Town），位于英格兰伦敦。

十五

雪莱①、爵士、抒情诗、爱情、赞美诗、

    和白昼都过早回归；

我们将在月亮之谷里的

    玫瑰丛中酣醉。

给我一剂春药，给我忘忧果——

    我只要春药和忘忧果；

让所有色情诗人，罗马的，爱奥尼亚②的，

    佛罗伦萨的，普罗旺斯③的，西班牙的，

给出一部分糖，掺入我的药液

---

① 珀西·比希·雪莱（Percy Bysshe Shelley, 1792—1822）：
英国诗人、哲学家、散文家、政论家和改革家。雪莱是浪漫
主义运动主要诗人之一，也是第一位社会主义诗人，他的
代表作品有政治诗歌《麦布女王》（*Queen Mab*, 1813）、抒
情诗《西风颂》（*Ode to the West Wind*, 1819）、诗剧《解脱
束缚的普罗米修斯》（*Prometheus Unbound*, 1820）、随笔
《诗辩》（*The Defence of Poetry*, 1821）和悼念济慈的挽诗
《阿多尼斯》（*Adonais*, 1821）。

② 爱奥尼亚（Ionia），古代小亚细亚西海岸中部地区，公元前
1000年以前希腊人在此建立殖民地。

③ 普罗旺斯（Provence），位于法国东南，在中世纪是骑士的
渊薮，也是骑士抒情诗的发源地。

并使我的日子发酵，

伴以夏威夷的鼻音和刚果的轰隆声；

　　让那个"老缪斯"松开紧身胸罩，

或给我个新缪斯，穿着长筒袜和吊带裤，

　　像猫一样微笑，

有着假睫毛和胭脂红的指甲，

　　披着施亚帕雷利①设计的衣服，戴着药盒帽。

让赛车高手绕着布鲁克兰茨②横冲直撞，

　　让磁带机烂醉如泥，

打开紫色聚光灯，拉出人声音栓，

　　在衣帽间后备箱里挖出某人的尸体。

给我们刺激，然后再给我们刺激——

　　脱衣舞，烟花，摔跤，杜松子酒③；

花光你的资金，打开你的房门，典当你的挂锁，

　　让挑剔之感出去，让咆哮男孩进来。

给我一个美女，但大凡美女都水性杨花，

　　那就给我一个修女；

---

① 梅森·施亚帕雷利（Maison Schiaparelli, 1896—1973），意大利时装设计师。
② 布鲁克兰茨（Brooklands），位于英格兰里郡韦布里奇（Weybridge）的赛车跑道，第二次世界大战期间曾被改为飞机制造厂。
③ 杜松子酒（gin），一种用粮食酿制的烈性酒。

趁我们还有气力我们会抢走

　　金色赌场的天使。

抢走虎女和女同性恋者，鼓和内脏，

　　让天空转个不停，

我们将和群星玩轮盘赌，我们将坐下饮酒

　　在"刽子手之门"。

看啊，是谁来了。他们排成一队款款而行，

　　我瞧不见他们的面孔；

他们没穿鞋，他们隆起的脚踝

　　遮断月光，当他们走过梯磴

并穿过骸骨似的橡树林中的沼泽，

　　循迹从绞刑架走回城中；

每人的颈项都套有绳头。我想知道

　　是谁召唤这群人回来，是谁夺去他们的命——

他们刚走到大门，在对面排好队形，

　　霓虹灯在中世纪墙上熠熠生辉，

在高空广告牌下

　　各人拿起自己的披风任其落坠，

我们看到他们的面孔，彼此无区别，

　　男男女女，每人的脸都紧如闭门，

但他们的面孔给人以一丝熟稔之感；

　　我们以前在哪儿见过他们？

是婴儿室天花板上的凶手吗？

是"血田"里的加略人犹大^①吗？

还是在加利波利^②或佛兰德斯

困于终结一切的烂泥中的他？

但甭理会他们，拿出尤克里里琴、

萨克斯管和骰子；

如果我们不理会他们一定会走开；

再来一轮酒，不然就两轮。

这是个好故事，再给我们讲一个，别住口，

讲故事你得越讲越好；如果

你没有新故事，就讲旧故事，

你想讲就讲，也许那些可怕而僵硬的、

面孔茫然却让人感到亲切的人，

你再看时就已不在原处，但别光看，

给他们时间让他们消失。我说让他们消失；

你说的是什么意思——莫非他们不愿？

给我们唱哈莱姆^③或米特林^④的歌吧——

---

① 加略人犹大（Judas Iscariot），耶稣十二使徒之一，为30枚银币向犹太当局出卖耶稣，后因悔恨而自杀。
② 加利波利（Gallipoli），第二次世界大战期间的战场。
③ 哈莱姆（Harlem），纽约市区，哈莱姆文艺复兴运动（Harlem Renaissance）的发生地。
④ 米特林（Mitylene/Mitilene），位于希腊爱琴海东岸的海岛城邦，在古时是诗人心向往之的世外桃源——

珍珠已溶入酒中①——

没有天堂就没有地狱，

　　魔鬼的本心是成为神灵，

非此即彼的事情并不存在；

　　我们心知肚明；

你不能两次踏入同一条河流②，所以鬼

　　不存在；感谢上帝，河总在流动。

此刻只对此刻而言是足够的；

　　过去和未来毫无意义可说，

但我自认为曾见过他们……

　　可如果只有现在时，如何？

来吧，孩子们，我们不怕妖怪，

　　再给我们来一杯；

这位女士有恋物癖，

　　她穿貂皮入睡。

这只猪猡去了市场——

　　我想你可以睁眼了，我想危险已解除。

嗯，你为何不作回答？

　　我不能回答，因为他们仍固守在原处。

_____

① 古罗马人认为喝下溶有珍珠的酒有助于身体健康。
② "你不能两次踏入同一条河流"，改自古希腊唯物主义哲学
　　家赫拉克利特的名言"人不能两次踏入同一条河流"。

十六

噩梦过后力尽筋疲：

　　我们羡慕活力十足的人，

他们睡了又醒，搞谋杀，施诡计，

　　毫不迟疑，心安理得。

我自己同胞的不妥协叫我艳羡，

　　他们开枪杀人却从没看见

受害者的脸变成他们自己的脸，

　　或发现受害者的动机捣毁他们的动机。

因此读茅德·冈[1]（母亲是英格兰血脉，

　　父亲是军人）的回忆录时，

我注意到单一目的是如何建立在

　　一堆芜杂的对立物之上：

都柏林城堡，总督舞会，

　　欧洲大使馆，

被涂鸦在墙上的仇恨，

---

[1] 茅德·冈（Maud Gonne，约1865—1953），爱尔兰爱国者和演员，曾领导爱尔兰独立运动。

监狱和左轮手枪。

我还记得,在我小时候,恐慌

流传于仆人之间:

凯斯门特①会驻足在码头上,

手持一把剑,指挥成群的反叛者;

在随后的日子里我们曾是那么期待,

当西风吹来,晚上八点一到

喧嚷的枪响就会传来,

响彻贝尔法斯特的约克街区;

奥伦治群体的伏都教扯开

铁网穿过乌尔斯特②最阴暗之处,

猛击地狱边境一带——

亚麻厂,潮湿的长草,破烂的山楂树。

某人眼中的黑在别人看来是白,某人的希冀

对别人而言是地狱之苦:

叛军冲啊,让教皇见鬼去,

上帝,请你拯救国王或爱尔兰——救哪个随你。

---

① 罗杰·大卫·凯斯门特(Roger David Casement, 1864—
1916),爱尔兰外交官和民族主义者。他在第一次世界大
战期间寻求德国对爱尔兰起义的支持,后来被英国以叛国
罪绞死。
② 乌尔斯特(Ulster),原是爱尔兰一省,现分属北爱尔兰和爱
尔兰共和国,泛指北爱尔兰。

这片属于学者和圣人的土地

　　(我眼中的学者和圣人)尽是埋伏,

愚昧的宣言,永无休止的抗议,

　　天生的烈士和英勇的傻瓜;

杂货商沉浸于鼓声好似醉于酒浆,

　　地主在床上开枪,愤怒的声音

刺透贫民窟里的破碎的气窗,

　　披肩女在艳丽的祭坛前堕泪。

凯瑟琳·尼·胡里罕[①]！国家的化身为何

　　永远是女性,如一艘船或一辆车,

是母亲还是情人? 一名女人路过,

　　我们只是见她路过。

路过有如一片阳光落在雨后的山顶,

　　而我们却永远爱她,恨我们的邻居,

每个人都在遗嘱中

　　规定继承人必须继承仇恨。

鼓声震颤干草,鼓声震颤庄稼,

　　夜里黑色的鼓摇动窗户:

---

① 凯瑟琳·尼·胡里罕(Kathaleen-ni-Houlihan),爱尔兰民
　　族主义的化身。

威廉国王①骑着白马

　　打着旗帜返回博因河②。

成千上万的旗帜，成千上万的白马，

　　成千上万的威廉姆斯

挥舞成千上万的刀，蓄势待发，

　　直到蓝海变成橙海。

这就是我的国度，我认为我最好还是

　　远离它，并在英格兰受教育、定居。

虽然她的名字响个不止

　　如水下钟楼里的钟声。

我们为何喜欢做爱尔兰人？部分原因是

　　这让我们对感伤的英格兰人施以熏陶，

融入这个不曾存在过的俗世，

　　接受仙水的洗礼；

部分原因是爱尔兰小得足以

　　使人想起它时仍怀有一种家的感觉，

汹涌的波涛让她与

　　更商业化的文明分道扬镳；

---

① "威廉国王"，即威廉三世（William Ⅲ, 1650—1702）。"威廉"是下文"威廉姆斯"的简称。

② 博因河（Boyne），位于爱尔兰东部的河流，是1690年博因河战役的发生地，在该战役中英格兰国王威廉三世率新教军队打败前国王詹姆士二世。

是人会觉得在这里起码能

　　做些不任世界摆布的本地工作，

而且在这个小小的舞台上幸运之人

　　许会领悟特定行动的旨意。

这当然是自欺欺人；

　　这座岛上同样没有豁免；

马车由别人的马牵引

　　再把货物运到别人的市场。

萝卜袋里的炸弹，屋顶的狙击手，格里菲思[1]，

　　康诺利[2]，柯林斯，他们给予我们怎样的归宿？

我们是那么孤零！让圆塔高高耸立

　　在这个灰浆迸裂的世界吧！

让学生们用一门半死不活的语言

　　笨手笨脚地计算；

让审查员忙于账簿；拆毁乔治时代贫民窟；

　　让游戏以盖尔语进行。

让他们种甜菜；让他们把工厂

　　建在每座村庄；

---

① 亚瑟・格里菲思（Arthur Griffith，1872—1922），爱尔兰民
　　族主义运动领袖。
② 詹姆斯・康诺利（James Connolly，1868—1916），爱尔兰社
　　会主义运动领导人，因参与1916年复活节起义而被枪决。

让他们把死者的灵魂归为绵羊

　　和山羊,爱国者和叛国贼。

北方,在我小时候,仍旧是

　　北方,被格拉斯哥①的尘垢笼罩,

成千上万的人站在角落里

　　无人雇用,咳嗽着。

街头孩子在潮湿的人行道上

　　玩耍——跳房子或弹珠;

每个富裕家庭都有张下垂的网球网,

　　在柔软的草坪上,一旁是滴水的灌木丛。

冒烟的烟囱暗示

　　拐角处一派繁荣景象,

但他们是用外邦的绒布做大衣,

　　而流入的钱又用来赚更多的钱。

这座城市是以烂泥为根基;

　　这里的文明是以利润为根基;

言论自由被扼杀在萌芽里,

　　少数人总是有罪。

我为何想要返回

---

① 格拉斯哥(Glasgow),位于苏格兰西部克莱德河(the River Clyde)岸的城市,曾是造船中心。

216

你的身边,爱尔兰,我的爱尔兰?

这一页上的污迹太黑,

　　无法被三叶草①覆盖。

我讨厌你浮夸的作风,

　　讨厌你哭哭啼啼,喜眉笑眼,仰首阔步,

讨厌你认为每个人都关心

　　是谁统治你的城堡。

城堡早已过时,

　　潮水淹没孩子们的沙质幻想;

挂起你喜欢的旗帜吧,用彩旗

　　拯救你的灵魂已太晚。

爱恨杂糅:

　　我们要不要用生锈的匕首把这个名字②刻在树上?

她③的山峦依然碧蓝,她的河流

　　潺潺淌过巨石。

她既令人厌烦又是个婊子;

　　最好合上地平线,

不要再给她幻想,不要再给她受制于

_____

① "三叶草",爱尔兰国花,象征爱尔兰。
② "这个名字",指凯瑟琳·尼·胡里罕。
③ 麦克尼斯对爱尔兰的称呼由第二人称"你"变成第三人称"她",抒情性减弱,暗指麦克尼斯对爱尔兰当时现状的不满。

致命的关税的渴望。

因为常识就是时尚，

　　对她的孩子们她不给理智也不给金钱：

他们只会在世上游手好闲，做手势，操土腔，

　　脑中只剩一堆无用的回忆。

十七

吃完早餐,从三楼向北望去,

　　九点钟我看见十一月的太阳

镀金于散发霉味的砖,成排的房屋

　　像似熟睡的动物,我点燃第一根烟,

呼吸着烟雾,

　　吟味着幸福,头晕目眩,眨着双眼,

感激这挑逗,这暗讽,

　　这站在悬崖边①的虚幻;

因为我们所有琐碎的日常行为

　　都被改成英勇的或浪漫的虚构,

对此我们几乎不知:是谁在呼唤我?——

　　当冷风吹起我的衣袖,

当我在晨光下打喷嚏或闻到篝火味

　　从网状草坪和荒芜的卷心菜菜地飘来,

当我踏入刚加完层层冷水

_____

① "站在悬崖边",对上文身处"三楼"的夸张的比喻,"悬崖边"喻指绝路。

和热水的浴缸。

我们躺在瓷砖墙内的浴室里，

　　蒸汽袅绕升腾，

当毛孔打开，我们感觉自我在融合

　　就躺在浴缸里做梦；

不再背负责任，大腿感觉欢快，

　　身体像猫似的呜呜叫唤，

但这座潟湖①变冷，我们只得离它而去，跨步

　　踩在软木垫上的格子地毯。

只有那些缺钱或时间紧迫的人

　　才对奢侈的生活珍惜有加，

一如电影院予穷人以"雅各②之梯③"

　　却让灰姑娘去爬。

柏拉图认为肉体快乐如同把水倒进

　　饥饿之筛，这本无疑义，

但错在忽略杂交的彩色之水

---

① "这座潟湖"，对上文"浴缸"的比喻。
② 雅各(Jacob)，希伯来族长以撒(Isaac)之子，《圣经》中希伯来人的祖先，他的12个儿子是以色列12个部落的始祖。
③ 雅各之梯(Jacob's ladder)，据《圣经·创世记》雅各劝说兄长以扫(Esau)把长子特权卖给他，并骗走父亲以撒对以扫的恩赐，雅各之梯(Jacob's ladder)是雅各逃离以扫后在梦中看见的天梯。

给予永久存续的节律。

亚里士多德假定"第二自我"也本无疑义，

　　但错在只将其视为折中之法：

谁能期望——或想要——精神上自给自足，

　　永远自我糟蹋？

为何不承认别人对自我来说

　　总是必不可少，不承认一段独白

是语言之死，不承认落单的狮子

　　与两条狗相比算不得狮子，且迟笨？

美德总是从我们身上消失；眼神因视觉

　　变得疲倦，但正是视觉给眼睛根基；

从某种意义上说孩子杀死父母

　　但父母真的已死？

被爱之人像火或水那样毁灭，

　　但水有冲刷、雕刻之效，火有提炼之功，

如果你要读犬儒主义者的遗嘱，

　　你必须领会弦外之音。

这里一个点，那里一个点："当前"

　　跳过间隔，自我之生存

靠的是成为他者，因为"他者"

　　已迫使你屈从。

甚至味觉也如植物或动物，创造

与上帝交流的条件；

鱼身上的海，菊苣沙拉里的田野，

　　圣礼盛宴。

灵魂的探照长灯渴求一个躯体，

　　单一躯体渴求同类，

眼睛需要光明，但冒着失明的危险，

　　轻信的心灵不配是心灵，

而不满是永恒的。我们的美德被投入

　　奢侈品或生意，家庭或性爱，

购买或祈祷，自我被有息贷出，

　　回报永远不够，事实与幻想比起来

是何等糟糕，而幻想本身也只是

　　对事实的预言，

我们如把世界遏制在先知的三脚架内，

　　我们的预言主体就会变得局限。

打开世界，打开感官，

　　让灵魂展开它盲目的巨臂，

有待苏醒的手指里掩有幻影

　　准备迎接光的警报。

哦，光，光的恐怖，铁蹄，无情的

　　铁轮和铜轮拖着

撕裂的俘虏在你身后，

当你走过他们也会分享你的胜果。

是岁月之光，阳光灿烂的钟楼，

　　绳索上下摆动，

尚存之人毁坏并建造这整座

　　在他们歌声中震颤的城镇。

亚里士多德认为行动中的人是重要

　　且真正存在的人，而人就是行动中的人，

这本无疑义；尝试以己为牢，

　　如有可能。

没什么是自给自足的，快乐意指饥饿，

　　但饥饿意指希冀：

我不能永远躺在浴缸里，把冷水

　　浸在玫瑰天竺葵肥皂里。

我不能沉溺于此刻的生活；

　　当前的时刻可能会强奸——但只是徒然——

未来，因为未来仍是处女，

　　她必须再次经受磨难。

十八

旧日里音乐自然而然地降临

　　在摇篮和棺材，玉米和谷仓，

歌吟收割和纺纱，一如如今那时

　　只见牧羊人默坐在冰斗湖旁：

一圈圈泡沫围住棕啤酒色的水，

　　水面皱起波纹，鲭鱼溢满穹苍；

这些都是在白天出现——灰石堆，石南，

　　还有繁殖、断腿然后死去的羊。

一如那时如今高地一片青翠，但山谷里

　　流有早被污染的河——忘川①和冥河②；

土地疲乏，利润微薄，驼背之人

　　在役马的背上颠簸，围着湿透的麦垛。

别再给我们唱田园诗，别再唱牧歌，

　　也别再吟诵讴歌英格兰土地的史诗。

这个国家逐渐沦为工厂的附属品

---

① 忘川（Lethe），又译忘却之河，希腊神话中冥府的五条河流
　　之一，死者的灵魂饮其水就会忘却生前的事。
② 冥河（Styx），希腊神话中死者的灵魂渡过冥河进入冥府。

肮脏如胞衣。

这个英格兰稠密而逼仄,在在是被遗弃的

　　孩子,太多了,每个都孑然无依;

尼俄伯①和她的孩子们

　　站在烟囱下变化为石。

空荡荡的教堂之上钟声仍在自吹自擂,

　　联合王国②国旗

砰砰捶击法庭和兵营上空的风,

　　菜地里黑色稻草人手持

堡垒似的脏兮兮的卷心菜菜头,

　　被肮脏的鸟围击,

有如二流政客对抗插翅的侵略者,

　　身披昨日褴褛之词的魔法外衣。

情况有所不同,当人们凭骨骼和脉搏,

　　而不是只凭大脑,感受他们的计划,

生来就得接受一门手艺,一种信仰,一套感情;

　　这种信仰之本能或会再次萌芽,

有些人从未失却它,

---

① 尼俄伯(Niobe),坦塔罗斯(Tantalus)之女,她为自己被杀的孩子哭泣而变化为石。

② 联合王国(Union Jack),由英格兰、威尔士、苏格兰和北爱尔兰组成的联合王国。

还有些人培育它或强迫它成长,

但我们中多数人贪婪得有悖常理,满足于

无端的指摘。精神上的懒散好像

苔藓或常春藤,爬过铰链

遮覆永不移动的门;

我们甚至不记得谁是他们的幕后主使,

甚至很快就不再有机会证明

是否有人在幕后主使他们——

"睡美人"还是"圣灵^①",

抑或是多数人的至福;

我们最多只能

把一只焦急的耳朵贴在钥匙孔上

聆听"未来"在呼吸;在外门廊的

大理石螺旋饰之下轻轻踏步,

谁知道上帝是否已死,如尼采^②所说?

街上仍有稻草;唤来驼背之人,

农民绅士,乡村白痴,什罗普郡少年,

如有可能让他们迷倒并孤立我们,

---

① 圣灵(Holy Ghost),基督教三位一体(即圣父、圣子、圣灵合成一神)的圣灵。

② 弗雷德里希·威廉·尼采(Friedrich Wilhelm Nietzsche,1844—1900),德国哲学家。

趁我们都还没精神错乱。

主啊,我们该祈求什么? 我们该向谁祈祷?

　　我们要不要效仿颓废的雅典人,把怀疑的益处

赐给"无名上帝"或自鸣得意的泛神论者,

　　假定上帝的踪迹遍及四处?

但如果我们假定有这样一个上帝,那么

　　这些空腹或白白微笑的人到底是谁呢?

盲人的木棍不住地叩打人行道,

　　因为无尽的英里闪烁

在落地灯的灯光下;麻痹者吹奏

　　管风琴,向过路行人

喷射四月的音乐;佩戴无数绶带的英雄

　　只剩半个肺或一条腿,在等死神降临。

上帝不允许印第安人的那种默许,

　　这是现状之典范;

上帝必得离开,如果一切事情的发生

　　都是顺其自然且依照上帝的意愿;

把稻草铺在街上,然后干你的事去吧,

　　慢慢来,一步一个脚印,

我们甚至匀不出一个钟头的时间

　　用来悔罪;教区钟鸣,

每一分钟都是它自己的闹钟,

我们接下来要做的事，

其意义甚于我们迄今为止

　　做过的或没做的事。

恰逢十二月，树木有如那三座

　　立在山上的十字架①，一片光秃；

橙色太阳的脸透过白雾，神秘得

　　像律师在立这一年的遗嘱。

但今年无有盈余，还将给其继承人

　　留一笔沉重的透支；

我们是要努力弥补赤字，还是

　　视若无睹，继续自由放任主义？

国际背叛，公开谋杀，

　　引用圣经的魔鬼，叛徒，懦夫，以和平

与进步之名义暴食晚宴的恶棍，

　　吸食干毒的受骗大众；

官方认可强奸，贫民窟复兴，

　　言论自由被压制，自由能源像

过剩的鲱鱼一样被废弃，

　　重入荒芜的海洋；

---

① "那三座／立在山上的十字架"，影射耶稣和两个强盗一同
　　被钉死在十字架上的故事。

智慧和美貌在流放中溃烂，

　　铁栏的阴影

扫过每一页，每一片田野，每一轮赭红的夕阳，

　　落在开满睡莲的池塘和陌生的草坪；

而成群无家可归的穷人备受指责，

　　在白灯和紫灯交杂、充满敌意的市街，

他们的奔逃之途没有终点却好过

　　集中营的安歇。

他们说，请你到马其顿①来帮助我们，

　　但已无这种可能。

现在我们必须自助，在马其顿我们任由

　　秃鹰把尸体清理干净。

难怪很多人会放弃与生俱来的权利，

　　不再背负坚守道义的重任，

拿一碗杂汤坐下，听命于方盒里

　　传出的疯狂的声音——

谎言在广播中不断重复，

　　让空气幻变成雾气，

谎言覆盖谎言，再无机会呼吸或烦躁，

　　没有人推挤

---

①　马其顿（Macedonia），疑指如今的马其顿共和国。

你的胳膊肘,说道:"太阳正从西边升起;

　　相信它,太阳将永远照耀。"

毫无疑问太阳会照耀,但多少人

　　能在1939年亲眼看到?

是的,旧日自有其音乐,

　　今天我们仍有剩余,

但管弦乐队理应参加篝火晚会,

　　如果事态赓续如是。

能量之种仍在,选择还有一息尚存,

　　即使已被禁止,已被藏掖,

人只要还有声音

　　就可能重获音乐。

十九

鸽群让伦敦的天空布满孔洞，
　　百叶窗从连锁店橱窗里滑出。
礼服雕像立在广场一动不动，
　　不在乎任何人，不介怀任何人。
夜班工人回家就寝，
　　水壶唱着歌，培根滋滋作响；
有人挨饿，有人变作亡魂——
　　褪色照片里的渴望的脸。
楼梯下有一顶卡其色的帽子；
　　那是爸爸的，爸爸是个水管工——
你可听到水龙头在漏水？
　　以前他很快就会修好。
来不及了；爸爸已死，
　　他离开我已有五个多月或更久；
如此宝贵的资本，为这样可爱的人哭泣
　　有何羞耻，要哭到什么时候？
我是说孩子，
　　过早出生，死于窒息；

爸爸已离去，

　　他不再举足轻重。

担架从病房延伸到病房，

　　空房里响起电话铃声，

撕破的衬衫浸湿在硬木板上，

　　呵，多么忙碌的清晨。

小克罗伊斯①爬在围栏里，他身畔摆有

　　按字母顺序排列的砖和饼干；

排成纵列的三明治小贩寡言如玩偶，

　　把谎言从水沟带到水沟。

副牧师买了一盎司的劣质烟丝，

　　打字员用珊瑚染指甲，

手拿购物袋的家庭妇女

　　看着切肉刀卡在去毛的

新西兰羊的两腿间——

　　新西兰羊现在是什么价格？

坐下乞讨的可卡犬

　　神色茫然，如电影里的无主宠物。

呵，多么忙碌的清晨，

---

① 克罗伊斯（Croesus），吕底亚（Lydia）末代国王，以富有闻名，在诗中代指富豪。

232

引擎伴着一阵轰鸣发动起来，

所有电线都在嗡嗡作声，

　　磁带机在地板上呕吐。

我觉得我的思路重又开阔，

　　挡路良久的女士已走远，

催眠已结束，而且无人

　　让催眠曲再来一遍。

当我们远离爱，我们又怎能置身于爱？

　　哪里的山和山中穹天

蕴有醉人的灵气（真实得让人

　　感到陌生，戳穿过我们的谎言）？

山峰倒下如糕点掉落；

　　现在我能看到她①

绕过没有脉冲响应的角落走来，

　　这个花言巧语的演说家内心里是哑巴，

他的把戏之袋空无所有，他夸张的言辞

　　已幻灭，彩虹般的泡沫已破碎：

当我们见面，她不必感到尴尬，

　　这个能言善辩的无赖干了最卑劣的行为，

---

① "她"，指麦克尼斯的第一任妻子玛丽·埃兹拉，下文的
　　"他"疑指玛丽·埃兹拉当时的丈夫。

我没允许他润色言辞，

　　也没允许他把空气变成

方便她行走的地毯；我只想得知

　　是在哪天，哪个时辰，我找到这份自由。

但自由没那么令人兴奋，

　　我们宁愿被吸入

环绕的群星中与之奔涌——

　　那黎明前的熙攘。

此刻我从群星中解脱，

　　"爱"这个词毫无意义，对于心灵的博物馆

这段历史几乎已成熟——装过

　　酒或香水的破罐。

但见它们在柜台上是那么雅致，

　　我感到某种自豪，可直到最近

（但又是许久前），我才趁它们芬芳满溢

　　把它们捧在手中。

因此在这个忙碌的清晨，亲爱的，我希望

　　你也忙碌，

饮下又一年的又一口酒浆；

　　祝你好运，谢谢你的派对——

派对很丰盛，虽然派对结束那一刻，

　　我比一开始更为口渴，

而永不喝醉无疑是最糟糕的；

人们说，痛苦和快乐总是孪生兄弟。

有这对孪生兄弟好过

没有孩子，既行善又作恶

好过没有罪过

且不采取任何行动。

你曾是我的床伴，而今是我的暴风雪，

但我不会选择更易培育的作物，

即使考虑到无消歇的花开花谢；

谢谢你，亲爱的——这称呼叫得好违心。

二十

纳尔逊站在黢黑的柱顶，

　　电气标牌忽暗忽明——

酿酒厂和人寿保险公司——

　　过往车辆来来去去，绕圈而行，

经过国立美术馆①（闭馆后寂然无声），

　　而其他世界依然

存在于艺术家的画框里，他们的激情

　　凝滞如冻结的火焰：

原始艺术家从残酷的传说中

　　提炼出一种近乎温和的信仰，

塞巴斯蒂安镇静地等待下一支箭，

　　公正的空气里耶稣被钉死在十字架上：

富有的威尼斯②永远悬在玻璃下——

　　她发间的珍珠，黑豹，天鹅绒：

洛可可式野餐在草地上风行，

---

① 国立美术馆（National Gallery），位于英格兰伦敦的特拉法
　尔加广场。
② 威尼斯（Venice），位于意大利东北部的港市。

喝酒,弹琴,互相打趣；
静物画沉着地宣称

以面包、水果或花瓶等自得其乐，
个性潜伏在正式的肖像中，

如一颗无声的炸弹。
这里的游客每天都缓步而行，

在镶木地板上摇摆,如在甲板上，
感觉与画面有种模糊的亲和力

但也提防逢他们经过时
轻啄船舷的海浪；他们巴不得

结束航程,企望从容登陆；
昔日的大海闪烁着白马群，

一种生命
之继承、背叛、衰退的模范；

死者毫无根据的信心触犯
我们自己的价值观，

如飞行员高凌于我们的私人花园
表演特技；这些傲慢的古典大师

俯冲,盘旋,然后嗖地以一道影子
刺向我们；我们只想种好自家的花园，

空中高超、狡猾的把戏
不适于我们，

我们脚踏实地，
他们本不应贴着我们头顶盘旋，
他们的前提不合理，
历史已驳斥他们，可是
他们在我们身上投下阴影如诽谤；
螺旋桨在转动，
白马在飞奔，我们能否永不忘记
往日那本应寂灭的种种运动？
苏格拉底[①]的头脑仍然灵活如剪刀，
基督本应静静躺在花园里，
反而在火焰中绽放如花朵。
……………………………[②]
还有一周就是圣诞节，绘有雪和冬青的卡片，
商店里的廉价摆设，
裹在薄纸里的愿望和回忆，
小饰品，小玩意，棒棒糖，
仿佛我们透过有色眼镜
能记起童年时的激动人心的事——
清晨醒来听见纸的沙沙声，

① 苏格拉底（Socrates，公元前469—前399），古希腊哲学家，柏拉图的老师。
② 原诗在此处用虚线隔开。

看到堆着鸭绒的小山里处处是

砖头和苹果，且有狼、狗和熊出没；

还能感觉到圣诞节

是岁月中的珊瑚岛，是我们登陆并食莲①

却永远不能驻留的地界。

东方有一颗星，戴着头巾的东方三贤②

带来他们的奢侈玩具，

为向一个生来就想颠覆他们的价值观、

破坏他们的平衡的孩子致以敬意。

干草味闻起来像黑暗马厩里的宁静——

但不是宁静，而是一把剑，

能砍断利己有理的戈迪斯之结，

那万无一失的金线；

因为耶稣所经之处的哲人都不只是

以愚蠢为武器——

让光滑之地变得粗糙，同时打击

教会和国家的头脑。

---

① 据传说非洲北部海岸有一群人以莲（lotus，又译落拓枣）的果实为食，被称为"食莲人"，荷马史诗《奥德赛》中有所提及，莲的果实能让人吃后忘却痛苦、无忧无虑，因此"食莲"喻指安逸度日。

② 东方三贤（Magi），自东方而来、给新生耶稣献礼的三位贤人，下文的"孩子"指新生耶稣。

为纪念他我们接管异教徒的农神节①，

　　每年设一场盛宴，

好让肚子有话可说，在我们吃东西时

　　对灵魂视而不见。

而"良心"仍落着泪穿过沙漠，

　　粗麻布缠于腰间：

还有一周就是圣诞节——听传报天使

　　乞讨铜钱。

---

① 农神节（Saturnalia），古罗马节日，每年从12月17日开始，持续七天。

二十一

当我们清理

    日常经历的所有碎片，

是什么显露出来，存续一天又一天

    有何价值？

我在房间里舒适而坐，

    盯着硕大的花朵——

我以工作时间购得的设备，

    由易腐的花瓣制成的每日薄荷。

舞蹈的形体

    重复赚钱和花钱的无休止的循环，

每天吃面包是为了挣来面包，

    挣来面包是为了吃。

而这是否就是完整的故事，

    主线和情节，

或只是一种手法，没有它就无法抒写

    任何故事？

必要条件！

    确实是必要条件，我们不能总是

只凭灵魂生活；毫无兴致的灵魂

　　会不见其光环。

但总体原因超过单纯条件，

　　其意义也不止于此；

生活将平淡如水（它的常态本是如此），

　　如果生活的前提只是人尚未死去。

因为每个个体

　　都得打一场败仗，

但若把生活看作集体创造，

　　溃败后就能重整旗鼓，战斗再次开始。

就算只给我们本能的勇气，

　　求真的欲望，爱的主动权，

我们也能对生活保有期盼：

　　超脱自我，却也完善自我。

诚如皇帝所言，低等的忠诚

　　有何用——"亲爱的刻克洛普斯①之城"，

若没有更广泛的特权我们无以回答：

　　"亲爱的宙斯②之城"？

所以当我们被许多悔憾

---

① 刻克洛普斯（Cecrops），阿提卡（Attica）第一任国王，雅典创建者，其形态为半蛇半人。

② 宙斯（Zeus），希腊神话中的主神。

困扰,怅惜失去的诸多感情,

让我们拓开视野,在我们把它们看成

　　无可救药的坏账之前。

因为宙斯有其权利,刻克洛普斯也有,

　　每棵树都枝繁叶茂,

每片树林都有树木生长,

　　现在的一切是由过去的一切造就。

所以我欣喜于结识平民百姓,

　　或欣喜于摆脱某些事情;

地球是圆的,无可否认

　　某个地方总会有黎明。

"主啊,赞美你,是你带来太阳——我们的兄弟",

　　以颜料洗眼的灰发圣人说;

是他一直在创造并毁灭,

　　他的循环永远不会终止。

在这个房间里,菊花和大丽花

　　像白兰地那般合人心意;火,

一只小野兽,消耗燃料也消耗

　　自身,只为助长欲望,

火焰的形状是最清晰可辨的

　　却也是最短暂的:

火啊,我的败家子,

但愿我能如你那般挥霍,不计后果,

却也能给出厚报——把沉默

　　烧成奔跑的声音,嘲笑黑暗,

霎时间从一掬火花变作光环,

　　净化世界,温暖世界。

房间渐渐变冷,灯光渐渐熄灭,

　　沉落的灰烬在低语,变幻无常的

眼睛会忘却,但随后就会记起

　　耀眼的行列。

烟囱里冒出的烟已飘散,

　　桥下的流水向远处淌去,

恋人的剪影离开山脊,

　　花萼闭合。

鱼尾纹不再让人反感,

　　笑话不再逗人发笑,味觉

拒绝牛奶巧克力和修女①——

　　昨天和前天。

哦,你对我而言已不是爱人,而是友人,

　　你可否不贸然相信

唯有生活值得让人活下去,

---

① "修女",指基督教本笃会的修女。

而死最终是要顺其自然？

因为出生本身就是一种胜利，

　　淘汰了所有多余的精子，

等待合适的词是感激，

　　而如果不是感激，就是责任。

我知道你认为这些话浮夸，

　　郁闷时看不出活着有什么

权利或意义；本是虚无之神的

　　神祇私下里伸出引诱之手。

虽然我认同

　　想要放弃、想要断然拒绝的做法，

但我觉得这样的失败也是叛国，

　　这样的赴死算不得忠诚。

火应该继续燃烧

　　直到燃成灰：

一旦火焰熄灭我们就不再有机会

　　跳舞并呐喊。

二十二

十二月十九日：白色蒸汽升起

　　越过黑色屋顶和那单棵

画笔似的黑色白杨，从隐蔽的铁路

　　一股股散开，一眼北方的

间歇泉喷发在熔岩之地，

　　但白还可以更白，因为此刻

暗褐色空气跳起吉格舞，斑点在四周伴舞

　　如镜头下的微生物；第一场雪在降落；

斑点很快就变成羽毛，枯燥地悄然飘过，

　　紊乱如少女的幻想，空气有如

一座舞厅，白裙和成串的珍珠

　　散布四处，跳着华尔兹舞。

报纸宣称雪赢得人们的好感，积雪

　　成为屋顶和花园的新缀饰，

让这一天精炼，充实，值得领略，

　　忧郁的桂冠解除假释，绽开在

密簇的牡丹花丛中：汽车都变成

　　动物，缓缓移动，

披着白毛如一只只熊，

　　雪白的树隐入树林后的小山，

如黑人的脸消失在黑色布景里，

　　我们伦敦的世界

千篇一律,宁静如北极地区,

　　总数被抵消,旗帜被收卷。

夜里我们在凝霜的栅栏后入梦,

　　街上没有生机盎然之物受到这

非尘世之冷的围攻,只见缕缕蒸汽从

　　下水道的格栅冒出,遂即迷路。

现在是假期,是早茶时间,

　　是要离开国土的时候:

我已取了南行的车票,绝不依恋,

　　我有心也无法阻止管道裂开,

排水沟淌着脏雪,圣诞晚会

　　毁于黏膜炎;

我们逃离这个国家吧,让这里的混沌

　　维持原本的状态(任凭魔鬼席卷)。

因此,从多佛①到敦刻尔克②:

---

① 多佛(Dover),位于英格兰肯特郡(Kent)的港市。
② 敦刻尔克(Dunkerque),位于法国北部的港市,靠近比利时
　　边境。

富乐之地①始于海峡对面。

猫头鹰顾不得这一年的工作,

　　雪花与轮船上的蒸汽调情。

但法国的火车被寒气笼罩,窗户被满星星

　　和蕨类植物的图案,似是结了霜,

当我们在窗户上刮出一个窥视孔,

　　我们发现一切陈旧如以往;

一个雪的世界: 雪一直下到巴黎,

　　烤猪不走这里,

任何短暂的半小时自我放纵

　　都是闰日②。

亲爱的,我的爱人,我的心肝,不管你是谁或曾是谁,

　　这次旅行我都需要你的陪同,

因为,哪里有供人休闲的乐事,哪里

　　就应该也有愉悦身心的女人。

我的日常工作不需要你,

　　我的任何精神冒险也不需要你,

不是在我挣生活费时,而是当我夺去

　　岁月那渐增的浮华之物:

---

① 富乐之地(the Land of Cockayne),也可译为安乐乡或世外
　桃源。
② "闰日",喻指难得、罕见。

我不再怀想你或其他对我一生

　至关重要的人——知心朋友或命定之偶；

我只想在香水柜台上或鸡尾酒吧里，

　找个优雅而机智的伴侣打情骂俏。

所以在这旅游价值是唯一

　价值之地，

我们假定饮食比思考重要，

　旁观比行动重要，任何一位朋友都比

同事重要，假定工作是一种无聊的便利，

　唯一的用场

是提供娱乐费用，假定娱乐

　是永恒的新娘，

永不会堕落到妻子的水准，假定八卦

　是艺术的特点，

而明智之人必须不把他的审美观

　和道德标准混为一谈——

在这里，我们思考这一切，我迫切需要你，

　无论你叫什么，年龄多大，头发什么颜色；

我需要你表面的陪伴（背后

　发生什么与你毫无瓜葛）。

我感到一种愉悦的怀旧之情，

　当我独坐，饮酒，想知道你是否会突然

从这张硫化橡胶桌旁蜿蜒而过，奔赴一个

　　你我都意想不到的约会地点，

穿过这群帽顶插有羽毛、面纱的光环

　　迅速消失的庸女，

还有三十几岁的秃头英国人，

　　他们溜光的额头是销量唱片的冢地；

在这里，酒、鳗鱼和闪烁的街灯

　　把不动声色的年鉴敲得扬扬自得，

在这里，理性被淹没，感官正在

　　冒泡、燃烧、刺痛、翻筋斗。

当我划着红色或绿色火柴来点燃

　　黑烟草的催痰的烟丝，我迫切需要你——

善于各种滥用的老女人，

　　你的灵魂不为人知。

我是多么享受这阵愤世嫉俗的自我放纵，

　　这阵了不得的、冷酷的假想；

愤世嫉俗者总是夸大其词，

　　但夸大其词不等同于信口雌黄。

我是多么（半信半疑地）喜欢憎恨

　　这个世界，我永远的归宿，

这种仇恨，这种逃避，同等虚假——

　　一首短促的歌。

因为我不能留在巴黎，

　　若留在巴黎我无疑很快就受不了，

因为我看到的不是熟稔的城市，

　　而是协和广场①灯光的冷淡的舞蹈。

关于圣诞节就谈到这儿吧：我得继续往南走

　　以饥饿的面孔迎迓新年，

但那里的饥饿之口

　　拒绝否认内心的忠诚。

看啊：这条路蜿蜒而上，多刺的葡萄园

　　和冬天的秃树列于路边；

尽那边，是白雪照耀下的比利牛斯山脉②的

　　尖声宣告，是痛苦和傲慢。

---

① 协和广场（the Place de la Concorde），位于法国巴黎。
② 比利牛斯山脉（Pyrenees），沿法国与西班牙国界从大西洋
海岸延伸到地中海的山脉。

二十三

这条路沿丘而下通向西班牙，

　　清风吹拂竹草，

白色悬铃木光秃如骨，

　　问题不言而喻：

我们来到某个虚幻之地①，用不了多久

　　我们所有人就可能被迫即刻露营。

细长的探照灯爬升，

　　我们的罪，甚至是我们的疏忽之罪，会揭穿我们。

当我到达小镇天已暗昏，

　　街上无灯，只见二百五十万人

来回走动，

　　如方舟②上困于绝境的兽群，

水把他们围得严严实实：

　　那里会有一棵绿树或一块枯石吗？

---

① 原文为 "a place in space"，直译为 "太空中某处"，但 "a place in space" 在文中很有可能是隐喻，喻指 "某个虚幻之地"。

② "方舟"，即诺亚方舟。

商店空无一物，巴塞罗那塔海滩①上的

　　房子的眼窝②空无一物。

但他们仍强颜欢笑，

　　虽然他们没有鸡蛋、牛奶、鱼、水果、烟草、黄油，

虽然他们靠吃扁豆生活，在地铁里睡觉，

　　虽然旧的秩序已然隐消，

加泰罗尼亚③工厂的金牛已粉身碎骨，

　　人类的价值依然存在，在烈火中

被净化，看来每个人

　　都想活得好而不是吃得饱。

生活似乎不仅仅是

　　保证活着并接受命令，

人类不仅仅是一件机器——

　　有待上油，永远不在意

它所生产的物件，或轮子为何不停转动；

　　至少灵魂已在这里听见自己的声音，

尽管确实违背了本心；

　　但代价太过沉重。

---

① 巴塞罗那塔海滩（Barceloneta），位于地中海沿岸。
② "房子的眼窝"，喻指窗户。
③ 加泰罗尼亚（Gatalonia），位于西班牙东北部的自治区，首府巴塞罗那。

他们呼吸战争的气息,紧张的气氛

允许(除了它所唤起的标语)

对集邮、回力球或私人笑话

产生兴趣。

但在黑暗的早晨响起警笛声,

灯火熄灭,小镇一片寂静,

天空满怀怨恨,

炸弹前来欺骗在劫难逃的受害者,

绚烂如盖伊·福克斯①之夜的表演——

银喷雾和曳光弹——

在毁灭行为止息的片刻里

雄鸡在镇中心啼唤。

雄鸡在巴塞罗那②啼唤,

那里没有几只钟在报时;

是心灵的起床号还是

西门·彼得③的刻薄的责备?

---

① 盖伊·福克斯(Guy Fawkes,1570—1606),英国阴谋家,因1605年11月5日的"火药阴谋(Gunpowder plot)"一案而被绞死,英国人为庆祝此事每年都在篝火之夜(又称盖伊·福克斯之夜)放烟花、点篝火并焚烧福克斯的模拟人像。

② 巴塞罗那(Barcelona),位于西班牙东北海岸的城市。

③ 西门·彼得(Simon Peter),即圣彼得,耶稣十二使徒之一,"西门·彼得的刻薄的责备"暗指圣彼得否认基督。

一年已到尾末，

　　是时候下定决心、清点存货了；

新年快乐！

　　愿上帝（如果有上帝）再予我

以同样的勇气和更高的远见，

　　并解决我们生活于其中的自相矛盾：

人要么因消极而安然生存，

　　要么放纵在剃刀的刀刃上。

予温柔之人以力量，

　　予强者以丰富的想象力，

让他们的半真半假变成真，

　　让曲径终有归路。

我承认我难以缩短我那支离破碎、

　　漫无目的的轨迹：

它毫无规则地返至

　　燃烧的城市和被洗劫的玫瑰花丛，

返至石堆和孤寂的农场，

　　那里无人居住、交媾或生儿育女；

我的所有遗传和教养

　　把我带入"此刻"的怀抱——

不是情妇的怀抱，而是摔跤手的怀抱，

　　是横跨夜空的神祇的怀抱；

难怪雅各的大腿一瘸一簸——

　　一场平局的代价。

只因自知

　　新事物于世不存就永不尝试

新事物，是一种学术上的诡辩——

　　原罪。

我历经诸多事情，度过无数岁月，

　　见过各种人——古怪的岁月和逝去的人，

早已结识一些朋友，但要逐一接受；

　　如今我必须赔罪，

尽力让事件与本能呼应，

　　让我与你呼应，也让你与自己呼应，

不要再认为时间是

　　源自一条河的瀑布。

我爱挫败和懒惰，

　　无所事事的殉道者那俗丽的光环；

我已抛却意志和良心的根基，

　　现在我必须寻找两者，

不要再在安乐窝里扮演

　　垂死的高卢人；

自怜的乐事迟早会令人厌憎，

　　诅咒我们生于其中的邪世

是一种乐趣,愤世嫉俗地承认失利

　　也是一种乐趣,但终将令人厌憎

("我们的爱是不够深刻的,

　　枯萎病和白嘴鸦为害玉米。")

让我们不要欣喜于目前给出的

　　任何举措,

也不要故意等待,做悲伤的智者,

　　当我们无所事事我们发现自己一无所得。

因为此时此地奥丁侍女①以新的面孔

　　驶过西班牙星座,

如猎户座慵懒地侧卧在

　　加泰罗尼亚广场上空;

从马略卡岛嗡嗡地凌空而来②,

　　使生前遗嘱的执行人

残废、失明或丧命,

　　顽固的自由继承者,

他们的真实信仰和雄胆

　　让我们琐碎而含糊的说辞蒙羞——

---

① 奥丁侍女(Valkyrie),斯堪的纳维亚神话中奥丁(至高之神,造物主,胜利与死亡之神)的十二位侍女,负责把阵亡者的灵魂引入瓦尔哈拉殿堂(Valhalla)。瓦尔哈拉殿堂是奥丁接待英灵的地方。
② "从马略卡岛嗡嗡地凌空而来",主语是上文的奥丁侍女。

我们为安全而战，

　　——有名无实的安全。

但这些人不讲实情，无论他们

　　名义上打着什么幌子。

倾听：一阵嗡嗡，一声挑战，一首晨曲——

　　这是雄鸡在巴塞罗那啼唤。

二十四

睡吧,我的身体,睡吧,我的灵魂,
    睡吧,我的父母和祖父母,
睡吧,所有我钟爱的人:
    某人的棺材对别人而言是摇篮。
睡吧,我的过去和所有罪戾,睡在
    迢迢的雪地里或月下
枯干的玫瑰丛中,因为每当白昼开始
    夜茧就会破开。
我的先辈们,睡在你们的坟墓中,
    在石南下的高沼地:
凡是风吹散的都由风保存,
    幼树在新乡抽芽。
时间是个国度,此刻是聚光灯
    绕着舞台游荡;
我们没必要追逐聚光灯,
    未来是过去的新娘。
睡吧,我的种种幻想和愿望,
    睡一会儿醒来就会充满膂力,

虽无改观却有非凡之处,请接受我的祝福——

　　一首摇篮曲。

睡吧,我的各个相互冲突的自我①,

　　长久以来我已受够你们,

睡在阿斯克勒庇俄斯②的神庙里,

　　醒来就会毫无病症。

你③也睡吧,我曾与你共享田园生活

　　有五年之久——

睡在大西洋彼岸,

　　醒来就会看见晶莹的露水,听到鸟儿在啁啾。

你,眼睛湛蓝的人,也睡吧,你脚踏泡沫,

　　你面带微笑静静入睡,

且不渴望

　　永远不会到来的完美。

你,健谈者,也睡吧,你喋喋不休的

　　片刻想把社交时辰吞占无余,

---

① 从麦克尼斯写给 T. S. 艾略特的信件中可以得知,"各个相互冲突的自我"指麦克尼斯的不同部分(也可以理解为麦克尼斯在诗中"扮演"的不同角色):无政府主义者,失败主义者,感性之人,哲学家,想当好公民的人。

② 阿斯克勒庇俄斯(Asclepius),希腊神话中的药神,阿波罗之子。

③ "你",指麦克尼斯的第一任妻子玛丽·埃兹拉。

你在安静的角落里惬意地蜷起身子，

　　让你的思想闭合如花朵。

还有你们，形形色色的群体——为基督工作的人，

　　渴望更好生活的人，人道主义者，无神论者，

献身于事业的人，专注于家庭的人——

　　也睡吧，愿你们的信仰和热情永驻。

静静睡吧，弗洛伊德[①]，

　　我们过渡时期的傀儡领袖。

卡格尼，伦巴第，宾和嘉宝，

　　睡在你的赛璐珞世界[②]里。

和尚与森林之神，也快睡吧，

　　今晚请别再争论。

睡吧，我的大脑，睡吧，我的感官，

　　睡吧，我的饥饿和怨恨。

睡吧，加入邪恶军队的新兵，

　　你们已被误解许久，

请举起枪祛除你们的悲伤；

　　睡吧，下地狱吧，醒来就会精神抖擞。

---

① 西格蒙德·弗洛伊德（Sigmund Freud, 1856—1939），奥地利神经病学家和精神治疗专家。

② "赛璐珞世界"，喻指电影世界，上文提及的卡格尼、伦巴第、宾和嘉宝都是电影演员。

当我们入眠,我们会梦见什么?

　　是梦见极乐世界或南海诸岛,

还是梦见一个牛奶都是乳白色、

　　女孩们都心甘情愿的国度?

还是当我们醒来我们的梦才是

　　对真实未来的预兆,

设计一个家,一所工厂,一座堡垒,

　　哪怕全力以赴,但我们真能做到?

我们到底想要什么?

　　目标是什么,如何达成?

如果它行得通,唾手可得,

　　让我们现在就做梦,

并祈求一个没有梦游者

　　也没有愤怒的木偶的国度,

在那里心和脑都能懂得

　　我们同伴的行动;

在那里生命是可供选择的工具,无人

　　被剥夺天生的音乐,

在那里生命之水免遭饥饿的冰封,

　　思想自由如太阳,

在那里纯粹权力和低微利润的祭坛

　　已被弃用,

没人知道为何要用

　　鲜血和金钱换取金钱和鲜血，

在那里个人不再自信满满地挥霍钱财，

　　而是与别人（赋有杂耍者的多重视野

且能像出租车那般快速转弯的人）共事，

　　在那里人民不只是一个群体。

所以怀着这样的希望睡吧——不过只睡一会儿；

　　趁选择权还在你手中，

你的希望必须苏醒，

　　抵押之物还没被取消赎回权，报价公开。

睡得安详，避免向后

　　瞥去；前进吧，梦想，不要止步

（在沙漠中你身后有一个

　　疑惑的标记——一根盐柱①）。

睡吧，过去，醒吧，未来，

　　立即从敞开的门走出去；

但你们，我的种种懦弱的疑虑，也许会继续沉睡，

　　你们不必再醒来——再也不必。

新年携炸弹到来，来不及

──────────

① "盐柱"，出自圣经，罗得（Lot）和妻子在逃离罪恶之城所
　多玛（Sodom）时，他的妻子因违背不应回头的告诫而化作
　盐柱。

263

以高尚的意愿给死者送终：

如果你还有特权，那就用在生活上；

　　死者伴随一九三八年死去。

听着流水的喧嚣声睡吧，

　　明天就要蹚过流水，无论有多深；

我们要渡过的不是亡人之河或忘川，

　　今晚我们

睡在卢比孔①的河畔上——木已成舟；

　　随后会有时间审核

账目，随后会有阳光，

　　方程式最终会有结果。

---

① 卢比孔（Rubicon），或译鲁比肯河，位于意大利东北部的
　河流，在古代是意大利和山南高卢的界河，公元前49年恺
　撒（Caesar，公元前100—前44）率军跨过此河进入意大利，
　违背了任何将领不应率军越过比河的法律，向罗马元老院
　和庞培（Pompey，公元前106—前48）宣战，接下来发生了
　三年内战，以恺撒取得胜利告终。鲁比肯河喻指没有退
　路，即"破釜沉舟"。

白

鲸

诗

丛

白鲸诗丛

麦克尼斯诗选

路易斯·麦克尼斯——著

吕鹏——译

（下）

中国出版集团 东方出版中心

目录

植物和幽灵（1941）

集外诗

植物和幽灵（1941）

预见

就此诀别了,冬天,
白昼时分越来越长,
漂在茶杯里的茶叶
预示有位陌生人到场。

他会给我带来生意
还是会给我带来欢欣?
或者他到场是想
治愈他自己的病?

背负小贩的担子
走进了花园,他
到这里是来行乞
还是来讨价还价?

他到这里是来纠缠,
畏缩,还是来叫嚷?
是手中握有一个诺言,

还是枪套里别有一把枪？

他的名字是约翰①，

还是约拿②——那个

在爱奥那岛③上懊悔得

泣不成声的家伙？

他的名字是伊阿宋④——

找寻水手，抑或找寻

发疯的十字军士兵⑤？

无人知晓个中原因。

他要传达什么信息——

战争，工作，还是婚姻？

---

① 约翰（John），即圣约翰，耶稣十二使徒之一。
② 约拿（Jonah），《圣经》中的先知，被一条巨鱼吞噬，三天后
　　又被完好无损地吐出。
③ 爱奥那岛（Iona），位于内赫布里底群岛（Inner Hebrides）的
　　小岛。
④ 伊阿宋（Jason），希腊神话中塞萨利（Thessaly）国王伊奥尔
　　科斯（Iolcos）之子，他率领阿尔戈英雄（the Argonauts）寻
　　觅金羊毛。
⑤ "十字军士兵"，参与十字军东征的士兵。十字军东征
　　（Crusades），11至13世纪欧洲基督徒为从穆斯林手中收
　　复圣地（the Holy Land）而进行的一系列军事远征。

是一句古老的格言，

还是黎明般的新闻？

他会给出绝妙的答案

解决我的问题，

还是说些含糊的话，

左右都是逃避？

他的名字是"爱神"，

说的都是疯言疯语，

还是他的名字是"死神"，

传达给人惬意的①信息？

---

① "给人惬意的"，原文为"easy"（兼有"简单"之意），等同
于古语"easeful"，"easeful（给人惬意的）"出自英国浪漫
主义诗人约翰·济慈的名作《夜莺颂》：

我在幽暗里凝听；不知多少次
我近乎爱上给人惬意的死神……
——《夜莺颂》（第六节）

苦行僧

苦行僧伫立在柱顶，
只见柱子有一根，
他伫立良久，到最后
他自己也变成石身；
他仅存的双眼
向沙漠尽头扫去，
那里没有人烟，
世界也被封闭。

然后他紧闭双眼，
伫立在睡梦中，
他感到有一条绳
缠住他的脖颈，
刽子手在数数，
从一数到十——
数到九时他发觉
双眼还没变化为石。

苦行僧伫立在柱顶，
柱子变成两根，
在对面的蓝天下
伫立一名年轻人，
洁白的希腊神祇，
摆好自信的架势，
他的卷发悬于穹棱，
他的双眼紧盯尘世。

对话

普通人也有着独特的气魄：
看啊，当他们正在与你攀谈，
他们眼中的流浪汉偷偷地
溜入头骨后的某片暗林，
拿不定主意，或尾随幻象
或尾随实体，在池塘里钓影。

但流浪汉有时从他们眼中的
反方向走来，进入你眼中，
大概是出了差错，把你当作
昨天或明晚，如置身于树林，
他也许会在松针和刺果中，
捡起丢失的钱包，落下的针。

但流浪已被禁止；普通人不久
就会归复常态，直视你的眼睛
仿佛要说"这种事情不会再有"，
列出连珠炮似的常识以阻止

亲密行为,但在他们的谈话中,
无意插入玫瑰一般的粗语。

全然

设若我们想全然掌握某事的窍门，
　　大把时间就会流逝；
我们只知道歌如嫩枝经过又坠落，
　　歌词淅淅沥沥，
而当我们力图偷听那些伟大的
　　在场人物时，
我们只是偶尔凭借意外的好运
　　全然盗用一个短语。

设若我们能在别人的怀里全然
　　找到我们的福祉，
我们就应不惧春天的长矛或城市的
　　喧嚣的火警报警器，
然而，事实上，每年都有长矛刺穿
　　我们的肉体，而铃声
或警笛几乎时刻都能全然驱走
　　爱神的蓝色眼睛。

而设若世界是一团漆黑或一片雪白

（所有图表轮廓分明），

而不是发疯的堤坝，挡住似虎的洪水，

不是苦乐之棱镜，

我们就能更加确信我们想去哪里，

我们也可能只是

百无聊赖，但残酷的现实里没有哪条路

全然正确无疑。

伦敦的雨

伦敦的雨正在滴落：
乌黑的街头布满白疹，
盏盏伦敦的霓虹灯
把夜运河涂得五彩缤纷，
受夜之炼金术的浸染，
公园也变成一片丛林。

我的种种愿望幻化成
黝黑如煤炭的烈马——
那"幻想"的发情的牝马，
那"灵魂"的牡马——
迫切地想要跨过
围住我灵魂的篱笆。

跃过数不尽的烟囱
烈马在奔驰不止，
跃过乡村来到
烽火摇曳的海峡，

我看见上帝和伪上帝①
正在玩投硬币游戏。

无论谁赢我都快乐:
因为上帝会给我福气,
而伪上帝会赦免
我所做的一切错事,
我还不用受良心谴责,
如果这世界大有问题。

听命于上帝我们能指望
在堕落时得到赦免,
可若是听命于伪上帝
一切就毫无意义可言:
纵火,强奸,甚至谋杀
必会算不上什么罪愆。

没有什么可失去的——
借这种逻辑的力量

---

① 伪上帝(No-God),麦克尼斯自创的词,借以表达对上帝的
怀疑。

我的欲望骑马飞奔，
劫掠我想劫掠的地方，
所有瑰丽的塔楼
也任凭我洗劫一空。

但此刻雨已终止，
它在城镇上的舞蹈，
逻辑和欲望一同
在朦胧中蓦然跌倒，
而上帝和伪上帝
处处都再见不到。

这场争论是有意为之，
这些选择并不真实，
我们不需要玄学
批准我们如何做事，
或以慰藉捂我们的嘴，
让我们安于无所事事。

无论活生生的河流
源自池塘还是源自湖，
是恩赐构成这个世界，

是我们创造这个世界，
要想发现生命我们只能
在自造的生命中找寻。

因此就让雨唦唦地
落在闪烁的石板瓦上，
一旦雨的势头减弱，
太阳就会散发光芒，
而当雨的势头减弱，
雨也会按时返回。

我的愿望已踏上归途，
它们的疾驰徒劳无果，
逻辑和欲望不再作声，
雨又一次开始滴落。
我在睡梦中倾听
伦敦的雨不停滴落。

献给某人的三部曲

二

而^①爱静静悬在床头，像似水晶，

　　填满这偌大房间的每个角落；

黎明的曦光映照在红木桌子上，

　　叫她沉浸于梦并露出繁花^②。

哦，我的爱，但愿我会留得住这

　　缱绻后的静谧，不为分配幸福，

而是要永远向世界关闭这扇门，

　　把世界的世界隔绝在世界里。

但黎明的波涛以沸腾的片刻恼人，

　　书名明晰地刻露在书架上，

理性在搜寻使命，而你将从梦中

　　惊醒，然后继续你自己的生活。

---

① 《献给某人的三部曲》是组诗，这首诗承接未被选译的第
　　一首。
② "繁花"，对上文"她"的羞颜的比喻。

第一列火车经过,窗户嘎吱作响,

　　恐吓的声音将响起,而你的声音
将变成一阵与之合拍的鼓声,

　　虽在昨晚维护我们一夜的身份,
有如树液缓缓流经饥饿的树。

渐渐合拢的相册

一、都柏林

灰砖叠在灰砖之上，

慷慨激昂的铜像

立在晦暗的基座上——

奥康奈尔[①]，格拉坦，摩尔[②]——

啤酒厂相互竞争，天鹅

游在围有栏杆的溪面，

气窗有如裸骨

凌空于饥饿之门，

空气轻拂脸颊，

搬运工从酒吧里跑出，

头上沾着黄色奶油，

纳尔逊站在柱子上，

目睹他的世界瓦解。

---

① 丹尼尔·奥康奈尔（Daniel O'Connell, 1775—1847），爱尔兰民族主义领袖、社会改革家。
② 托马斯·摩尔（Thomas Moore, 1779—1852），爱尔兰浪漫主义诗人。

这座城镇永不属于我，

我没在这里出生，长大，

或接受教育，她也不会

拥有我，无论我是死是活，

但我的心灵仍沉迷于

她的庸俗和优雅，

她的轻柔的雨幕，

她的所有行走的鬼魂，

和所有藏匿在她的

乔治时代建筑里的鬼魂——

阵阵嘘声和痛苦，

她的肮脏的魅力，

她谈吐间的虚张声势。

灯光在河里蹦跳，

动作如六角形手风琴，

天刚破晓时太阳升起，

如水面的麦芽糖，

威克洛郡①山上的薄雾

是那么近，如

_____

① 威克洛郡（Wicklow），位于爱尔兰东部。

农民与地主、爱尔兰人

与盎格鲁爱尔兰人那么近，

如凶手和被他所杀之人

在片刻间那么近，

或如那片刻本身

和下一片刻那么近。

她不是地道的爱尔兰城镇，

她也不属于英格兰，

历史上有过枪和害虫，

不以拉丁教会的断章

或演说辞闻名于世。

但是呵，日子是温柔的，

温柔得足以忘记这一切：

尝过的刻骨的教训，

射在潮湿街头的

子弹，非法交易，

笑里藏刀的行径，

烧毁的"四座院落"。

丹麦人的堡垒，

撒克逊人的驻地，

一个盖尔民族的

奥古斯都①的首都，

占用所有

外人带来的东西，

你给我时间思考，

你以把戏人的花招

稳住倒塌的时辰——

哦，灰色蔓延至花朵，

灰色的石，灰色的水，

灰砖叠在灰砖之上。

二、库申登②

倒挂金钟、豚草和远处的山丘

仿佛是由云彩和大海造就：

海湾彻夜噼啪四溅，皓月升空

　　伴有破碎的海浪。

石灰岩，玄武岩，一座粉刷过的、

---

① 奥古斯都（Augustus，公元前63年—公元14年），又名屋大
　　维（Octavian），第一位罗马皇帝。
② 库申登（Cushendun），位于北爱尔兰安特里姆郡的滨海小
　　村庄。

通道插有巨大石旗的房子；

一座封闭花园，李子掉落在墙上，

　　夜里一只鸟叽叽喳喳。

记忆里的一切已丢却：黄铜灯，铜壶，

自制面包，草皮或亚麻的味道，

紧如手套的空气，易于起泡的水，

　　开在树篱里的旋花。

只见炉火旁的深绿色房间里

（窗帘拉下来以抵挡风浪）

有个小盒子，里面传出文雅的声音：

　　这里是多么适于谈论战争。

三、斯莱戈郡和梅奥郡①

在斯莱戈郡，乡村里只有柔声细语；火鸡

　　在悬铃木下咯咯叫，

一道又一道的云影移动于山间，

　　如牛儿悠闲地吃草。

---

① 斯莱戈郡（Sligo）和梅奥郡（Mayo）都位于爱尔兰康诺
　　特省。

远处的畦田里堆满干草垛如条纹，
　　乱作一团的金莲花
溅落在一座路旁的白色村舍上，
　　教眼睛应接不暇。

农场里，绣球花和血红色倒挂金钟的
　　掉落的耳环①围住泥坑，
小母牛坐在泥坑里，听凭小母鸡
　　啄食她眼圈的苍蝇。

但在梅奥，摇摇欲坠的墙像青蛙似的
　　跃过沼泽，
酒吧里的糖和盐放在调味瓶里受潮，
　　荒凉的湖岸上水泛出棕色，

像啤酒一样，灰白色橡树桩
　　插得到处都是，
当夕暮洒在石南上滤下去，就能听见
　　水之乐音弥漫在空气里，

———————————

① "耳环"，对穗的比喻。

当夜幕笼罩沼泽地,一切都裹在

　　夜之羽翼中,

漆黑的泥炭堆在幽冥中一跃而起,

　　如无名国王的坟茔。

四、戈尔韦郡

哦,戈尔韦郡的交叉骨[①],

中空的灰房,

垃圾和污水,

长满绿草的码头,

挖泥船镇夜

在港口抱怨:

战争在此侵袭我们。

科里布[②]的鲑鱼

轻轻摇曳,

水进涌出来,

越过拦河坝,

一百只天鹅

----

① "交叉骨",象征死亡。
② 科里布(Corrib),位于戈尔韦郡的村庄。

在海港上流连于梦：
战争在此侵袭我们。

这是个欢畅之夜，
伴有月亮的清音，
但在克莱尔郡的山丘，
马尔斯①怒气冲冲，
而九月降临于
柳树和废墟：
战争在此侵袭我们。

五

何以（既然覆水难收）
时钟还要继续为救火犬敲响？
何以秃鼻乌鸦在夜里被风刮走，
如纸灰飘散在烟囱中？

何以大海得保持它的动荡、优雅，
然后每逢退潮都在沙滩上画出
一层平纹细布？

———————————

① 马尔斯（Mars），罗马神话里的战神。

何以（既然覆水难收）
地图册上仍有我们再也见不到的
无数国家的地图？

何以（既然覆水难收，
而且厄运整夜都在敲门）
我应记得我曾见过你的身影——
是在另一个世界？

相会之地

时间已离却，去了某个别处，
还剩两盏玻璃杯，两张座椅，
和两个脉搏同时跳动的人
（不知是谁止住移动的楼梯）：
时间已离却，去了某个别处。

他们不在这里也不在那里[①]；
小溪的音乐从未停止流动，
径直淌过清澈的棕色[②]石南，
纵使他们都坐在咖啡店中，
而且不在这里也不在那里。

钟在空气里变得悄无声息，
保持它那上下颠倒的姿势——

---

① "不在这里也不在那里"，暗指"他们"在"时间已离却"后
　　脱离空间，原文为"neither up nor down"，也有"既不高兴
　　也不沮丧"之意。
② "棕色"，咖啡的颜色。

一朵花诞生于两声哐啷①间,
一片静悄悄的黄铜色花萼②:
钟在空气里变得悄无声息。

骆驼穿过绵绵不绝的沙地
(沙地延伸在杯和盘的周围);
荒漠归它们所有,它们有意
把所有的星宿和日期分配:
骆驼穿过绵绵不绝的沙地。

时间已离却,去了某个别处。
服务员还是没来,钟已忘记
他们,收音机的华尔兹舞曲
涌出来有如流水冲破岩石:
时间已离却,去了某个别处。

她的手指弹走那株白蜡树③,
当它又在热带森林中开花:
他们一旦拥有这样的森林

---

① "哐啷",即钟报时所发出的声音。
② "黄铜色花萼",疑是喻指钟摆。
③ "白蜡树",象征永恒的爱。

就毫不在乎市场是否崩塌，
她的手指弹走那株白蜡树。

上帝抑或任何良善的象征
被人颂扬，时间才这样停休，
唯有如此，内心的领悟才能
在躯体平静时证明世上有
上帝，抑或任何良善的象征。

时间已离却，她又不在这里，
生活的模样也与曾经相背，
钟在空气里变得悄无声息，
而整间屋子一片闪烁，因为
时间已离却，她又不在这里。

旧地重游

这所房子宽敞，凄凉；
杂草在车道上滋长；
我们以前去过那边，
但记忆在起泡的门前
不堪一击，无法找到
任何有生气的事物；
灌丛在滴水，一座地窖
藏有腐殖土似的梦；一支
暗淡的箭越过空马厩，
在柔风中微微飘动，

而愿望无法在心里
涌起；看向花园墙壁，
套住梨树的圈已腐烂，
梨树松垮了；一个愿望，
一团彩虹泡沫，玫瑰，
在沉闷的空气里凝滞，
破碎——但有何用呢？

拉铃索已拉不下来，
有人可能会作此猜想——
整个地方已病入膏肓：
世界早就被封禁了，

且一直被封禁，直到
一棵突然发怒的树
像猎狗那般抖动全身，
从池塘里跳了出来，
一列云朵升到半空，
越过那排阴晦的
酸橙，有如一阵呐喊，
唱着反调。瞄向附近，
在单厩间里的某处，
一匹马嘶叫起来，
只见所有窗帘飞离
窗户；世界重新开放。

短篇小说

二、仙女们 [1]

一天内的生活：他带女友去看芭蕾舞；
由于近视他自己却看不清楚——

　　泛灰的林中空地 [2] 里，

　　白裙舞动，音乐的波浪

　　扬起一张张白帆。

花萼层层相叠，风铃草在微风中摇曳，
左边的花朵与右边的花朵互为映像，

　　赤裸的手臂摇摆在

　　搽了粉的脸上空，

　　如游泳池里的海藻。

他想，我们是在漂浮——永远漂浮，不用桨——
现如今再也不必分离，从此往后

---

[1]　题目的原文为法文 "Les Sylphides"。
[2]　"林中空地"，对舞台的比喻。

你将会身穿白色

缎服，腰系红色饰带，

在跳华尔兹舞的树下。

但音乐戛然而止，芭蕾舞演员拉上幕布，

河水流到水闸口——一阵节目的曳步声——

我们不能游下去，

除非我们准备好

进入水闸口并坠落。

因此他们结为夫妇——进而厮守——

却发现他们再不能厮守如往日，

被早茶、晚报、子女

和商人的账单，

隔得形同陌路。

夜里她偶尔醒来，见他呼吸规律，

才放下悬着的心，但她想知道

这么做是否值得，

河水淌去何处，

洁白的花朵在哪儿？

三、园丁

他不会读也不会写，
他在上流社会做些零活，
修剪树篱或给车道锄草，
面露圣人的微笑，
骄傲如封建首领，
因为他还没有完全清醒。

等到他有一头白发，
风湿病叫他沦为跛者，
他会在夜半前到达花园，
腿裹在肮脏的绑腿里，
嘴里叼一根陶土烟斗，
帽上插一面小旗，
身后跟着一只白猫，
他的眼睛是蓝色矢车菊。

当剪刀发出咔嗒声，
当镰刀发出窸窣声，
或当耙子擦过砂砾，
他会说些逗孩子们开心的话，
他会对自己说话，对猫说话，

或对栖息在铁锹把手上、
等待虫子的知更鸟说话；
会想起在小学时
学到的诗歌片段，
讲的是一只蜜蜂和一只黄蜂，
或在谷仓门旁打转的猫；
他一开口就谈及他自己——
你永远找不到他那样的人——
总是用第三人称；
他会把拐棍举平如一杆枪
（他的眼里闪过一道光），
说道，"我已是法国人了"——
他的脑子一点都不清醒。

他信仰上帝——
"天堂的那个好家伙"——
他看着树叶纷纷落下
就引用荷马的一个明喻，
他年年等待七月十二到来，
他珍爱腰带和横笛，只为在
旗飘鼓响的狂欢节派上用场。
他总是索要东西，但从不

领取他的养老金，

因为他不知自己的年岁。

而最终，他的风湿病

使他脱离游行队伍。

然后他来到花园做工，

白天来得很晚、很晚，

晚上走得也很晚；

当黑夜湿气浓重，

在十点钟或更晚时，

你能听见他在修剪草坪，

割草机来回移动，向前、

向后、向前又向后，

因为他割草时站在原地。

他无法胜任这份工作。

但他骄矜于这份工作，

他把一碗凉茶放在

一棵树的树杈处，

他吃什么都觉得合口，

他喜爱打磨镰刀，

喜爱播种土豆，

喜爱插好豌豆支架，

喜爱秧鸡嘈杂的咯咯声，

喜爱黑绿相间的

早生的山楂树篱，

还喜爱舞在空中的断草——

很开心，因为白昼很长。

直到他病入膏肓，

久困于他的屋子里，

他的眼睛黯淡无光，

他坐在小电灶旁，陪他的

是一只笼中雀，还有一张

进入奥伦治会①的

装了框的许可证书，

他开始胡言乱语，

他的记忆已退潮，

把奇形贝壳和残破的船首

遗留在海岸上，

而他的灵魂在一条

① 奥伦治会（Orange Order），爱尔兰（尤指北爱尔兰）的新教政治团体。

装备齐全的小船里

乘潮寻找"德里①的城墙"

或那片"永远年轻"的土地。

四、克里斯蒂娜

起初是那么不费气力：

地板上的砖堆叠

就能造混杂的房子，

还拆掉你的房子，

且总是越造越多。

玩偶名叫克里斯蒂娜，

身穿蕾丝内衣，

你给她穿衣服她就笑，

随后你给她脱衣服时，

她也始终脸含笑意。

直到她摔倒的那天，

把自己摔成两半，

---

① 德里（Derry），即伦敦德里（Londonderry），北爱尔兰西北部的一个自治区，本名德里，1613 年成为伦敦的殖民地，后称为伦敦德里。

她的腿和胳膊是中空的，
她那双蓝眼睛后的
黄脑袋也是中空的。
……
他上床休息，陪有一位
他曾在某处见过的女士，
他一听到克里斯蒂娜
就突然看见克里斯蒂娜
躺在幼儿房的地上死去。

一位女演员之死

我看报时得知弗洛丽·福特[1]的死讯——
刚给伤兵们唱完歌就倏地倒下，
享年六十五岁。对这名红极一时的
歌舞队女演员，美国的通知准是

就事论事而已；她所扮演的角色
在四十多个窒息的年头里给人
以妖娆、多愁善感或滑稽的印象——
一束取悦大众、华而不实的花朵。

披长毛绒，抽雪茄：她，硕大的老叟，
化好妆，裹丝绒，戴冠饰，跟跄地登台，
不作声，但她甜如香草、无人记得的
歌舞之夜散发神韵萦绕她的头。

跳着笨拙的希米舞[2]，眨着迷人的眼，

① 弗洛丽·福特（Florrie Ford，1875—1940），美国女演员。
② 希米舞（shimmy），一种流行于20世纪20年代的舞蹈，跳时全身快速摆动。

她甩出一丛多萝西·帕金斯①玫瑰

绕住来自贫民窟和郊区的观众，

他们早已对水槽里的茶叶厌倦；

且发觉她的歌是一道西行的彩虹，

指引他们去找寻不曾拥有的家，

孩童的巧克力星期天，樱草时节，

去找寻周末的永恒的"极乐岛②"。

在"人之岛"，当先于眼下的战争的

战争还没发生，她使"蒂珀雷里③"

受人喜爱如雷格泰姆④，后又成为

在幽岸上响彻运兵船的天鹅之歌⑤；

慕尼黑期间她唱起古老的问题：

————————————

① 多萝西·帕金斯（Dorothy Perkins），世界上种植最广泛的
   玫瑰品种之一。
② 极乐岛（Islands of the Blest），善人死后居住的岛。
③ 蒂珀雷里（Tipperary），爱尔兰中部的郡，歌曲《去往蒂珀
   雷里的漫漫长路》（*It's a Long Way to Tipperary*）在第一次
   世界大战期间被英国远征军用作行军歌曲。
④ 雷格泰姆（ragtime），一种节奏强劲的爵士乐，20世纪初流
   行于美国。
⑤ 天鹅之歌（swan-song），寓言中天鹅垂死前唱的歌，喻指艺
   术家退休前的告别演出。

比尔·贝利在哪里？合唱队的回答
蒙混过关,很高兴问题没有答案:
比尔·贝利在哪里？我们从何获知!

此刻的四月深夜像是裹了绷带^①,
在军队医院里,弗洛丽·福特女士
定是最后一次在众目睽睽下露面,
她拿起蝴蝶结,举止得体地离开。

举止得体——因为她象征
更古老的英格兰,象征在晴空下
携手学步的孩童。让鸫鹩和知更鸟
以树叶轻轻掩盖"林中的幼婴^②"。

---

① "裹了绷带",既形容夜色之深又暗示对伤兵的同情。
② 林中的幼婴(the Babes in the Wood),传说英格兰有个庄园
 主去世时把两个孩子托付给孩子的舅父,遗嘱声称若孩子
 先于舅父死去,舅父可继承全部遗产,贪婪的舅父雇人把
 孩子骗入林中杀掉。

心之飞翔

心呵，我的心，你要做什么呢？
五只瘸狗[①]，其中一只又聋又哑，
它们都要向你施加重荷。

我要给自己建造一座铜塔，
留四个出口而不留入口，
荣耀只属于我，权利只属于我[②]。

三阵猛敲、一场大爆炸一过，
铜塔若摇晃并倒塌怎么办？
你自己尽全力能做什么呢？

我会走进地窖喝黑啤酒，
快速抿两口，再喝一大口，
烂醉如君王，快活如云雀。

---

① "五只瘸狗"，对五官或五种官能的戏称。
② "只属于我"，原文为"mine"，兼有"摧毁"之意，因此这句
  话暗含"摧毁荣耀，摧毁权利"的意思。

但当地窖屋顶塌陷,伴有一阵
蓝光,露出九根旧骨头,怎么办?
我的心呵,你要如何脱离困境?

　我要回到给我归属感的地方,
　一只脚先落地,双眼失明,
　我要回到给我归属感的地方,
　就在人类未来的生命中。

自传

在我童年时，树是绿色的，
而且随处都能看见许多。

早点回来，否则就别回来。

我父亲的声音把屋里溢满，
他将衣领穿得刚好相反。

早点回来，否则就别回来。

我母亲穿一件黄色连衣裙；
举止温柔、温柔，温柔无尽。

早点回来，否则就别回来。

我五岁时频频遭逢噩梦；
之后一切都有所不同。

早点回来，否则就别回来。

黑暗正在跟死者私语；
我床边的灯暗了下去。

早点回来，否则就别回来。

当我醒来他们并不在心；
我看不到，看不到任何人。

早点回来，否则就别回来。

当我沉默的恐惧哭出声，
没有人，没有人回应。

早点回来，否则就别回来。

我起床；寒冷的太阳
看见我独自退场。

早点回来，否则就别回来。

耳朵

有许多声响不是音乐也不是噪音，
有许多戴面具或黑眼镜的游客
爬上耳朵的螺旋楼梯。到访之人
不由我们选择。在夜之树篱后面，
他们找机会突袭。一列火车经过，
黑色楔子的细而可见的一端。

我们宁愿独自躺在自我之茧的、
无人讲话无物交语的失聪的洞里；
实则我们躺下倾听，如人在无尽、
无垠的沼泽里追着一丝鬼火，
追着一只金龟的恐怖的嗡嗡声，
或一条猎吠之犬的凄凉的神谕。

粉墨登场

一、战时巴塞罗那
在帕拉莱洛①有个男人
坐在地上,腿只有一条,
他把这条腿伸在身前,
盈盈欲笑。一阵狂笑

突然响彻四周,震碎
阳光;头顶之上,在缠满
一叶兰的窗户里,鹦鹉
露出死人才有的笑脸。

二、商人
有两个人在火车里
优哉游哉地谈生意,
把他们的影子投在
我身上,正如窗玻璃

---

① 帕拉莱洛(Paralelo),西班牙城镇。

映照出他们的脸,而我
竟听见两个陌路人
破天荒地说同一语言,
且发觉自己已入定。

三、夜总会
大腿舞跳完,白兰地喝尽,
然后饮下专门给疲倦
之人提神的饮料,就有
一种意犹未尽之感。

灯光趋于黯淡,眼睛
抬起扫向房间的尽头;
莎乐美①手提头颅走入,
上帝都不知是谁的头。

四、低土马②
他不肯把爱给上帝,于是

_____

① 莎乐美(Salome),《圣经新约》中希罗底(Herodias)之女,
以舞蹈向她的继父希律·安提帕(Herod Antipas)换来施
洗者约翰(John the Baptist)的头颅。
② 低土马(Didymus),即圣多马(St. Thomas),耶稣十二使徒
之一,被称为怀疑者多马(Doubting Thomas),因为他在看
见耶稣并抚摸其伤口后才相信耶稣复活。

委身上帝所造之物的爱，

他只信亲眼所见：一条河，

随处有燕翼之影落下来，

然后掠过水面；他不会问

水向哪里流淌，为何流淌。

他死后，一只燕子似乎坠向

映在水中的、虚幻的穹苍。

多元

自鸣得意的哲学家说世界是一元，
规避太阳的眼睛深知这是谎言；
世界总有别番景象，放眼皆是世界，
巴门尼德①扼杀生命是因空气稀缺——
预防生死；他的水晶永远完整如初：
没有动作和呼吸，没有进步或错误，
无人恋爱或争吵，无事开始或终结，
你的敌全是友，你的昼都是夜，
所有路绕一圈，说是路实属荒谬，
而灵魂肌肉发达，世界只是木球。
现代一元论也阉割并否定我们的
生活，我们的成就、创造、发展都泯没，
他对混乱的恐惧把淌动的溪流
冻结成幻象，他对无上完整的渴求
意指以密实的石膏堵住所有孔隙，

---

① 巴门尼德（Parmenides），生活于公元前5世纪的古希腊哲
学家，爱利亚学派（Eleatic School）创始人。

当他唤起死一般美满、在在都是

白色的"纯白宇宙"①,容不得分割

或拆散——"永恒"就是此刻,"此刻"

因而麻木,这个他看不出的事实

假定"本质"与"存在"有个无语

且静态的身份,无法融合,如果不

把信仰连同怀疑,把行动连同错误,

把成长连同差距,驱到一定距离外;

若人只是上帝之镜神就会溃败。

不,常规无立足之地,如果没说清

只有变化盛行,一年由四季组成,

物、兽和人,其本质不会改变,因为

出现不久且与过去的本质相悖,

但自始至终如旗一般舒展、摇曳,

无法被同归于尽,无法融入世界,

其实体把一切与它相异之物勾断,

其举动是穿过混沌和地狱的考验,

一个绝对之物,且对"绝对的一"

嗤之以鼻,一行零,表示时间终止,

没有事物去留,且与"万物"交融,

---

① "在在都是白色/的'纯白宇宙'",在斜线处断句。

316

所有可能的总数也同样化为零。
那不是真实的世界；世界到处是
横跨平原的无尽之湾，朝心灵猛刺，
或变大或缩小，有如骰子的点数，
多变如泡沫，永不结束，永不重复。
你谈及"终极价值"，"普遍形态"——
让我告诉你，那些驰骋风暴、有待
创造并追寻却无法维持的幻境，
一旦抓住就不在，总得重新搜寻。
我们因而追求完美，但求得也无益，
如果世界一开始就是太平盛世，
如果错误和选择并不存在，如果
暗哑的世界能找到永恒之音，如果
上帝一劳永逸地化为肉体。不，完美
有一定意义，但必归于虚无，除非
时间以旋转不休的手进行干预，
把完美的意义与功用隔在两处。
既然如此，且生活是一阵骚动，你我
只能挣扎于世，因为生者已是死者，
而且，如果我们用"永恒"一词，只为
声称拥有鸟在瞬间飞行的框架内
找到的东西，这种价值就将永远

存在，但夜终将在雾中把它席卷。

人是人，因为他可能是一只兽，但他

不再是从前的模样，自认已进化，

人是人，一如他根本不是上帝，却

渴望看见并触摸万神殿，然后忘却

达到目的所用的手段，人真正是人，

因为他会超越并蔑视人的寿命：

一个靠把事物看得残缺并补缝

才致富的种①，我自豪地说我是人。

人不满就会发疯，他被美好的希望

或糟糕的梦想抛到这个世界上，

在滚滚洪流中举起松散的脚手架，

困惑时摸索难题之所在，钻牛角尖，

从而他必得坚持，骨头疼、肌腱痛

也要袭击深渊，意识到出了毛病，

意识到罪恶，极度不足，病态的自我，

意识到往昔破碎，时钟摆动如梭，

意识到空费的气力，仇恨和愤慨，

与邻居的口角，门口要饭的乞丐，

但也意识到爱，事物的欢乐，意识到

---

① 即"界门纲目科属种"中的"种"。

是哪种力量摆脱延宕之辰的镣铐，
意识到阳光，意识到死亡如何引诱，
但意识得不够全面——可这已足够。

珀迪塔①

尽头阁楼的魅力,旧皮革行箧的
味道——珀迪塔,这些年你躲藏
在哪里,怎不露面? 在某个地方,
一面绿旗飘扬在铁制拱顶下,
一只铜铃乃是绿色乡村的征候,
风吹着铁丝网,金雀花灿灿如金。

珀迪塔,我们自认该做的一切
历经了何等变迁? 蜘蛛网掩覆
蒂罗尔②的标签。时间已超出
期限,在某座大都会的车站里,
罐头当啷作响,成排的蒸汽机车
喧嚷着,而毛虫正等待破茧成蝶。

---

① 珀迪塔(Perdita),莎士比亚的喜剧《冬天的故事》里的人
物。她是西西里国王里昂里斯之女,被父亲认为是私生
女,婴儿时就被遗弃在波希米亚海边,由牧羊人抚养,长大
后爱上波希米亚王子弗洛里扎尔。
② 蒂罗尔(Tyrol),位于奥地利西部的州,第一次世界大战后
其南部地区被割让给意大利。

摇篮曲

——写给爱莉诺①

睡吧,我的宝贝,睡吧;

　　要是目睹灾难降临,

我们就只能悟得

　　万物皆有恻隐之心。

推迟你二十余载的

　　累赘的光景,爬进

那座唯一的天堂:

　　强盗的沉睡之洞。

野草会窃窃私语,

　　车辆会川流不息,

车灯光会划过你的梦,

　　然后摸索星子;

生活会再次敲窗,

---

① 爱莉诺·克拉克(Eleanor Clark),大概生于1904年,卒年不详,短篇小说家,与麦克尼斯有过暧昧关系。

只是敲得太迟，
生活会有她的答案——
　　别问她何时告知。

就是在那片刻——
　　当迷人的泡沫战栗，
当树枝折断下来——
　　而不是在此时此地。
睡吧，入梦吧，忘记有人
　　在墙上观望——他们
彻夜未眠，且领略到
　　万物皆有恻隐之心。

跳板（1944）

生前祷告

我还没出生；哦，听我说。
别让吸血的蝙蝠、老鼠、白鼬或其他
　　畸形足的食尸鬼靠近我。

我还没出生，请给我以安慰。
我害怕人类会以高墙把我围住，
　　用烈性毒品叫我兴奋，用智慧的谎言诱惑我，
　　　　在黑色刑架上折磨我，在血浴中翻滚我。

我还没出生；请给我以水
来逗弄我，请给我以生长的草，同我谈心的树，
　　为我歌唱的天空，给我以鸟儿和一道
　　　　在我心灵深处指引我的光炎。

我还没出生；请原谅
世界将在我身上犯的罪，当世人对我说话，
　　请原谅我的言辞，当世人想到我请原谅我的思想，
　　　　请原谅我的背叛，那是我视线之外的叛徒使然，

当世人借用我的双手谋杀请原谅我的生命，
　　当世人赐我生命请原谅我的死亡。

我还没出生；请教我扮演
我必须担任的角色，复述我必须领悟的提词，
　　当老人教训我，当官僚威吓我，当群山
　　　对我皱眉，当恋人讥笑我，当白浪
　　　　召唤我做蠢事，当沙漠召唤我
　　　　　走向厄运，当乞丐拒绝
　　　　　　我的施舍，当我的儿女咒诅我。

我还没出生；哦，听我说。
别让兽性的人或自以为是上帝的人
　　靠近我。

我还没出生；请赐我
力量去对抗那些想冻结我的人性的人，
　　对抗强迫我变成致命的机器的人，
　　　对抗让我成为机器上的一个齿轮（一个只有
　　　　一面的东西，一件物什）的人，对抗所有那些
　　　　　会驱散我的整体性、会把我
　　　　　　当成蓟的冠毛吹来吹去、

又吹去吹来、

　　会把我泼洒

　　　　如手中的水的人。

别让他们把我沦为顽石, 别让他们把我泼洒。

否则把我扼杀在子宫里。

火兄①

当我们的"火兄"度着他狗的生涯②,

携数以万计的锡罐跃过伦敦街巷

铿锵地甩尾,我们听见一道阴影③说

"给狗一根骨头"——就拿自己的奉献;

我们夜夜见他流口水,嘎吱嘎吱地

啃走人类生活之梁,那高耸的塔尖。

大斋节④时分他贪婪地以我们为食,

我们赤裸着,吸食火花,觉寒气袭来,

虽置身于烤架一般的哔哔的空气,

布满囚犯特有的杂色条纹——黑、红、黄;

---

① 火兄(Brother Fire),出自圣方济各(约1182—1226,意大利修士,于1209年创立天主教方济各会,规定教徒恪守清贫)。麦克尼斯创作这首诗时正值第二次世界大战期间德军轰炸伦敦。

② "狗的生涯",原文为"dog's day",是"dog's life"(悲惨生活)的变体,也影射"dog days(三伏天)"。

③ "阴影",原文为"shadow",兼有"幽灵"之意。

④ 大斋节(Lent),基督教的从圣灰星期三(Ash Wednesday)到复活节(Easter)的为期四十天的斋戒及忏悔,以纪念耶稣在荒野斋戒。

这样我们就不知是何等"意志"主宰
自然界但同时也主宰我们的死亡。

火啊,优雅的行人,你语无伦次,你是
辩证法家、敌人和我们自己的形象,
在解除警报后的早晨我们不也是——
当你抢掠商店享受自然力的快乐,
又涌上城市街区和尖塔高歌一曲——
响应你的想法吗?"破坏呵,破坏呵!"

巨魔①

（作于一次空袭后，1941年4月）

一

雾夜里哼曲如白痴，他们在屋顶闲逛、轰响，

从大厦扑棱到拱柱，跌跌撞撞、踉踉跄跄，

脚穿嘎吱地踩碎星星的笨靴，

脸庞露出茫然的傻笑：

　　俊俏的波莉不会死去②。

嬉闹、打转，如玩撞柱游戏……他们漫无目的，

只顾突突地蹒跚而行，骑着摇马，把鞋钉

钉入我们的身体，钉入我们的大脑，钉入

风琴乐萦绕的教堂穹顶：

　　俊俏的波莉不会死去。

─────────────

① 这首诗的创作也是以第二次世界大战期间德军轰炸伦敦
　 为背景。巨魔（troll），北欧传说中的怪物，时而被刻画为
　 友善或顽皮的侏儒，时而被刻画为巨人，居于洞中、山间或
　 桥下。
② "俊俏的波莉不会死去"，出自一首歌谣。

他们来了——我本想我们见不到他们了——

他们又来了,这次来得更多,翻着跟头,

粗鲁而滑稽,他们

来了,他们来了,他们**来了**:

　俊俏的波莉不会死去。

　哦,她不会死去吗?

二

与此相比没什么与众不同,

除此之外什么都是虚无——

这,一如他们所言,就是生活。

他们就这样咯咯笑,跺脚,舔拇指,当他们

还没翻过一页页并撕掉,他们

希望一切消失,他们

鼓起脸颊猛吹,终结了

时辰和分钟——空虚中的蓟毛。

三

死亡有种终结的意味;

我们自以为失却一些东西,但死亡若不

存在我们没什么可失却的,生存

由于不受限制就只是生存而已,

不具人形的价值。巨魔能置我们

于死地,但他们不能

如我们那样运用死亡。

他们笨手笨脚,喃喃自语,试图

准确拼出"死亡"一词;但他们力所不及。

四

除此之外别无其他。时间

摇摆在死亡的两极间,

生命的经纬度也是

由死亡确定,每个机构、

行为和瞬间的价值

都因死亡而独一无二。

五

在这岩浆纷飞的当口,这就是

我们的答案,最后一次

把拳头挥向隐灭的天空,挥向搞破坏、

流口水的白痴巨魔,他们假定一旦我们被杀

就再不会有人听到我们的音讯——

人类沉默而巨魔取胜。

这个假定——最终——会成为谬误。

猛冲出云层,无用之神的

愚昧之后,他们想让

人类的声音永归沉寂,但他们碰巧

尝试甚至连巨魔

都无能为力的事,他们碰巧

是——虽然他们备受恭维——

错的,最终也是错的。

中立

面向大西洋的中立岛，
位于人心中的中立岛，
是否激进且缓和地提醒在结束开始
之前就结束的开始？

直视你的心，你会发现一个斯莱戈郡，
一个以石堆为中心的诺克纳雷[①]，
你会发现一座山像鼹鼠皮，投下阴影，散发光泽，
编年史和骨头叠成一堆。

直视你的心，你会发现河流在发酵，
黑暗和光芒交织在一块，
你会发现梦似的达克特[②]和壮观伟大的达布隆[③]，
今天可没人造得出来。

---

① 诺克纳雷（Knocknarea），位于斯莱戈郡的小镇。
② 达克特（ducat），旧时某些欧洲国家通用的金币。
③ 达布隆（doubloon），旧时西班牙的一种金币。

但从你的心看向东方,那里耸现

一片大陆,原罪般幽闭、暗黑无光,

而在西方,在你们自己的海岸外,鲭鱼

肥美——贴在你亲人的皮肤上。

交际家

他留有迷人的小胡子,坦率的笑容
随时挂在脸上,二十年来随地安身——
酒吧,躺椅,休息室,边线,交叉口,家——
仍一如既往地受欢迎;他任意溜达,
去过迢遥之地也去过狭隘之径,
模仿别人的休闲之法,处处留票根。

脸色苍白,面临孤独和自我谴责时,
他只在反射的光中感受到快乐,
有人听见他笑他才露出真实面目;
他眼睛后织满佛兰德斯之夜的
一道道阴影,可是他的内心早已
不让那段光景侵扰后来的岁月。

所以在这同等可怕的第二场战争中,
他不能和沉默远走,但他已变得
不重要,有如拉丁词语被许多语言
占为己有,直到像刀刃似的磨得

不再锋利了,而且变得浅显易懂,
常常被人说出,却不再有人听见。

巴别塔[①]

有一座塔在倒下前就已倾圮。

　　亲爱的,我们就不能讲同一门语言吗?

当它升到高处它的神经越来越虚。

　　我们就没有共同目标吗?

孩提时代的我们为珠子争吵——

　　亲爱的,我们就不能讲同一门语言吗?

相聚的时候越多,亲密感就越少。

　　我们就没有共同目标吗?

我们都是流亡者,浪荡在陌生之城,

　　亲爱的,我们就不能讲同一门语言吗?

我们因极度自怜而割下彼此的喉咙——

　　我们就没有共同目标吗?

---

① 　巴别塔(Babel),出自《圣经·创世记》,巴别塔是人类企
图建造的通天塔,但上帝让建塔者说不同语言,无法沟通,
从而挫败了人类的计划。

爱国者,空想家,顽固派,理论家,无论我们是谁,

亲爱的,我们就不能讲同一门语言吗?

还是我们继续斗嘴,直到劳燕分飞?

我们就没有共同目标吗?

浪荡子

过去的日子里，已婚妇女的长袜
缠在他的床柱上，他自以为快乐，
但如今他的肝脏开始呻吟，
因为魅人靓女是白昼的秩序：
哦，让我缠绵床笫，别来打扰我。

年少纵欲，成年愤世，他游走于
女人间，如孩子在一堆干草里
摸寻丢失的玩具，找到了就兴许
能弥补罪过并消弭宇宙紊乱：
哦，让我缠绵床笫，别来打扰我。

但他没找到，且忘记那些面孔，
只记得道具……一瓶放在床头的
喷雾香水，一部乳白色电话，
或白昼那穿过三层薄绸的酸液：
哦，让我缠绵床笫，别来打扰我。

船椽上的长指,发网里的头发,
一月的裘皮,五月的侧翻帽,
事情结束之后独处的渴望——
天使,女神,贱人,都悄然消失了:
哦,让我缠绵床笫,别来打扰我。

而如今,人到中年,他的情色节目
被撕成两半,如果经历这种延宕,
一次变故就应该让他自觉地
彻底对女人厌腻,可他依然会说:
哦,让我缠绵床笫,别来打扰我。

自由主义诗人的墓志铭

如果在终点之末

——不久后——我们的人生旅途向西延伸，

有人说那又怎样，有人说有何关系，

准备以新的名义去剥削或被剥削，

我们曾走在梦里并死于探索途中，

要让历史如何评价（虽然最好沉默）？

我们总是受他人左右，但从不承认，

我们被寄予期望——也尽力——完善自我，

我们自由思考业已成习，又怎能

以灰泥修补残损的心和思维模式，

并撰写花里胡哨的故事，只为赞美

将要取代我们且不需要我们的人——

缄默、推崇技术专家治国的征服者？

"个人"早已寂灭；卡图卢斯[①]早逝，

[①] 卡图卢斯（Catullus，约公元前84—前54），罗马诗人，以情诗闻名于世。

有人取而代之——那些生来老成、
随遇而安、甚至羡慕他的野外生活
和抒情诗的人。虽然我们的歌不如
他的歌温暖，我们的命运却同等寒冷。

然后这等沉默对准我们，钉在墙上，
我们为何要抱怨？出路不存在，鸟儿
不会告诉我们更多；我们将最先隐灭，
却在我们背后留下某些结冰的词，
在某天（虽然不一定）这些词会融化，
且在那么一两分钟内让人倍感口渴。

讽刺作家

那个握手的人是谁？莫非你不熟稔；
他善于说些扎心的话，他能剖析
你的各种情绪和举动，他能发现
别人行事的私人动机——还能收集
版税，如记录天使①一般。这对圣人、
英雄或情种来说毫无尊敬可言。

那个以娴熟之手装好他的烟斗
像忙于创造的人是谁？原因如下：
他根本没有创造力，他思想枯干，
即使到了吐艳的盛季也不开花，
他只顾旁观，是没心没肺之流，
他的嗜好是拆穿别人的谎言。

那个双眼如无伴之狗的人是谁？
孤独是那么适宜。他自知已错过

①　记录天使（recording angel），记录每个人善恶行为的天使。

别人不觉中错过的东西。他被派去
驾驶禁船,却仍得记录航海日志,
以此满足他脑海中的种种前提——
他的雄心孕育出一个讽刺作家。

梯厄斯忒斯 [①]

当梯厄斯忒斯坐下飨宴,纯金之盖

呈露出人类的肉排,美惠三女神

吟唱两情相悦、恋人邂逅的情歌,

他的血可告知是什么藏在他脑海?

他不知道——还是知道——他在吃什么?

因此,脑海和面容所否认的"此处"

和"我们"与背信弃义脱不开干系;

绿色酒沫腐蚀着我们的责任感,

而我们见它奔涌且溢出,内心里

不是观众,却沦为谋杀"美"的罪犯。

噬食同类,乱伦:岁月如此,一连串

摇摆之烛;我们如此,装点是为污染,

---

① 梯厄斯忒斯(Thyestes),古希腊神话中迈锡尼(Mycenae)
  国王,诱奸兄长阿特柔斯(Atreus)之妻并篡夺兄长的王
  位。为了报复他,阿特柔斯杀死他的三个儿子并设宴呈
  上,他因不知情而吃掉自己儿子的肉。

繁殖是为杀戮——共享罪之圣餐，

那立在山上的三座黑色十字架①，

其中的两座是留给我们的遗产。

---

① "那立在山上的三座黑色十字架"，影射耶稣和两个强盗一同被钉死在十字架上的故事。

跳板

他从没有俯冲——起码我没有看见。
凌驾伦敦，一丝不挂，夜里歇在一块
跳板上。我从他的恐惧和我的恐惧
围成的监狱里仰视，但把他钉在
刚露出的群星中的，不只是惊悸。

对，还有无信仰。他特清楚地知道
是形势呼吁人们作出牺牲，但是他，
在城镇上空摊开四肢，抖抖颤颤，
他的血液开始和历史讨价还价：
他若抛下自己，历史会开多少价钱。

如果能让世界变好，那就是值得的。
然而他颇有理由地早已不相信
任何乌托邦或世界和平。他的朋友
在他的死里找不到缓刑或赎金，
只找到一丝信念——那是死的报酬。

而我们却知道：他知道他该怎么做。

在滴水兽咧嘴大笑的伦敦上空，

他，一个把自己的原罪抹去的人，

会像轰炸机那样掠过残破的尖顶，

也会像千万个别人那样为人民献身。

无一生还

(悼念 G. H. S.[①])

如其我竭力为你撰写最好的诔文，
你会说，"哼！全是陈词滥调"，满脸挂笑，
逐渐隐没在那褪色星辰诱引之地，
在那里岁月不催人，也不见破晓——
你转身向雾茫茫的西方耸肩，曾因
荷马而闻名的西方此刻只属于你。

我再也不指望能找到一个比你
更易和谐相处的朋友，有你陪同，
我可以做一名沉默的智者；你永远
不会假惺惺、奉承或随大流。纵使
十阵风吹倒你，或二十片海洋轰隆
在最后丧命之人的头顶，也切不断

---

① "G. H. S."，指格雷厄姆·谢泼德（Graham Shepard），海军
上尉，麦克尼斯父亲的朋友，在一次护航中因护卫舰被鱼
雷击中而丧命，舰上所有人员无一生还。

如此清晰可闻的沉默之线。要想
得知你的死因仍旧只能靠猜想；
瞬间发生最有可能——即百叶窗
忽地落下，凝结"此刻"的万花筒，
使你所有的过去并时从天而降，
伴以大西洋中部海浪最后的和音。

因此音乐会结束于此刻，座位空了，
鳗鱼游在脚灯之间，水涌到屋顶，
镀金的小天使在隐身——而你走进去，
一如既往地无忧无虑，可你的脸色
带有几分失意，你期待表演开始，
但你来得太迟，而来得太迟的明证

叫你难以接受，因为你逝于英年，
而表演是在海底。困惑却也高兴，
你仍慢慢走入，海浪扭曲你的笑脸，
催促你的四肢穿过由珍珠撑起的
海洋死神之迷宫——而在我梦中，
你挤入那迷宫，仿佛有什么要诉说。

景况当时如何？现在又如何？自

孩提时代你和我就经常讨论死,
常冲牧师傻笑,想知道他是怎样
敢于谬谈必死,更敢于谬谈永生。
但现在你自己也能像别人那样
夸夸其谈——只要你还有一口气。

但既然从今往后我再也听不到你
夸夸其谈或闭口不谈,且无法答复
你在世时尚能答复的问题,那么我
不会再问你,关于你我想到的只是:
怎样的回忆飞逝并穿过雀斑似的
光线,然后停下,如舞者忘记舞步。

古老热情从舞者萨梯①的花瓶中
迸发出来,哥特式小妖精的嘴唇
从教堂顶微笑,沾染墨水的手指
记下一段段笔记,马戏场里笛音
和鼓声回荡着——但仍存留一丝
敬畏的气息,一阵无休止的暂停;

---

① 萨梯(Satyr),希腊神话中半人半羊的森林之神。

因为你这个人善于交际，你能与
罗兰森①或戈雅②一起笑，喜欢珠宝，
奓着耳朵的狗，丝绸般柔滑的腿，
整饬的房间，但你大多半的故事
止于尖锐的栏杆之外，每逢天黑
就有盲目的老吟士在那里乞讨。

他乞讨，你施舍，因为你有求必应，
如拉夫特里③或荷马，他的同道中人——
如实看待柜台或搁板，不知变通，
但他们天真无邪，叫世界给迷惑
他们才观察并热爱世界，直到慧心
把他们从纯粹的学生变成建设者。

你也是这类又高贵又卑微的人，
不加入小圈子，也不受时尚打搅，
靠自修在磨炼意志的行业打拼：
你重新思考诸般事物，打磨未曾

---

① 托马斯·罗兰森（Thomas Rowlandson，1756—1827），英国
  画家、漫画家。
② 戈雅（Goya，1746—1828），西班牙画家和蚀刻画画家。
③ 拉夫特里（Anthony Raftery），生平不详，19世纪爱尔兰盲
  人诗人。

用过的刀刃,因为在宇宙的"碧霄",

你那五彩斑斓的激情被死亡合并。

所以你给出蛛丝马迹:至理名言

的细碎的迹象,在融化的雪地里

弥漫如星的足迹,对他人言辞的

一次不痛不痒的抚摸,问候中的

一掬温柔,醉人的葡萄酒的神气

或孩子们的消失于空中的火箭。

看看这些快照——你能在快照里

看到自己把颜料罐洒在处女墙,

在帆船上喧闹,在音乐厅里或在

庞奇和朱迪木偶戏①上高声喧嚷,

从公共书架上拖出克劳塞维茨②

记私人笔记,用拇指和双指打开

他紧贴的书页。对,正是在快照里

你能看到自己从美好习俗的边境

---

① 庞奇和朱迪木偶戏(Punch-and-Judy),英国木偶戏。
② 卡尔·冯·克劳塞维茨(Karl von Clausewitz,1780—
   1831),普鲁士将军和军事理论家。

涌过如洪流,在学生舞会上轻捏

一个女孩的屁股——一个被缠于

蕨丛的小男孩重新现身,然后腾跃

有如山羊脚的农牧神,散播混沌。

在快照里:你借酒吧的光与人打诨,

以半只眼观察甜菜根①似的龙虾

和小萝卜的颜色冲突,你顶撞困在

笼中的狒狒,威尔特郡的冻雨把

你的足球衫刺成蜂窝——夜之麻袋

把普罗旺斯的星辰倾泻在你全身。

在快照里:你漫谈波德莱尔②或但恩③,

你模仿布谷鸟钟报时时的样子,

你打网球时连续两次发球失误,

你裸身跳下达尔马提亚④的岩石,

---

① 甜菜根的肉质多呈红色。
② 夏尔·波德莱尔(Charles Baudelaire,1821—1867),法国诗人、翻译家和批评家,以诗集《恶之花》闻名于世,对象征主义诗歌和现代主义诗歌产生巨大影响。
③ 约翰·但恩(John Donne,1572—1631),英国诗人和传教士,对现代主义诗歌的发展有巨大贡献。
④ 达尔马提亚(Dalmatia),位于克罗地亚西南部的历史悠久的地区,曾是古罗马伊利里亚省(Illyricum)。

你冲正在西下的夕阳发出嘘声，
你把普鲁斯特[①]带上必毁的护卫舰。

你是只留下蛛丝马迹；即便如此也
无价——你亲口说出或藏在眼神里，
我常想起，每逢我于凌乱的八月，
勃鲁盖尔[②]式的十二月，在街头闲荡，
或当煤气嘶嘶作响，一缕铜壶的光
把你的出人意料的抒情交还给你。

因为最重要的是，那是你的天赋——
大吃一惊，因此怀有同情，热衷于
事物，对人满怀盛情，你能看得出
差异的完整性——哦，你是否做过
最后的"整合"，发现一个"形体"
诞生于无形，当大西洋把你淹没？

---

① 马塞尔·普鲁斯特(Marcel Proust, 1871—1922)，法国
　小说家、散文家和评论家，代表作《追忆似水年华》(À la
　recherche du temps perdu)。
② 勃鲁盖尔(Peter Brueghel, 约公元1525—1569)，佛兰德斯
　画家，擅长画风景画。"勃鲁盖尔式的十二月"疑是喻指风
　景如画的十二月。

无论你有没有做过,事实不会变:

(对此,虽然你有种种疑虑,我深信)

直到那时你的一生都在为某个

发现而努力——要是你空流血汗,

我们也枉费心机;因为你已度尽

今生,再也不能把野兔吓一哆嗦。

附言

当我们年少，言辞是彩色
（妓女和谋杀是深紫色），
而语言是一面棱镜，光是
　　镶嵌于草地的魔法图案，
如今光芒聚集在一处，
　　语言变为一面燃烧之镜。

当我们年少，舒适的春天
在肥皂泡似的山楂花丛，
浸我们的头，爬上金莲花树——
　　贪婪之眼享有的早餐；
它的风和糖果如今已抛却
　　黑色的肺，干燥的舌头。

如今我们年老，我们的才能
是被时间和意义赋予，
分享快乐是靠在大脑后
　　重新洗一次牌，不久后

那里的意义又与颜色结合，

那里的花朵又变得恒久。

天空中的洞（1948）

拉雷多①街道

哦,某天清早我外出,像似阿加格②,

某天清早我径直穿过火焰,

躲避泄漏在人行道上的蟒群,

眼镜叮当作响,电线缠成一团:

当眉毛脏污我遇见一位老消防员,

他向我投来挖苦的眼神,对我说:

"拉雷多街道禁止一切通行,

我们总有一天能制服这个蠢货。"

哦,紧紧握住树枝,挥舞明亮的斧,

银行已成粉末,银行家已入地狱,

但在拉雷多街道赃物仍是赠品,

每每开车回家我们都一路鸣笛。

---

① 拉雷多(Laredo),美国得克萨斯州南部的一座城市,由西
　班牙移民者于1755年建立。
② 阿加格(Agag),亚玛力人的国王,被扫罗俘获,后死于撒
　母耳之手。

然后一个伦敦佬从门口侧身走来，

一把摇椅在他头顶摇动不止：

"哦，五十五年来我忙于修缮爱巢①，

现在再看看它——哎，你想早点死去。"

这时雷恩爵士②从柏油路上的

一道伤口起身，他的长假发闷燃，说：

"让它们在拉雷多街道占个位置；

你的地租一到期我就要重建它们。"

然后班扬③和布莱克④从"骨山田野"走来，

鼻孔冒怒气，带着鼻音讲他们的巨作：

"黄金时代的拉雷多已倒下、倒下；

你的火焰必不熄灭，你会一直口渴。"

---

① "修缮爱巢"，原文为"feather my love-nest"，改自习语 feather one's nest（中饱私囊）。

② 克里斯托夫·雷恩爵士（Sir Christopher Wren，1632—1723），英国建筑师。

③ 约翰·班扬（John Bunyan，1628—1688），英国作家，代表作《天路历程》（*The Pilgrim's Progress*）。

④ 威廉·布莱克（Blake，1757—1827），英国浪漫主义诗人和画家，他的诗标志着浪漫主义的开始，代表诗集有《天真之歌》（*Songs of Innocence*）和《经验之歌》（*Songs of Experience*）。

"我来到拉雷多是为寻求庇护",

"流浪犹太人",汤姆、迪克和哈里①说;

"他们告诉我去第一个警察局报案,

但警察局已被夷平——我能怎么做?"

因而我伤心地偷听,漫步于拉雷多,

困惑于种种不幸所激起的箴言,

直到最后一声低语引诱我的耳朵——

那是天使的腔调,火焰的声音:

哦,我来到拉雷多,迟到许久、许久,

我是怪新娘,披着猩红色新礼服,

但最后我同情等待的人,是他们

期待看我身穿盛装,感受我的爱抚。

请愉快地鸣笛,每天都玩水管,

堵住你的呼吸,把夹板绑在腿上;

哦,拉雷多街道,拉雷多街道,你啊,

你铺开红地毯——我的嫁妆是死亡。

---

① "汤姆、迪克和哈里"都是常见的名字,在诗中指普通人。

角落座位

悬在一个移动的夜里
窗中火车里的那张脸
乍看就像你自己的脸，
同等自信——但请重看：

你和世界之间的窗户
挡住寒冷，挡住恐惧；
那你的倒影何以在这
移动的夜里如此孤寂？

蓝铃花

她，总是在战争期间感到年轻，
在这个复活节等不到和平降临；
尽管诞生于她眼中的蒲公英早已
不像往昔似的给她丰富的惊喜，
尽管她男人归来，但她觉得他随身
携带"沙漠"，使得她的脸颊绷紧。

所以他们都早早起床，默默倾听
此刻已不再熟稔的鸟儿的嘲弄，
而夕暮时，当只见蝙蝠飞在空中，
他们怀念那些淹没苍穹的引擎，
因为整个绿色自然早已涣散，
自从他们去年分别并祈盼相见。

阳光太耀眼太柔脆，小麦生长迅猛，
她把目光移向树林，缓慢的浓影
变得平静而寒冷，如冰川河流毗连
缤纷的大海，编织出乳白色光炎

穿过黑暗的荒野,蓝铃花因此
才流过矮树丛,让蓝雪融于一体。

"哦,在这他和我居住的幽暗的
地底,就让一大片蓝铃花化作
我们无法重见的天空,哦,起码让
一条河从我的冰帽解冻并流淌,
穿过那幽深而又暗淡的海水,
让我冰冷的温柔给他以光辉。"

重访卡里克

回到卡里克,这座城堡果然自信

一如三十年前——究竟是哪场战争?

看这新建的别墅,看这咂咂作响的栅栏,

但绿色河岸富饶如初,雾蒙蒙的湖涓涓如初,

而那个孩子还是会大吃一惊。

谁来过——且就在(我惊诧地发现自己

置身于地形框架)这里,而不是在别处——

我梦境的通道基本上是取决于

土壤和空气的随机化学反应;

我曾放在浅滩上的记忆此刻在窥视我。

在登船时分,雾的号角、磨坊的号角、

秧鸡和教堂钟声隐约可闻,有如孩子

躺在床上察觉到地板下的一阵争吵,

但听不清内容。我们了解自己的过去,

但不知它的意义——无论这意义是否重要。

时间和地点——我们占为据点冲入现实，
但也冲入现实的隐匿处！离开大海
我们降落在"特别之地"，失去所有
可利用的鸟瞰视野，丢掉属于自身、
为自身存在但不为我存在的"真相"。

我出生前就已离开父亲住的地方，
从十岁开始接受教育，学习异国的口音，
但无论是西爱尔兰还是南英格兰
都不能抹掉这段插曲；机遇所拼错的
也许永远不能被我的选择更正。

无论我继承或获得什么喜好，
这些喜好仍是我童年的框架，
如安特里姆郡红土里的一块迟来的岩石，
在这个时代无法改变其音调或名字——
出生前的那座山可望而不可即。

海滩

丁托列托①的白云在我赤脚下飘忽，

岛屿不知去向，但这面湿沙地之镜

平添恒久的气氛；我的脚步重复

某人的脚步，他已从这些海滩消隐，

带上靴子划向远方，如一个孩子，

一道地平线所熟谙的壮实的黑影——

他就是我父亲。尽管他用心编制

虔诚而严谨的日常生活的账簿，

内心里却有独来独往的野性子，

他酷爱西部海洋，没有哪棵绿树

能像莫尔山和克罗霍恩山②的轮廓

及两者间的沼泽那样使他满足。

---

① 丁托列托（Tintoretto，1518—1594），意大利画家。
② 莫尔山（Slievemore Menaun）和克罗霍恩山（Croaghaun），
  位于爱尔兰梅奥郡阿基尔（Achill）岛的两座山。

他度了六十多个年头,还剩十二个,

他注视钢制的轮缘在海水回旋地带凸起,

在十六年前,当他从这片海岸走过,

镜子①抓住他的(此时抓住我的)形体,

但那时如现在,只见泡沫有如拖把

遮起明亮的倒影——没有任何痕迹

存留在脸上和脚上,当游客已到家。

---

① "镜子",即上文的湿沙地之镜。

抵美前即景①

绿色干草盘旋在耙子末端：
此刻是汗水和太阳刺痛——儿童和老媪
在小田野里显得高大，侏儒倚山而靠，
活像一件玩具，却又是特意而为，
你可以把此刻当作中世纪。

夜里海风从叔叔和儿子的移居地的
边境吹来，手风琴融在海风中，一阵时断
时续的悲壮的音乐；烟囱里的烟和浪花
混在一起又分开，有如魂灵。
大海的离婚判决无可更改。

宾夕法尼亚②或波士顿③？都不是，这里
是一片乐土，因为一个不可兑现的
诺言把这些家庭分开；这段旅程

———————

① "美"即美国，为使标题简洁而译为"美"。
② 宾夕法尼亚（Pennsylvania），位于美国东北部的州。
③ 波士顿（Boston），美国马萨诸塞州（Massachusetts）首府。

本应远离死亡——但旅行者仍会死去

一如那些留守在爱尔兰的人。

神话和地震历史都被长期压制,

幽灵岛①成于此也毁于此——现在只是个形象,

在那些蔑视航海图的人眼中,但他们发现

有人认可他们的梦,在某些又长又低、

向西伸鼻如丧母的幼崽的小岛上。

---

① 幽灵岛(Hy Brasil),曾被记入历史的高度文明大陆,因位
置飘忽不定而被称为幽灵岛,大致位于爱尔兰海岸的大西
洋海域,但直到如今幽灵岛是否存在仍旧是谜。

西部风景

让我以打油诗和黑啤酒向这个乡村致敬，

虽然这儿的空气轻柔得难以用词表述，

成群的巨云在偶然遇见的篱笆里

和岩石尖上泡沫似的铁环里找到缝隙，

击中又错失，击中又错失。

因此过去的吻是麻醉剂，大海

懒洋洋的，睡在梦乡，潜伏过度，

上下飘忽，掠过眼前，

缩短手转陀螺似的意识的行列，

证明且否定它想要的一切。

因为西部气候是忘川，

草皮上烹饪的烟味是荷花，

肯定和放弃共存：

源于淌着静脉似的琥珀水的崎岖沼泽，

源于遥远的海岬，斯芬克斯①那难以握住大海的

_____

① 斯芬克斯(sphinx)，希腊神话中的有狮身和女人头的
怪物。

拳头，

源于拉紧脖子的驴的哀悼——如患着神经质、害着

　气喘、发着情，

源于陷入恍惚、有几分哀痛的苍鹭，

源于流出页岩、有如主教冠的山。

哦，送来光芒的翡翠圣杯，

干草久久不散的甜味，

大海的谷物，风的织布机，

在编织，在欢笑，在作别，在哭泣——

永恒之网和片刻之网。

但以什么

为支点，这种光和线

与我们自己有何密切关系，

我们怎样才能在这种

不人道的情感流露中找到

我们人性的一连串愿望的延续呢？

哦，云和岩石相互依存——

但愿这就是我们的永恒！

山上的羊群归于

翻滚的碎石堆，缠有丝带的残骸

归于翻滚的大海，沼泽归于雾；

但我们这群渴望享受

孤寂的盛景的人

失去了居住权，

只能拾起我们往日幸福的

转瞬即逝的耳穗。

爱抚你也哄骗你——

你快要离开，因此带走你能带走的——

抚慰你也挑逗你，

温柔的雨亲完就不记得，

丝绸似的网撒在肌肤和心；

一个又聋又哑的塞壬

能用指尖唱出她的虚伪，

在欢迎，在放纵。

哦，布兰丹，浪花隐士，你

渴望，漫游，不回家，不锚定，

你从这堵石墙望向大海，

好把地平线系于腰间，

浓缩那段距离，

在典型的西部解除时间：

最好的否定，圆满如虚无，

比偷来的睡眠更恬静——尽管

是用屈辱换得，无声的唱诗班里，

所有歌手沉默得像在独处，

未经努力所有愿望就得到满足。

想法：

当那名双手起茧、眼神深邃的圣人启程，

小圆艇驶过波浪，然后沉入浪谷之中，

这发生在一千四百年前——也许没发生过——

而他却永远跳到下座顶峰的另一头。

感受：

海天相接，他没有地板也没有天花板，

升起的蓝色烟雾和山滞留在后面，

蓝天不升也不降，脑海里只有蓝天。

情感：

对上帝的想法，对海洋的感受，

融合于移动的身躯，静止的灵魂，

使他成为不可分割的整体的一部分——

纳入整体。

而西方就是整个世界，孤独即唯一，

被选择的——而且已没有选择——就是最好的，

因为彼岸就在此处……

但此刻对我们而言

彼岸仍在那里，就像我们踮起脚尖

站在这同样踮起脚尖、

不愿成为陆地的海岬上。这就是这片土地

总是并非只由物质构成的缘由——正如

芭蕾舞演员并非只靠身体。爱尔兰西部

既野蛮又恐怖。因此当我们

穿行于这永恒的假象的幻影：

掠过，演变，消隐，但永不退场——

这随意且必要的"自然"

既丰富又冷酷，既严厉又献媚——

此刻让身为游客的我——虽然在石英

和泥炭栎的选区被剥夺选举权

并被逐出基本国会

——至少相信我的地球母亲

是露出乳房的岩石地区，

吮吸孤独的智力

和敏捷的本能，让我，如果以城市文明为标准

我是个来自西方的私生子

(这是不情愿的父亲要我做的——所以在走之前

我要带走能带走的)，让我这个既不是布兰丹似的

无根之人，也不是这里的有根之民，

在冷漠的石冢上再加一块石头……

在石冢上放一块石头,在风中留一个词,当面祈祷,让我向这个乡村致敬。

在山下

从山顶望去,
弯弯的海湾里泡沫是一支鹅毛笔,
伸开……又合并……它的白翎。

从山顶望去,
田野是一个封口,干草堆缩起来①,
以保持和大地齐平。

从山顶望去,
房屋是一个沉默的小巧装置,
其功能早已过时。

但当你走向山下,
浪花都变成冰冷的浮渣,恶臭的生命
在残骸里喵喵作响。

---

① 译为"干草堆缩起来"是去隐喻的译法,如果保留原文的
隐喻可以译为"干草堆扣上扣子"。

当你走向山下，

田野里的庄稼或是没谷物——让人心痛，

或是有谷物——让人背痛。

当你走向山下，

屋子也变成爱恨交织的漩涡，而你在那里——

当你走到山下——找到归属感。

婴儿晨歌

折断窗帘；我可不是盲人，
我必须探明是什么在墙壁
和窗户后阔步行走——某个
庞然大物从丘陵那边冲过来，
叽叽喳喳，鸣个不停，脚步急切。

那堵墙外有什么事情发生？
我的眼睛会飞，虽然我得慢行。
舞会和炫光——某个明亮之物
点燃成堆湿漉漉的云朵，
喧闹，笑声不休，一张火红的脸……

它那宽阔的鬼脸（声音低沉）
让我的时间和地点变得荒谬——
也许你觉得我仍是少年？
可我早在出生前就已抛却
献给大地母亲的黎明之歌！

而你——

哪怕你今年已老且听不见——

就在我身畔，当那首歌响起。

自行车骑手

沿陡坡靠惯性滑行而下，经过那匹难以摆脱、
闪着白垩之光的马，他扬起风
冷却脖上的汗水，使他与天空融为一体。
在炎热的车把上，他抓住童年的
夏天，而今天是夹在地平线的
括号之间的插曲；主要句子
要等一会儿再读，但这五分钟
都是今天和夏天。那只蜻蜓
没铆足劲儿就腾空而起，水平飞行，
在一片孔雀光中划出它的线条。

闪着耀眼的、耀眼的白光
丘陵上的马在他的括号里移动，
草地上的蚱蜢沸腾了，一块卵石
碎裂在车轮下，放眼整个国家
骑着热浪的白肤男孩在在可见，
脚踏在狭窄的木板上，头发向后仰，

脚下升起一阵激浪似的尘埃。夏天，夏天——
他们以蝴蝶网追逐它，或把它砸入
小红球的深处，或吞下它沾满了奶油，
或闭眼饮下它；直到钟声，
从左到右再到左，给出他忘怀的句子，
男孩到达山谷必会再踩踏板，
从左到右再到左，但与此同时
在十多秒内移动有如白垩里的
马，没有开始，沉默无声，
沉默无声，不顾时态和最后的从句，
沉默无声，没有结束，移动着。

树林

在我父亲看来英格兰的风景温顺，
他一生中几乎从不在树林里遛弯，
初见树林他已太老；马洛里①的骑士、
济慈的仙女或仲夏夜之梦②不曾
遮住房间，当他在房中阐明真和善，
掺杂真假参半的话和含糊的言辞。

而我，十岁时就把安有插座的木门
看作迷人的眼睛，通向多塞特郡的
人工林，通向黑暗而平缓的埋伏处；
那里面是挣脱时间和苍穹的国度，
毛虫结网于额头，危险在脚下幽隐，
心灵乘一叶轻颤的浮舟随波漂泊。

---

① 托马斯·马洛里（Thomas Malory），生年不详，卒于1471年，英国作家，代表作《亚瑟王之死》（*Le Morte d'Arthur*）是以散文形式翻译的亚瑟王传说。
② "仲夏夜之梦"，借用莎士比亚喜剧《仲夏夜之梦》（*Midnight Summer's Dream*）的标题。

只想鸟和鬼魂（每个种族都有一对），

图画书中轰轰烈烈的爱情——哦，但愿

我淹留在这里，长到六英尺，还能从

图画书中找到心上人：她的手柔软

如树林里的蜘蛛网，斑鸠的声音会

从上空射一滴圣油落在她的面孔。

因此草径上一道浸满雨水的蹄印

（太阳之指从许久前的造币厂铸就）

是兰斯洛特[①]最后的光辉。假象常在；

他[②]最近是否经过这里，我们是否

认识他，犹是未知，传说之门仍敞开；

孩提时喜欢拼接，长大便不爱拆分。

因此，当我父亲要假装逃离一座城市，

他会和我一样，也想到岩石或泥塘，

但我另有选择，英格兰人的特权，走进

依旧陌生的林中；无论叫什么名字，

---

① 兰斯洛特（Lancelot），亚瑟王传说中最著名的圆桌骑士，他
   是王后格温娜维尔（Guinevere）的情人，并因此与亚瑟王
   兵戎相见。
② "他"，指上文的兰斯洛特。

每片树林都神秘纷纷,其幽暗和阴凉
反复给人震撼——一种异样的声音。

而用"温顺"一词我父亲也许无错,
这些树林不是"森林";每座都紧邻
近处的村庄。哪怕不合当代且不似
梅奥的荒野,它们也依靠人类永存;
猎场看守人或赫里克①的嬉闹处女
把它们从新石器时代的夜晚救出。

我们总会再走出森林。在小路尽头
天空开阔了,露出井然有序的户外,
长久以来这里就只有堤堰和篱笆
(鹅群身姿不凡,迈着显赫的步伐),
被封闭的前哨,盖有茅草的窗口,
以及牛粪——还有野玫瑰,徒然绽开。

---

① 罗伯特·赫里克(Robert Herrick, 1591—1674),英国抒情
诗人,代表诗作《致处女:惜青春》(*To the Virgins, to Make Much of Time*)。

次要诗人的挽歌

他们总能找到宜人的草地的去路，
也许还到过山顶，他们见过"应许之地①"，
他们迈出正确的三大步却绊倒于障碍，
他们有个提词员，但几乎不明其意，
他们或欣喜或悲怆，总是生不逢时，
我要把这些人与伟人放一起赞颂——

纵使门径各异，他们也基于领悟程度
摸索同一门语言。无论对他们而言
还是对我们来说，机会都是个领唱，
可能化身为天使也可能变成鬼火。
让我们敞开心扉，让我们交叉手指②；
有的跳舞穿过漆黑的沼泽，终至迷失。

---

① 应许之地（the Promised Land），《圣经》中上帝许给亚伯拉罕及其后裔的迦南（Canaan），喻指期望中的乐土。
② "交叉手指（cross one's fingers）"，指把食指与中指交叉，祈求好运。

他们在多方面迷失，因为安逸，无知，
或夹在女人的乳房之间①，少思，多虑，
他们赋有绝世的谈吐之才，一流的
音调和节奏，但正如作家不知分寸，
所以要么半途而废，要么至死坚持——
让我们致敬，既然他们已丧失机遇；

让我们把夏天的可疑的好处赐予
那些崇拜天穹却待在室内的人，
他们因良心或精神的枯草热而被
束缚在书桌上。让阳光从办公室
和书房地板攀爬到笔记本上，闪熠
并填满他们在诗行间摸索的东西。

他们太无忧，抑或太谨慎，人数众多
但很少结伴，形单力薄，走在前面
却绕圈跑，他们被时尚弄得残废，
他们生活于错误的时间或地点，
他们只要沾点儿火，就会浑身燃烧，

_____

① "夹在女人的乳房之间"，即好色。

他们熟知所有的词[①]，但无法悟得"道[②]"——

死后被封嘴，著作在图书馆里糜烂，
他们中的佼佼者——我们早在学校得知，
囿于生命短暂我们鲜读他们的诗，
只当作参考资料，指出或排除规则，
但有人认为他们卓著，这或是因为
希望与众不同或是因为缺乏品味。

尽管如此，也正因如此，我们才追求
他们的永葆青春（与他们不同）的情妇，
公正地把奖杯挂在他们的坟墓上，
谁若有偿付能力就会亲自把奖杯
挂在头顶；我们无法鄙视这些债户——
我们下生不就承担他们的债务吗？

---

① "词"与下文的"道"在原文里都是"word"。
② 道（the Word），《圣经》里的宗教思想和寓意，《圣经》的第
一句"太初有道"中的"道"就是这个"道"。

奥托吕科斯[1]

在人生的尾末"大师"奥托吕科斯
几乎无心做一名戏剧家,他遂抛下
紧凑的情节和复杂的人物塑造,
反而专注于丰富多彩的浪漫故事,
以彩虹变幻出名字和成把的浪花,
后来的快乐故事因而才水到渠成。

他总是不拘一格,如今却甚为荒谬,
以一面永恒的棱镜审视他的问题,
他把他的小古玩排列在洞穴中:
在那里古希腊骑士有拉丁座右铭,
渔夫有煎饼可享用——没有人渴求
色彩,在那里一切都是与时代相宜。

快乐的世界,虽则尽是麻点和刀痕

---

[1] 奥托吕科斯(Autolycus),希腊神话中赫尔墨斯(Hermes)
之子,以偷盗著称,能改变盗来之物的形状,也能使盗来之
物和他自己隐于无形。

吓退孩童，新鲜的世界，虽则主发条
是古老的笑话——无人给婴儿庇荫，
身份相混，女王需要重新登上王位；
但爆竹炸裂那刻证明你所料不假——
小饰品和寓意就是这样翻滚而出。

这种天真——用他自己的话说就像
一则古老故事，不过当时间跳跃在
第三幕和第四幕之间，新物诞生了，
使现存处女舞在吹过肮脏的沼泽、
光秃秃的山坡因而关怀马里纳们[①]、
珀迪塔们的风中，有如谷穗在飘荡……

因此水晶才学会说话。但莎士比亚
能予以平衡，用我们已知的东西，
闲聊的大地汲取伊斯特切普的热——
当那个惯盗[②]走来请看好钱袋，他能
飞速扯下钱袋绳，正如他将借欢乐

---

① "马里纳们"，原文为"Marinas"，疑是对水手们（Mariners）
　的戏谑的称呼，也暗指西方世界最早知道如何绘制海图的
　马里纳斯（Marinus，70—130）。
② "那个惯盗"，指奥托吕科斯。

之名义挑逗你的心弦,以上帝之笔。

哦,你这大师级的小贩,你工于欺蒙,
你有胸针、香丸、海报,总之什么都有。
你叫卖这些娱乐节目却哄骗顾客,
任其在一旁沉思,我们为何予你宽宥,
你虽比我们更自立,但我们怎不晓得
你也是出生于困境并成长于困境?

慢板 ①

醒来，他发现自己置身于徐缓如行板的火车，
清晨的片片阳光赐福于未知的田野，
而昨天被抵消，只剩蜷缩在座位下的
　　昨天的报纸，

现在天还很早，此刻演奏的是慢板；
中提琴手抬起手，如鱼在玻璃鱼缸里
游向水面，颤抖不止，刹那间飞走，
　　去啃无形的杂草。

硕大的白色星云倚靠窗户蹒跚而行，
如部署好的军队在山谷里四散，孩子们还没
向我们招手——我们走过时不见观众，
　　编织一个无声的信条。

---

① 慢板（Slow movement），乐章中节奏缓慢的曲调，略慢于行
　板。"Slow movement" 一词是双关，在诗中既指"慢板"，
　又指火车"缓慢的行进"。

对面的那名女孩,姓名不为人知,仍旧
沉浸于梦中,她的眸色也不为人知,
可能是太阳之井也可能是愿望之月,
　　但现在天还很早。

乐章终止,火车在开满毛茛花的
田野上熄火,小提琴静默无声,
整群银色的鱼镶嵌在鱼缸表面,
　　没有泡沫升起……

接下来有什么节目我们可不知晓,
如果红线超过标准,鱼就会在水箱里发疯,
越来越快,越来越猛,梦中人会睁开眼睛
　　并借此打开我们的眼睛。

印度来信

我们的信札靠缓缓的银币
穿过头骨之地——星星的头骨，
只言片语的答复尽皆迟到，
航空邮件不是神之化身，
当我自认知道你来自何处
就感觉自己被永远分裂。

因为在这里，人繁盛如真菌，
碎裂的马勃菌都死在土里，
这虚幻如幽灵的多重背景
使你的背景迢遥，以至连淫欲
都不凭空相信这些平原的
无际边缘之外的色彩或曲线。

你在西北，而在这里，西部的自信
从何谈起？——既然话是吞尾之蛇，
是苍蝇，出没于清真寺、寺庙
和停尸房，淹溺在姜汁酒里，

盲目地饱食人的种种过错，

而每具尸体反倒永不寂灭。

在这里，榕树哀悼她的孩子，

人行道的伤痕和鱼鳍似繁花，

风筝和秃鹫守着永不结束、

一旦开始就永不结束的夜，

这咧嘴大笑的旋转的世界

似乎只是病菌的安息之所；

因此，纵然所有美感都贮留

在佛塔里，在莫卧儿墓①里，

在挥手里，在纱丽服②的褶里，

在圣歌里，在照亮灵魂长夜的

经文里，我仍找不到容身之地，

在这瘴气中度过短暂一夜，

他们笑着，贼溜溜，拥抱水烟筒，

交媾并争论，交媾并吵闹，

---

① 莫卧儿墓（Mogul tomb），即在16至19世纪统治印度大部
分地区的莫卧儿人的墓。

② 纱丽服（sari），印度次大陆妇女用以裹身的服饰。

他们已成传奇，而他们的近乎
求死愿望的求生愿望抹掉
池塘中、棺罩里的所有颜色，
让香篆和忘忧果成为禁忌。

尽管欧洲以类似的方式垮台，
太亲密的熟人会叫我们盲目，
因为我们假借冷漠，假借选择，
早已不在乎是什么隐现于
我们脆弱的心灵围墙之后，
早已对洪水、丛林嗤之以鼻。

我们漂到这里，被印度惊醒
因而知道是什么使我们沉睡；
这就是事实，我们现已醒悟，
这就是恐怖——足够刻骨铭心；
棺盖被打开，是我们在棺中
悄然爬行，像被禁锢于樊笼。

而且，毫无疑问，冷酷的怀疑
总迫使我们寻觅同一线索，
我们也盘腿而坐，盯着肚脐，

仿佛没有知觉,也看见"远方"

——但此刻视野里只能容纳

近景,只不过近得近乎过头。

我曾目睹谢胡布尔[①]高中

同目光呆滞的难民一同化脓,

恐惧的厄运硬币倒转过来,

在古城堡[②]的树下,恰如牛群

必遭厄运,这群人和那群人

被他们的过去困在盲圈里。

日复一日,夜夜噩梦不断,

旧的过失和疮口暴露无遗,

一行接一行,且无边无际,

远非佯装的测量所能测出,

纵然有私人土地提供庇护,

---

① 谢胡布尔(Sheikhupura),位于巴基斯坦(Pakistan)东北部
　　的城市。巴基斯坦原本归属印度,1858年与印度一起沦为
　　英国殖民地,巴基斯坦东部(包括谢胡布尔)曾被莫卧儿帝
　　国统治,麦克尼斯写这首诗时巴基斯坦仍是英国殖民地。
② "古城堡",原文为"Purana Kila",疑是"Purana Qila"在当
　　时的写法,或是麦克尼斯笔误。古城堡(Purana Qila),位
　　于印度新德里,是莫卧儿第二任皇帝胡马雍(1508—1556)
　　的宅邸。

空气也难以喂养这等宅院①。

因为即使是人道主义也得
始终近乎无能,堕落,虽如此,
她②自己的子女又怎能冲破
视网膜? ——被裹于视网膜中,
我们的远见避免不了蹉跎,
相遇不过蹉跎,"远见"的或然。

还有个几被忘记的遗嘱人
仍然用一己之志左右你我,
认定杰克和吉尔③足够神圣,
虽然河流最终都汇入海洋,
我们仍认为他④所经之处的
土地的多样性才是河流之本。

那么有何惊奇,如果从这无人
必不可少的人之漩涡中,

----

① "这等宅院",指谢胡布尔高中。
② "她",指谢胡布尔高中。
③ "杰克和吉尔",指寻常男女。
④ "他",指上文的"河流"。

我感受到一丝脆弱，以定量

而稳固的爱意相信苍穹，

且随着联络的飞机升空

想象它特许的速度是错觉？

因为虽然对我而言，绝对的人——

即便是你，即便我以冷漠

把你束缚在一件罩袍里——

无处可见，更别提能在这个

早期的世纪看见黑肤孩子

如何放一场大火涂盖天空。

而把我包围的幽微的噪声——

破晓时分清洁工缓慢的

嗖嗖声，电扇，蟋蟀——在我们间

编织一道密密麻麻的树篱，

因此你的声音才响自往日，

美人睡在一则格林故事里。

而当我站在这里，尽管我们

分隔两处，我也认为这是损失，

如果你的过去就是我的未来——

好比尽管深渊和假象存在，

纵使他们的信札频频错开，

东西两方也会讨喜地结合；

而我们俩，总有一个是沉睡

在我们"西方"之下的印度，

因而我觉得你傲慢且又穷

如欧洲，可我能否在你胸膛

发现那不给人痛苦的东方

是东方也是西方，不是两者？

十种燔祭品^①（1952）

---

① 《十种燔祭品》(*Ten Burnt Offerings*)是组诗，是由十首中长诗组成。燔祭品(burnt offering)，在祭坛上燔烧的祭神的供品。

低土马①

一

百万水壶咕噜作响：毁灭者②的神殿里

世界在沸腾，蝙蝠出没于恶臭的暗处，

在蝙蝠头顶，雕塑扭曲有若金字塔

撞击欲倾的天空。但在有待雕琢的轮根③——

那宁静、果断、冷漠的阴茎——的四周

蝙蝠如微生物忙于缝缀愈加黯黑、

层层遮蔽的之字形线，一步一步、

一步一步地艰难爬行，嗞嗞作声，如在

无限④之岸发臭的海藻。而在神殿外

整个印度也围绕她的花岗岩轴心

兜兜转转、闹闹哄哄，喧嚣杂着肃静；

---

① 组诗第四首。低土马（Didymus），指耶稣十二使徒之一
中的圣多马（St. Thomas），因要亲眼见到耶稣并抚摸其
伤口后才相信耶稣复活而被称为怀疑者多马（Doubting
Thomas），曾赴印度传教。
② 即湿婆（Shiva），印度教中的生殖与毁灭之神。
③ 轮根（Lingam），印度教所崇拜的男性生殖器的图像，象征
湿婆。
④ 原文为"the Infinite"，也有"上帝"之意。

看她^①，彩衣掩有黑白，圈套掩有巨石，

无声的黑色石柱周围挂有装饰音，

不见火却见烟冒出；而在湿婆掌心——

所有现存之物的娇嫩胚胎，万物的

帷幕，从不移动也从不消融却能

稳住舞步^②的中心——火隐现如冷杉果，

数不胜数的四肢只沦为一支

由纯火炼成的黑色铅笔。玫瑰和檀香，

啐在庙宇石板上的红色唾液，

鹦鹉的绿色闪光，磷光似的波浪，

披挂饰品的大象和神圣的公牛，

凝睇水晶者，盯视肚脐者，学究，

耀眼而喧嚣的舞者，炫目的麻风病人，

行乞的无指之手和蕴有语意的眼神，

一张又一张脸，每张都像死胡同，

无数生命有若泡沫似的珠宝渣滓，

每秒都在诞生、不顾后果地重生，

是谁到此攻击你们？他笨口拙舌，

眼神里充满烦忧，双手沾满柏油，

---

① "她"，指印度。
② "稳住舞步"，疑是喻指稳住局势。

不精通世故，也没有社会地位，

是谁持两根交叉的便棍到此嘲弄

你的蔓生如印度榕树①的辩证法？

莫不是身中魔法而流蓝血的王子？

莫不是圣人，他那探测水源的心灵

会在最低点随最小的水滴颤动？

莫不是上帝，所向无敌的神之化身，

比你拥有更多臂膀、文字、形体、世界？

都不是；是"怀疑者多马"。

二

没什么更轻而易举。在像似

晦暗之镜的稻田和椰树林，

黑白火鸡甩着文雅的扇尾。

不见孩童除外的人的踪迹，

一座粉刷过的朴素的小教堂

自信而立，不加装饰，也没镀金，

木制十字架上刻满葡萄牙名，

---

① 印度榕树（banyan），树枝上有气根，能深入土中并长成树
干，覆盖面积大。

409

其中就有"小小山峰的教堂";

教堂的里面也被刷白——木桶
轻松跃起,像是桶里装着面粉。
而在圣坛下有个沉寂的地窖,
但与其说是地窖不如说是洞穴;

匾牌上写道,在马德拉葡萄酒[1]
或马德拉斯[2]闻名之前,马德拉斯
就是那位圣徒的藏身之地,
他把自己的信仰托付给双手。

托付给他的双手,可那一双手——
安能反驳湿婆和克利须那[3]?
也难以反驳那位喜爱甜食、
长鼻插于一碗糖果中的巨神。

---

[1] 马德拉葡萄酒(madeira),一种烈性酒,产于北大西洋马德
里岛。

[2] 马德拉斯(Madras),位于印度东南部的港市。

[3] 克利须那(Krishna),印度教最受拥戴的神之一,毗湿奴的
主要化身。

彼得①会夸夸其谈，而约翰已然
从果汁冰糕里召唤出一条蛇，
保罗②会把抽象与抽象配对，
可是这个人，他要如何开始？

始于他的双手和永不枯燥的
怀疑咒语？而对那些阴险狡诈、
诡谲如变色龙之辈，甚至怀疑
也是一种他们精通的技巧。

因此，在洞穴里待几日后，某夜
他溜到海滩，目睹鲨鱼横行的
海洋里翻涌着无情的波浪，
梦见他曾经缝补过的网，

还梦见窥探他补网的人。
他再也记不起他的面容，
也记不起他的言谈的梗概，
他只记得他准时补好网，

<hr>

① 彼得（Peter），即耶稣十二使徒中的圣彼得。
② 保罗（Paul），即使徒保罗（Paul the Apostle）。

就这样开始,不免让人怀疑;
他那双渔夫之手几乎做不出
传道士的手势,他本想趁早
给双手蓄力以便打坚实的结。

然而,当他凝视磷光似的波峰
并把成群的眼蝇驱走,多马
想到印度国君(他们从不伸手,
因有人买来成千上万只手

为他们效劳,握着巨大弹弓的
奴隶随时待命);多马还想到
印第安诸神能够随意长出
所有他们可能需要的手。

随后他想:我骄傲,我有若苦力,
做任何事都是只靠一双手,
包括画十字;我的使命就是
用我的不足弥补他们的缺陷。

在有如月上之海的大海旁
他合掌以确保他有两只手,

发现虽是两只却很强壮，

他轻轻抬起手，然后祈祷。

三

哦，可我的怀疑是比这片海更残酷的海，

　　哦，我摸索幽夜的双手不由得颤动，

我知道我对所有问题的回答准是"否"；

　　在我眼中那些火舌是火，不是光明。

有福的是那些不亲手触摸、不亲眼看见

　　就相信的人，对他们而言水皆是酒，

他们的心承受何等重荷都能耐心等待

　　乌云消散——这种禀赋我不曾拥有。

无论气候如何，我的使命始终是攀登

　　永不是山的山麓丘陵；阴沉的雨季里

这片印度的天空行将倾倒，我怀疑不久后

　　我的所有皈依者和多半成果全得消失。

我怀疑我几乎无权以基督的名义

　　布道或写作，我怀疑我的怀疑能够

找到蛛丝马迹，发觉我糟糕的角色渴望

移走挡住印度心灵之墓门的石头。

我怀疑，我怀疑；在一座摇摇欲坠、不堪一击、
　　受异教徒围攻的堡垒里，我直到最后
都站在无尽的雨中张望，宣布"人类之友"
　　已成主宰——但他能否成为多马的朋友？

我灵魂曾经的唯一的快乐就是他吗？
　　我的记忆在炎热中消退。缝补渔网时，
我猛然意识到自己就在他眼皮底下，
　　他呼唤我的名字；他余下的话我已忘记。

他还是我的朋友吗？也许不是。我只知道
　　每个稻农，耍蛇人，拾荒者，商贾，驯象师，
这片土地上每个痛苦的生灵，都有缘迅即
　　找到那个朋友并结识。但反观我，我怀疑。

四

最后一束光把如镜的稻田染紫，路
幻化成头插断枝的农民的黑河：
无数条河终日流淌却毫无踪迹
把这世界托付给孩童。棕榈树变得

幽暗如巨大的弹弈，一眼瞥去教堂
白茫茫，像是寺庙；虽然这里的轮根
只是从空间中提取的或在空间里
想出的轴（果真如此吗？），空间反而
缩至花岗岩的隐蔽处，世界的运转
依靠空洞的轴心，里面的所有噪声
叠起如葬服。只听见一阵低语
微弱得不及一只迷路蝙蝠的叫声，
旋转如一只迷路蜘蛛的一根细丝，
如迷途者的幽灵似的莫名怀疑。

  多马，多马，你盲目传布
  光明是不是明智之举？
  在幽暗的地窖里蜷缩，
  身体和灵魂不知所措，
  你之前所认识的基督
  也从你眼前永远移除，
  多马，多马，难道你依然
  不觉眼不见则心不烦？

眼不见……这百万之众，日间消隐于何处？
这群蝼蚁，趁湿婆跳舞，脚悬在他们头顶，

生拉硬拽地抢他桌上的残渣碎屑，

他们的生命止于这步和下步之间，

这阵鼓声和下阵鼓声之间。多马只能

委人传布予每只蝼蚁以价值的福音，

因多马本身是受人所托，兜售自知

应归他们而他不敢说归他的信仰，

除非他是亲手证实并重拾记忆，

以双手抚摸他的石墙，拍打眼蝇

或只把它们驱到一处，那双手经过

千锤百炼，却因需要锤炼而失败。

　　多马，多马，难道你不为

　　你的命运而感到后悔？

　　身为渔夫却离开渔船

　　去捕远处的无名灵魂，

　　他们①在你悬空的手里

　　闪亮如鲭鱼，然后死去。

　　你知道这是因何生发——

　　是为何？多马，别说谎话！

———————————

① "他们"，指上文"远处的无名灵魂"。

说谎话？冤枉多马了；他只是多疑，

头发密布他的手背，他的双手看似笨拙

但仍能在暗处分辨新绳与旧绳，

认出自己是自己，那双手曾教过他

灵魂仍是人，因那双手在他入梦

而不是梦醒时伸出，如在海底摸索，

以证明世人皆是灵魂。"相信者多马"，

"东印度群岛①的使徒"！哪怕他没去过

东印度群岛，那里也会有座荒凉的教堂——

牌匾的颂词寥寥数语却掷地有声，

讴歌一个把手指刺入上帝伤口的人。

---

① 东印度群岛（the Indies），东南亚岛屿，尤指马来群岛。

归来那天①

一

蹲伏在大海凿成的砾石上,抬头望向大海,

    他——乖戾的著名骗棍——历尽危险,落泪,

把他的心戳向那堵庞然大物般的水墙,

    而伊萨卡岛就在水墙之外。

在他身后岛屿化作梯田,在他眼前波涛叠起

    如梯田,爬向残忍的地平线;他坚韧,却落泪,

咸的眼泪和咸的浪沫混得难以区分,

    他的机智也变得索然无味。

从他身后的林中隐约飘来一阵声音,他曾

    陶醉于其中而今却悲痛;他不渴望那首

---

① 组诗第八首。这首诗的主人公是尤利西斯(Ulysses),即希腊神话里的奥德修斯(Odysseus),伊萨卡岛(Ithaca)的国王,特洛伊战争时的希腊首领,在外漂泊十年后才回到家中,荷马史诗《奥德修斯》就是以他和他的忠诚的妻子佩内洛普(Penelope)为主人公写成的。

太过甜美的歌①，而是渴望妻子在伊萨卡岛
　　下达干脆的命令：洗衣做饭。

他再次任思绪驰骋大海的重重障碍，细数
　　永不逝去的时间、永不沉寂的波涛，落泪
　　却不再如往常一般略带享受地与人同哭
　　并流下同甘共苦的眼泪。

但这不是悲剧，而是挫折；如泡沫凝结在
　　他凉鞋周围而渐渐消失，如那阵甜美的
　　声音再难保持不朽生活——这里②的生活
　　而非伊萨卡岛的生活——的希望。

因在这里他的床铺太过柔软，酒味醇和，
　　花香太过凝重；该笑的时候他却落泪，
　　反倒不如淹留在另一座荷花岛上，
　　忘掉一切而酣笑。

仰望大海。对于疲顿之心近乎高不可攀，

_____

① "那首／太过甜美的歌"，即塞壬的歌声。
② "这里"，指俄吉吉亚岛。

顶峰空空如也：梯田在攀登之眼里

相继消失；而一阵声音放歌，毁掉整颗心、

　　所有希望、整座伊萨卡岛。

二

是来世的家？还是贯穿今生的家？若是后者，

如何贯穿？——如贯穿玻璃，或神经和血液？

我们都是有些时候流浪，有些时候思乡。

正如我们时而不信神时而敬畏神——

　　而这暗指什么呢？

一双红手从水槽伸出，在擦净的松木板上

紧紧相握，寄希望于来世；泥土隐匿在

桌子裂缝里、钉子下，尽管他们竭力拂拭，

尽管耶路撒冷①之墙是纯金打造，"金墙"

　　自身也有暗黑的裂缝。

郇山②永远属于未来。卡吕普索③的小岛

---

① 耶路撒冷（Jerusalem），犹太人、基督教徒和穆斯林的圣城。

② 郇山（Zion），又译锡安山，位于耶路撒冷，是古大卫城所在地。

③ 卡吕普索（Calypso），希腊神话中的仙女，她将奥德修斯困在俄吉吉亚岛（即诗中"卡吕普索的小岛"）长达七年之久。

永远属于未来,和现在,如此不合时宜;

但随时间流逝家是可见且宜居的,闹钟

在厨房架子上发号施令,守护犬阿耳戈斯[1]

　　变老并厌烦于跳蚤。

在那寻常房间里,闹钟也许在星期天

静默,那双红手憩息于星期天的腿上

(这情形不会在工作日出现),珀那忒斯[2]

不再是水壶或时钟,而是一组家庭照片,

　　但家庭已永归沉寂。

硬衣领和一架风琴。纯白和暗黑。硬钥匙。

一把锁在珍珠之母的大门上嘎吱作响。

街道已被帘子掩蔽,心灵因而细数

从上到内有几层镀金的梯级,虽然雅各

　　在街上跛行,没人看见。

近乎高不可攀——在顶峰? 卫斯理[3]递给我们

①　阿耳戈斯(Argus),希腊神话中守护伊俄(Io)的百眼巨人。
②　珀那忒斯(Penates),罗马家神。
③　约翰·卫斯理(John Wesley,1703—1791),英国传道士,卫理公会的创始人之一。

一盏盛满众神之醴的金杯——孤岛上的永生，
故乡的家？它可是一扇窗户或一面镜子，
我们往里看或往深处瞧就能见到幸福？
　　抑或只是时钟枷锁的钥匙？

因为佩内洛普不曾逃脱。她的丈夫虽逃脱
却发现这种幸福是囚禁人的监狱，
每天望向变幻无常的大海都会落泪，
而他的妻子、阿耳戈斯和真实的人就生活
　　在大海尽头。他们安于生活。

三

可即便如此，他说，我天天盼望，日日
渴想回到我的家，看见我归来那天，
当我熬过暴行的岁月——和无为的岁月。
总这样想。但我没有船，也没有同伴，
只有无处可用的智慧。众神之醴、仙果，
于我而言不算保证；女神不再给我快乐。
谁能永久得到女神的爱？虽是黄金时光
却也是虚幻年华的岁月，不想零落的花朵，
和太过醇和的酒，在我眼中不算新奇——
谁能得到女神的爱，如果她不在意

克服困难后的快乐,如果她从不为
曾与她同笑的友人落泪? 我凝视大海
直到冷漠的地平线圈住一只浑圆巨眼,
咄咄逼人如独眼巨人的眼;这次我无法
扑灭它——我已是实实在在的无名之辈,
因为我耳畔响起一阵歌声,嘹亮又高扬,
太过甜美。他们称我为诡计多端的奥德修斯;
我把诡计用于对付神祇、仙女和小神,
可现在是时候、是时候了,我把诡计用于
对付孕育它的土地,一座新的打谷场,
或用于建造界石,因为即便是最和善的
邻居也会侵占我的地盘——我好与人争论
我放牧或伐木的权利;对的,是时候了,
我听见我的羊在叫,闻到我的牛的粪味;
这里没有粪便、权利或争论,只有花香,
伴以一阵太过甜美的歌声,永远圆润
却难以打动我。这里永远不会是家,
一如包围这里的大海。甚至伊萨卡岛
周围的大海也有一番异样的景象。

四

他们说我诡计多端,我劫掠兄弟,

愚弄父亲，我是最务实之人，
但在我那个年代我自有远见，
我见过一架梯子伸向天外①。
我是圆滑的老叟，但年轻时——
你看，我的这条腿还一瘸一拐——
我曾和"永恒之神"斗一整晚。

谁都不能斗第二回。我再没见过
那架梯子伸向天外；据我推测
它总是在那里，只要能看见
耀眼的信使沿着它爬上爬下，
繁忙如蜜蜂，搜寻人心中的
蜂蜜；他们甚是挑剔，只要精华。
但我们知道他们何时找到它，

因为我们蓦感欢快。即便如此
也不应太顾虑他们；仅凭分析
无法得知他们想要什么；最好
把目光盯向大地，他们能选择
何时拿什一税，他们受人欢迎，

---

① "见过一架梯子伸向天外"，引用雅各之梯的典故。

但此地是我的家,此时是我的盛时,
我的工作就是待选民如子。

工作辛苦却也给人愉悦。拉班①
索取七年勤勉的掌权生涯,
然后企图骗我;我的妻子儿女
都有嫉妒心;约瑟②一死多年饥荒
接踵而来——但上帝已给我准话:
我的种子,会如大地的尘壤、
约瑟和谷物,在埃及被人发现。

但我有时,即使是现在,会做噩梦,
总是做同样的噩梦:挑战重又
降临在多石地带,在至暗里,
我发觉我的肌腱提前断裂,
而且,因为这次我了解对手,
我知道这次我守不住自我的
阵地。我的自我已无处可寻;

---

① 拉班(Laban),雅各的岳父。
② 约瑟(Joseph),《圣经》中希伯来人的祖先,他父亲雅各赠
　予他一件彩衣,他却因此遭到兄长忌妒并被卖到埃及,后
　在埃及身居高位。

我汗涔涔地醒来,仍置身于幽暗

(许是幻境)——但我是最务实之人,

我伸出手指去触摸这幽暗,

感受它的绒毛,它属于我自己,

被我自己用墙围住,还圈起

我的家人;此外,我大腿骨里的

疼痛让我确信我是在某处,

我是在我的家里;不再流浪,

再无——除非在一瞬间——远见,

再无选择,我被选来待选民如子,

我随时待命——也许还能得到

我们称为蜂蜜的这类意外收获;

可是总体而言,我所求甚少,

只想每个归来那天终会归来。

秋记续篇① （节选）（1954）

第三章

回到工作——回到比肯斯菲尔德[①]。

郊区火车穿行在错综的隧道中

带我挤入圣约翰[②]的幽林,感觉有若

伦敦想摆脱一阵痛苦,火车行进

经过西汉普斯特德,枯菊和破败的

花边窗帘使我的后背罹患病症,

穿过文布利山[③]和萨德伯里山[④]的

天线,一片枯燥乏味的电视国度,

直到蓝色屋顶变得通红,涌现的

---

① 比肯斯菲尔德(Beaconsfield),位于英格兰白金汉郡的
城镇。

② 圣约翰(Saint John),疑指位于英格兰伦敦的街区。

③ 文布利山(Wembley Hill),位于英格兰伦敦,在诗中指以此
山命名的火车站。

④ 萨德伯里山(Sudbury Hill),位于英格兰伦敦,在诗中指以
此山命名的火车站。

房屋变成半独立式,且神气十足;

焦炭堆,安乐窝混着贫民窟的城镇,

和晾衣绳一晃而过(这一切对身处

前线的人而言都是笑柄),经过随风

飘荡的白杨,摇摆的蜀葵,南瑞斯利普

和西瑞斯利普[①],和每逢工作日黎明

都向东飞去的家(花园的损失实属

市场的收益);我的火车向西驶去

穿过杰拉德十字街的富人聚居处,

又经过一个高尔夫球场,虽被黄旗

修饰、点缀却空空如也;火车行进

直到我们在珠穆朗玛峰下停息——

又继续。比肯斯菲尔德彻底消泯,

冰瀑从西部峡谷袭来,势不可遏,

吞没每堵光滑的红墙、每座屋顶、

---

① 南瑞斯利普(South Ruislip)和西瑞斯利普(West Ruislip)
都是位于英格兰伦敦的火车站。

每排整饬的大丽花和每件灵巧的

自动割草机，而从冰瀑向上望去

静幽幽的雪原赫然耸现如沙漠，

向上望去又见到一根不祥之羽，

从原是十五峰之处的山顶飞落

（它至今记得十五种毁灭的印记），

高有二万九千零二英尺，断然地

把巴克斯①的种种现实斥为虚构，

投影仪把它②固定在屏幕上，而我

写下对它的感触③；裂缝和褶皱

都被抚平而去，一阵涌流旋转如

巨型胶片，冲走冰的沉默，冲走

高处的孤寂。将世所罕有之物

---

① 巴克斯（Bucks），指英格兰中部的白金汉郡（Buckinghamshire），
　　Bucks 是 Buckinghamshire 的简称。
② "它"，指珠穆朗玛峰。
③ 指麦克尼斯为托马斯·斯托巴特（Thomas Stobart）参演的
　　电影《征服珠穆朗玛峰》（*The Conquest of Everest*）撰写解
　　说词一事。

变成廉价的拟娩或傀儡乐园，

然后来一段让低层次观众瞠目

的旅行见闻，我们如何开出价钱？

人为何攀登举世第一峰①？马洛里②

回答"只因它就在那里"，观众茫然。

对此恰当的回答需要太多言辞：

我们为何赌马，痴迷于儿女之情，

学习微积分或嬉弄鳟鱼，为何死？

在哪里？……哪里？……这里？远处？上空？

后面？下面？中间？以下才是事实：

被诱惑之人和引诱者互相串通，

我们几乎希望错过的目标恰是

被我们击中，我们原谅我们的所恨，

而且只扼杀与我们疏远的东西。

很久以前，这世上有座花园，园中

---

① "举世第一峰"，即珠穆朗玛峰。

② 乔治·马洛里（George Mallory, 1886—1924），英国探险
　　家，在攀登珠穆朗玛峰的途中丧生。

有棵树挺立，它的果实必会成熟，
只因它的皮必会变硬，以彰显刻印

在树皮上的你我名字的首字母；
数不清的摇篮在它的枝头晃悠，
无数的棺材藏匿在它的树荫处。

无数只蝉隐于树丛，或打盹或啁啾，
一只啄木鸟轻叩。这是以前的故事。
当心呵，又到许诺和食言的时候；

金色乳房闪现，一头乱发从眼底
甩出来；一只裸臂在一束光线中
摘下一颗苹果。只因它就在那里。

那只啄木鸟，如打字员，敲个不停，
没完没了；记录必须得以保存，
虽然同样的盗窃行为日日发生，

最初的罪①和最终的罪。教授们

---

① 此处本应译为"原罪"，译为"最初的罪"是为了和"最终的罪"形成对比。

会把它简化成一个案例，并证明
夏娃沉思、恼怒并落泪只是身心

错乱所致——瞎扯！无论牌在谁手中，
皇后和王牌都靠自身撑到结局。
不打紧；又到去冰冷的巴克斯直冲

洛子峰①的时候。冰峰和峡谷唆使
我们以特技展现它们，叫观众恐慌，
几十人所见，再让数百万人目击。

在道具室里秒表、剪刀和口香糖
是重中之重，但带钉铁鞋底、冰镐
和风衣也必不可少；当你在冰上

打猎，你最好向送冰人学习诀窍；
可恶的白雪皇后遵守她的规矩，
她只顾及自己，从不为你们思考，

所以要谨慎探路，步步为营总是

---

① 洛子峰（Lhotse Face），位于珠穆朗玛峰高处，海拔7 000米
左右。

好过迅速跌入冰缝之中；我们的
目标，是受欢迎而不是写翻案诗。

还要当心那些灯芯草。谁会嗔责
中段登山员没能做到万无一失？
虚无其名的山峰能代表什么呢？

我们都是中段登山员，尽心竭力
如非神职修士，说话要靠"规章"
准许，不知沉默究竟有什么深意。

卷轴被收起，一块粉笔在公告牌上
吱吱地响，我又受命乘火车回家，
而戴头巾的夏尔巴人①走回故乡——

残天边的西藏，天空累累的伤疤
已被岩屑堆和冰川补好；地面的
玩偶之屋仍是半独立式，但立马

变成独立式；场地和道路被渊壑

---

① 夏尔巴人（Sherpa），喜马拉雅山脉的部族之一，生活在尼
泊尔和中国西藏自治区边界，以登山技巧闻名于世。

镂空；匆匆返回的上班族本应被
系在一起——若能找到合适的绳索。

我让他们听天由命，又进入暗黑
的贵族隧道，他们可是无头约翰[1]
在我搭建的露营地遭一点儿罪？

海拔如此之高，我的呼吸已消散，
我的才智在褪去；我将在马里波恩[2]，
我的大本营里，让一切有个了断。

这温和的九月之夜吹出一个吻
叫湖面泛起阵阵涟漪，天空似桃
爆开它的果肉以完成它的变形——

留下一颗果核。石灰色树木伸到
水底，浅游的鸭子如登陆艇一般，
趁每只鸭子的奇思妙想在引道，

---

[1] "无头约翰"，即施洗者约翰（John the Baptist）。
[2] 马里波恩（Marylebone），位于英格兰伦敦西敏市的豪宅区。

把尾流甩得白茫茫但永不上岸，
一只傻水鸡划过尾流，头似发条
前伸、后探、前伸，而船尾银光闪闪，

两只天鹅驶过幽暗的铅锤，皎皎
如幽灵，游于其间的鸟企图变成
幽灵，可浑身仍泛着褐色，仍是鸟。

哨响：灯光亮起，从四轮马车车门
扫向动物园，照到路上，射入湖里，
躺椅空空如也，阴影越来越浓，

情侣解衣，起身，又扣上，缓缓离去，
心不在焉，猎犬狺吠，在带领下奔散，
而一声噪声喊道，如一阵痛突袭，

"全部撤离"——全部撤离摄政公园，
第一峰，伊甸园——怀疑我们曾进入
其中。整片山峦幽暗，那棵树无言，

某天（即今天）被祛除，一切被祛除。

第十八章

为诗人①哀悼②。星期一到来；正午时
格怀林③在纽约去世；死对他这类
古怪的诗人来说若是一种延迟，

那么对我们④而言他是早逝，因为
世间不会有第二个他；他这种人
少见，有权直入象牙门；多数人得

摸爬滚打才有资格进入象牙门，
此刻我们早期的爱和所有童年
在哀哭，连胸怀深邃的玉米女神，

---

① 原文为"Maker"，是双关，兼有"诗人"和"生产者/制造
者"两种意思。麦克尼斯在他的著作《现代诗》的序言里
说过："诗人是生产者，不是零售商。"

② "为诗人哀悼"，苏格兰诗人威廉·邓巴（William Dunbar,
约1456—约1513）的一首诗的题目。

③ "格怀林"指威尔士诗人迪伦·托马斯（Dylan Thomas,
1914—1953），20世纪英国的主要诗人之一。据说托马斯
死于酗酒，因此麦克尼斯才略带戏谑地说，"对他这种怪诗
人来说，他的死是一种延迟"。

④ "我们"，指迪伦·托马斯的朋友。

下棋或玩曲棍球的凯尔特好汉，

托儿所火旁的舞者，威尔士林中

的农牧神和萨梯（仍喧闹如昔年）

也不由得流泪。灰暗的一天遮笼

他们，也遮笼我们。"歌树"的叶子

已落，老戴莫埃塔①的秀雅的草坪

错过利西达斯奄冉而行的步履。

我们呢？简单地说，我们难以相信

正是格怀林已变作亡灵的事实，

我们近来还见过他，那平素的神韵——

拿张纸牌当锦囊妙计，眼睛翘起；

他是个小丑，"探索者"，吟游诗人，

总把鹦鹉的谎言扔回它的嘴里，

他知道有些山必须得有人攀登，

只因它们就在那里——而且耸峙。

---

① 戴莫埃塔（Damoetas）和利西达斯（Lycidas）都是牧羊人。

于是他在冰上探路，靠一盏星星

缓缓、冉冉前行，像是在斟酌诗句，

而他耳畔仍回荡着童年的钟声，

雪崩在他脚下的远处咆哮不止，

他的同行者有"三位国王"，"三名

威尔士金鞋匠"——他们做鞋时

不愿损毁一针一线，正如他不肯

把诗文搞砸。他亲自制作海贝壳，

为着侧耳聆听大海的种种声音，

认识最古老的生物：猫头鹰讲说

它如何见证三座森林起落如潮，

一条巨鱼测出寒武纪史前时期的

最深的井有多深；而格怀林永葆

青春，又拥有无尽的快乐时光，

臃肿的塔利辛①，衣衫整洁、矮小

---

① 塔利辛（Taliesin），威尔士吟游诗人，生活于公元550年
  前后。

且打领结的赛利纳斯[1]，一路喧嚷

穿过结满水果、寓言风行的土地，

深知狄俄尼索斯[2]也有辉煌时光

但总不能随身携带。他彬彬有礼，

倚靠在吧台上，直到手中的香烟

变成半空的一缕灰烬，久不散失，

成了他夸谈的由头。多雨的夜晚

生意盎然；就在三周前我们见到

他最后一面——我们最后一次相见——

这次也是[3]。埃文斯（他在斯旺西学校

结交的朋友），卡伦和普莱斯，德夫林

和戈尔曼——还有别人，人群浩渺——

仍记得相见的场景。从高高的冰层

一把冰斧坠落，摇曳地滚下斜坡，

---

① 赛利纳斯（Silenus），希腊神话中的森林小神。

② 狄俄尼索斯（Dionysus），希腊神话中的酒神。

③ 前文"最后一次"是生前的最后一次，这里的"这次也是
（最后一次）"是埋葬前的最后一次。

最后一步已经被切断,锦囊已经

被打开,而身处山下的我们只得
不抱再见格怀林的希望,他栖身
在山上某个地方,我们却在摸索

返回的路。有个东西一路跟随我们,
雪花或鸽子,嘴里叼着一根绿枝;
一个象征。象征和平?象征爱情?

星期二,10日:我们至今每说一句
都难免哽咽;每当我们开始说话
都难免心气有余而又言辞无力,

一阵悲怆从喉咙径直涌到下巴——
然后消失如海浪退去。刚才果真
是我有了那种感觉?我无法表达,

无论是怎样的感觉,我不知原因,
然后这种莫名之感不过片晌
便返回,如雷声刺破平静的晴空,

把我们的神经和观念摊在刑架上，
把我们许久前藏匿的东西拆散。
窗帘沙沙作响，世界黯然无光，

车闸开始尖叫，车轮也不听使唤——
我们是在哪里？你究竟想问何事？
我们真曾亲眼见过格怀林？定然！

甚至听到他的声音。完整的假面剧，
音调多变，抑扬顿挫——轰隆的风琴，
模仿秀，窃笑；无论身处哪间房里

我们都仿佛——只要听见那阵声音——
躺在草场沐浴阳光，在空中架起
华盖，以繁花坠枝的蔷薇或忍冬，

在繁花丛中放养蜜蜂，还有一只
熊跟在蜜蜂后抱怨。这等房子仍
对我们开放，不过已显得多余，

体现在几个方面：潮湿且寒冷，
防尘套盖住家具，听不到声音，

草地消失不见，魔法也失去效用。

我认识一个别样的诗人①，他甘心
歌尽而亡，他写诗也爱精雕细琢，
他的朋友们为着了解他的内心

而取乐于欢快的牧歌，抒情风格
与闲言碎语的杂烩；莱利的故乡
是康诺特②，棕色沼泽之水和蓝色

山丘跟随他穿过都柏林，也戴上
故作天真的光环，受光之炼金术
点染的地球的光环。他总是渴望

享受拉伯雷③式欢乐且毫无限度，
他也爱翻白眼，也常常充耳不闻，
他也骄傲于出身和故乡的景物，

---

① "一个别样的诗人"和下文的"莱利"都指热衷于民歌的爱
　尔兰诗人F. R. 希金斯（F. R. Higgins，1896—1941）。
② 康诺特（Connaught），位于爱尔兰共和国西南部的省。
③ 弗朗索瓦·拉伯雷（François Rabelais，约1494—1553），法
　国讽刺作家，代表作《巨人传》。

为人慷慨,处事却含糊,会在别人
有求于他时隐身,动不动就以
时间间隔打断时间表,也会痛饮

啤酒,会见这枯燥乏味的世界时,
他也常常迟到,他也过早地死灭。
但自爱尔兰之门哐啷一声关闭

十二年光景已过,而这才是区别。
一轮新月从天而降如一颗流星;
斯本斯爵士让海水打湿软木鞋①。

亚瑟国王乘坐他的驳船慢吞吞
经过,一次又一次,而所有在民歌
和萨迦里喘完最后一口气的人

也最后一次断气;我们甚至觉得:
他们,我们,都与格怀林一同殒命。
他们的花是石头,废墟。传教士说,

---

① 改自苏格兰民谣《帕特里克·斯本斯爵士》(*Sir Patrick Spens*)。

是极致的虚荣——但格怀林的回应

从孤寂的讲坛传来：我所见不是

空虚，而是无上圆满，属于我自身

也属于其他人。迪尔德丽[①]和奈西

玩着国际象棋，谁都不在乎结果，

因他们命有劫数，但这劫数也许

会赐福于他们必得始于滥觞的

子孙后代；格怀林对此心知肚明，

总是一再开始；邪恶之地或罪过，

赢双倍或全输没；他敢敲响丧钟

让它带走他的命，它照做。那头驴，

他的蠢兄，近来被重荷压得窒闷、

瘫软，如今总算割下常春花[②]一枝。

既然敢下大注，为何不敢下小注？[③]

---

① 迪尔德丽(Deirdre)，爱尔兰传说中的人物，在丈夫奈西
  (Naisi)被杀后自杀。

② "常春花"，希腊神话中开在天堂乐园的花朵。

③ 原文直译是："既然能拿一英镑冒险，为何省下一便士？"

"死了一次后就不会死第二次。"①

愿诗人强大。上帝把他们造成凡夫。

---

① 出自迪伦·托马斯的诗作《拒不哀悼殒命于伦敦大火的孩子》。

第二十章

重访威尔士,虽然不是到此度假;

粘在座位上,转过一条无情小径

重访威尔士,握住一根金色枝丫^①——

迷雾西部的钥匙。我穿着同格怀林

在摄政街购得的黑鞋:回到五年前

我去多雨的德拉姆克利夫^②旅行,

穿着这双新鞋(紧得使我的脚疼挛)

参加叶芝的葬礼;而对于格怀林

它们没那么时髦,穿起来也舒坦。

我从座位看见我夜色下的分身

瘫倒在传送带上,它耸立于空虚

好几十年,既不停止也不启动,

---

① 这节诗故意省略主语,疑是麦克尼斯借此表达参加迪
  伦·托马斯葬礼时的悲恸的心情。

② 德拉姆克利夫(Drumcliff),位于爱尔兰斯莱戈郡的小镇。

却永远向前滚动直到我们死去。
如今问已太晚；在传送带上我们
回答不出自己是谁也无法证实。

无形的蒸汽和思想之花彩，或能
融入过去，而一刹那的灯光暗示
我们跪过之处神殿林立，烛火通明；

"曾经"是最重要也最美妙的词，
如果"曾经"所剩无几，而每道光、
每缕思绪飞向东方，躯体仍向西，

向茫然的夜晚投去茫然的目光，
一个空间的世界，其居住空间
竟如此之小。但一个美好的形象——

她——在我眼前突现，没有她陪伴
我不愿也不能活下去；她也瘫倒
在厄运的传送带上，就在我身畔，

随它穿过幽暗的绝望之站；直到
最终停下，是在一座幽暗的车站，

我们突然间看到一道亮光迸跳，

一道红金交错的亮光发出宣言，
当一件独立引擎绕过一扇亮窗，
缭绕的蒸汽在野生祭品中四散。

然后去斯旺西①过夜，不见一丝光，
贫瘠的黑雨下着。但夜终会结束
并驱走雨。早晨露出欣悦的脸庞

兀然祝福整个威尔士，把我们送入
西部，又踏上灿烂而悲伤的小径，
穿过通红的蕨丛，那里每条弯路

都是白昼脸庞上的又一副笑容。
我们随意停下，走入盖有茅草的
酒吧，喝杯早饮；发现，如在戏中，

酒吧里回荡着闲聊声，觥筹交错；

---

① 斯旺西（Swansea），位于威尔士南部的城市，迪伦·托马斯的出生地。

但多少有些拘谨；酒吧里的朋友
都是格怀林的相识。且让人觉得

这一杯杯威士忌酒，大量的啤酒，
让一条帕克托勒斯河①把言辞
变成黄金，以纪念一张纯金之口，

把附着于死的沉寂与冰冷彻底
驳斥。这条向西奔流的骄傲之河
清澈见底，仿佛重现辉煌的往昔，

把我们降落在村庄：一片慈善的
天点缀村庄，一阵诡异的静笼罩
村庄——一种主人对客人的态度，说：

来分担我的悲伤吧。我们走在单调
且密集的花丛后，一串月桂花环
是那么小而朴素。但麻木的头脑

---

① 帕克托勒斯河（Pactolus），位于小亚细亚西部的吕底亚
（Lydia），以河中的砂子含金量高闻名。

没能接受这等引诱耳朵的字眼——
"死而复生"和"生命";且只知道①
格怀林曾在这里生活一段时间,

如今呢,这里已被埋于地下。一道
憩息之光洒在绿色坡地(本是放羊
或养鹅的所在)。我的手指贴靠

这片土地仍能产出的绿色思想②,
趁我们流连在了无绿意的幽坟——
一封信札,有待给人落款并盖章,

既然它已没有内容;风和浪保存
更多格怀林的痕迹。他从威尔士的
这一隅带走的,靠他奉献的留存。

绿色田野空寥了,我们试探性地

---

① "只知道",主语是上文的"麻木的头脑"。
② "绿色思想",出自英国玄学派诗人安德鲁·马韦尔
  (Andrew Marvell,1621—1678)的诗作《花园》:

  把一切上帝所造之物都扫荡,
  化作绿荫里的一个绿色思想。

向后看一眼,离开,然后继续走向
他在悬崖上的住所;一本打开的

沙水之书,褐沙杂着银水在闪亮,
他的河口在我们眼前一览无余,
与他共享声望的鸟是他的声望

之写照,鸟叫声变成他的词,恰如
约翰爵士的正义之山此刻看似
归格怀林所有。我们离开似凝乳、

似波浪的平地和海峡,穿过静寂
之夜重入哀悼队伍。若一次降生
扩宽家庭圈子,满溢的酒杯证实

降生的独特和生命的举足轻重,
我认为一次死亡也有这种意义,
有证实和扩宽之效。从地球延伸,

到地球的各角。以格怀林的名义
我们交谈,甚至笑出声,虽然幻觉
(真是幻觉?)偶尔涌起,给我的理智

蒙羞。有三个幻觉。第一个幻觉：
离开那片草场我们也把格怀林
丢在后面，如果我们连一个字也

写不出，却仿佛失去我们的至亲
或喜于这种地方仍是他的乐园。
那么这场葬礼是赃物，还是赠品？

理性的想法抹去这等一闪之念，
但第二个幻觉袭来：也许格怀林
溜去某处享受某个来世的恩典，

他也因此得以摆脱苦役和陷阱
永远陶醉于言辞之中。这些幻觉
闪烁如星星之火，然后荡然无存；

因为，纵有来世，格怀林若是失却
他的洪亮的嗓音，失却他的躯体，
就准不是格怀林。正如你我再也

不是你我，且来世如能供人选取，
就我而言，我会拒绝。最后，第三个

幻觉,予以可喜的理由,确切言之,

予以强烈的非理性:我们今日的
见闻毫无意义,这家拥挤的酒吧
曾是格怀林的最爱;真是活见鬼了,

他竟然不到场,期待他准时到达
总是太过苛刻,但无论是晚是早,
他会以游玩之心走来,尤因酒吧

聚有他的诸多友人,能彼此取笑,
相聚如群星璀璨。而若不在今晚,
我们要想再遇见他也不用等到

猴年马月。伦敦之月是何其璀璨,
如威尔士之月,今夜我们就得返回
伦敦,那时看到他的身影或听见

他的声音都是乐事,当然他许会
借来一两英镑,或者让我们苦等,
但有何关系? 在那些给人以伤悲

甚至忧闷的街道,他得意地现身,

也让人得意,有如一渠活水流入

久已死气沉沉的晦暗的池塘中。

可能与不可能紧密交织于一处,

这是第三个幻觉;当然,我们觉得

两天之内就能见到他的真面目,

那时候的他身体康健,头脑灵活,

心思缜密。我们关闭威尔士之门,

返回,一路向东,离开如此清澈的

水源,这有所改观的缤纷的海滨:

海鸥和赞美诗,绿色和金色赠馈。

11月25日。我们再次回到伦敦。

他会让我们一直等下去吗? ……会。

拜访^①（1957）

---

① 原文为 "visitation"，兼有 "天谴" 之意。

致公众

为何说诗人是甚为敏感之人呢?
我们贪婪且无耻,行偷盗窃听之事,
为了自得其乐会拿他人开玩笑,
本身目无法纪,无论是否是立法者[①],
我们不用你们宽容,更不用你们怜悯;
与你们中的常人相比我们顾虑不多,
却有更多常识,当然也有更多自由,
有窃贼和歹徒的手指,有绿色手指。
因此,我们粗鲁却也抵达时间和地点,
而且,不管你们是否在场,我们仍将
在众人面前抛却我们的梦想和勇气。

[①] "立法者",出自雪莱的诗论《为诗辩护》:"诗人是未被承认的世界的立法者。"

致后代

当书都失去功用如墓地里的书，
而阅读，甚至谈话，也轻而易举地
被其他媒体取代，我们想知道你们
是否也感受到由我们命名的花朵
和水果呈现给我们的颜色和味道；
对你们来说草是不是绿色，天空
是不是蓝色，鸟儿是否总是无翼鸟？

多尼戈尔①三联画

一

残损的缆柱,生锈的缆绳——
新韵的种种古老的借口——
将它们②倒退的时间提前:
欢欣而哀伤的离别之诗。

抵达之诗呢? 你去天外吧,
缪斯在散文里打开③自己;
一旦抵达,时钟就走漏消息:
每次抵达都无异于归回。

归回哪里呢? 提及循环,
环线虚假如移动的直线,
因为我们的命运之手钻

---

① 多尼戈尔(Donegal),即多尼戈尔郡,位于爱尔兰共和国
西北部。
② "它们",疑指多尼戈尔的风景与地貌。
③ 原文为"Unpack",兼有"剖析"之意。

让所有生活，所有爱，成螺旋。

比如这里：倒挂金钟之径
渗出山丘，例如早期的矿山，
随后消隐：之后与我勾串
又发出比以往熠耀的光。

矿山也比以往更多，衰朽的
老虎在沼泽溪流里游荡，
冲穿杂糅的幽暗和微光
将各自的奇想融于异观；

当海犹在细数她的七姊妹，
当风照旧在沙滩上平铺，
他的白云般的平纹细布，
当夜又拉下厚厚的帷幕。

但究竟是谁拧紧螺丝[1]？我们
离得更迢递，还是螺丝更紧？
我们的所有结束再度开始，
我们的所有深处篡夺表面。

---

[1] "拧紧螺丝"，喻指给某人施加压力。

表面呈现出更亮的光泽，

深处变得愈加幽冥。钢铁

串起心脏。我们的手指感觉

天是那么高，海是那么深。

但冰冷的声音窃笑不止，

絮絮叨叨，且声称螺纹已

裂开，凤凰已溜之大吉①，

青春和诗歌也已离去。

二

刻薄而愚昧的声音，止于此时。

天空会让你的谎言暴露无遗。

被遗忘的话语在一阵阵雾里

自食其虚词，被遗忘的沉默将会

———————————

① "凤凰"，出自莎士比亚的诗作《凤凰与斑鸠》，诗中凤凰与
斑鸠的爱象征忠贞的爱，它们双双殒命的结局让忠贞的爱
蒙上一层悲剧色彩：

　　如今凤凰以死为巢栖身，
　　斑鸠的那颗忠贞之心
　　在永恒之中得以安寝……

麦克尼斯诗中的"凤凰已溜之大吉"是对这种结局的改
写，暗示爱的幻灭。

淹没你的逻辑如数寻深的海水①；

因为年老即变化，变化即更新，

而一群群远古时代的羊将会

屡屡寻见新豁口并从中穿过，

而在西方高空，一朵羊毛般的

白云象征更棘手、旷敞的豁口，

我们光荣而死的父辈从中穿过，

像公羊一样冲出去，离开家门；

家宅如柴堆，蓝色的烟从屋里

袅袅升起，预兆我们无忧无虑，

因为我们彻头彻尾地看待死的

思绪必定向西盘旋而去，升空。

---

① "数寻深的海水"，改自莎士比亚喜剧《暴风雨》中的爱丽
儿之歌：

    五寻深的水里躺有你父亲；
      他的骨头幻化为珊瑚；
    珍珠也是由他的眼睛变成：
      凡是他的躯体的元素
    都经大海浸泡而发生巨变，
    呈现新的面目，神异而绚烂。
    海之仙时刻为他敲响丧钟：
      叮咚。
    听啊！我已听见——叮咚的丧钟。

所以我们将敬意给我们自己，

将敬意给我们的驴兄，水妹①，

以及在无书的书架上沉思、

不知答案也不问问题的海豹。

将敬意给我们的叔叔，风暴无赖，

他噬星似狼，还吞下大西洋，

毫不在乎手段和准则的恶果

但叫神经和大脑都滤成浪沫。

将敬意给我们的新娘，月上新娘，

她带来世界的潮汐作为嫁妆，

在近日以至来日②将我们的门槛

照得透亮，除非我们拉上窗帘。

① "驴兄（Brother the Ass）"与"水妹（Sister Water）"和下文
的"风暴无赖（Knave of Storms）"与"月上新娘（Bride in
the Moon）"都是爱尔兰的文化符号。
② "在近日以至来日"，出自英国浪漫主义诗人威廉·华兹华
斯的十四行诗《尘世踩蹋我们》：

尘世踩蹋我们；在近日以至来日
我们挥霍所得，空费全部血汗；
我们看见自然却不如享受自然；
我们抛却的本心是龌龊的恩赐！
……

三

既然如此,这些美景转瞬即逝却也反复浮现,
而"命运"叫人沮丧也使人满足,拧紧螺丝,
拧动时最好停下,回首闪烁无声的时间螺线,
在地狱之蓝与天堂之蓝交融的永恒片刻里。

因为音乐将重响,汩汩的鳟鱼之溪啁啾如鸟,
僵硬的芦苇和树的软叶低语不止[①],海鸥号哭
在黝黑的沼泽小径里呼唤面颊黝黑的母亲,
一把口琴在黝黑的湿路上重唱"何故?何故?"

如此提问自然妥帖,倘使问题是以曲表述,
倘使我们从不期待答案。若是已预知一切
有谁能活下去?谁也不能,就让雨渗入大地
如过筛,而我们的头脑也如大地,变成筛子,

一座海天之间的悬屋,由泥土似的水构成,
浸湿于我们早年生活的回音,那时我们尚未
蹚着脚蹼上岸,我们最初和最后的地平线
是锃亮如钢的海,被第一把刀切得圆而尖锐。

---

① "低语不止",原文为"whisper",兼有"飒飒作响"之意。

所以从这荒无人烟、饱经风霜的栖枝我看见
灰色波纹,感受风之手重又搭在我的喉咙,
我也再度进入孤寂的境界,再度与异族的
孤寂的生灵,以及整个人类种族,互换心灵。

摘自《快照的一只手》

留守者

凝视黑啤你会目睹马铃薯地的往昔[①]，

一艘班轮抛下家的外壳向西驶去，

白色尾流拍打你的丘疹似的干草堆。

饮尽吧，瑞普·麦克温科[②]。夜已苍老。

你在何处能看见燔燃却不温暖的火？

何处有敢在岩石上航行的巨船？

何处的鱼多得空前，能溢满海洋？

你在何处能找到停止后还报时的钟？

哦，贫穷正是燃烧却不温暖的火。

我的青春正是敢在岩石上航行的巨船。

尚未投生于尘世的人能溢满海洋，

---

① "马铃薯地的往昔"，暗指爱尔兰大饥荒。

② 瑞普·麦克温科（Rip MacWinkle）是麦克尼斯给自己取的略
带自嘲的名字，由MacNeice和Rip Van Winkle（瑞普·范·温
科，华盛顿·欧文的一则短篇故事里的主人公，他在卡茨基
尔山沉睡20年，醒后发现世界已完全改变）组合而成。

死亡正是停止后还报时的黑钟。

我杯中的酒已见底，我却没钱续满。

我凝视黑色残渣和黄色浮垢，

夜已苍老，一只夜莺唤我去我的归宿①——

此刻只属于我，行将不是任何人的家。

返回者

他跨过茫茫水域返回故土度假，

---

① "我的归宿"指死亡。"一只夜莺唤我去我的归宿"源自济
慈的名作《夜莺颂》，诗中的济慈想借酒离开尘世，同夜莺
一起隐入幽暗的森林：

……

我要畅饮，不留踪影地离开尘世，

　　同你一起隐入那幽暗的森林。

——《夜莺颂》（第二节）

济慈笔下的幽暗的森林象征比尘世更美好的死亡：

我在幽暗里凝听；不知多少次

　　我近乎爱上给人惬意的死神，

在苦思的诗中轻呼他的名字，

　　求他把我的安恬之息化入虚空；

　　　　此刻啊，死是前所未有的福祉，

死去而感受不到痛苦，在这夜半，

　　当你正把你的灵魂四处倾吐，

　　以如此激越的情绪！

你永远歌唱，而我有耳也听不见——

　　随着你高昂的挽歌寄身尘土。

——《夜莺颂》（第六节）

他把旋式诱饵或橡胶鳗鱼①钩紧，
钓鲭鱼或绿鳕，也钓他还记得的
莫名之物②，靠的是感受钓线的
跳动，其次才是它上岸时的样子，

若它真曾上岸。他坐在父亲身旁，
父亲的眼睛蒙着一层空间，他谈到
庄稼和天气，但更爱谈莫名之物，
虽然他无以言表。直到谈话终了，
直到心里的火和身外的雨都静默。

而他的思绪返回城市，当他摸着
他的城市领带，自以为大抵成功，
在世上风生水起，若非莫名之物
（也许是直觉上的，虽然始终懵懂）
飞进这间屋绕着他的摇篮盘旋。

所以，在假末与兄弟并行（兄弟的狗
穿过沟渠和羊群的围篱，有如一个

———————————

① 橡胶鳗鱼（rubber eel），一种鱼饵。
② 莫名之物（something），疑是对往昔的模糊印象。

黑色思想①），他突然在兄弟身上看见

莫名之物：一个蠢货——但有尊严

还觉得只要下一阵雨就是好天儿。

渐渐消逝的片刻

在这里窗户上的十字架象征我自己，

但窗户没有打开；

诞生于此，我本应证明自己与众不同。

这般远景不敢敞开；

因为无舌如何说话，无脚如何行走？

在这里待个整月，消遣而不是谋生，

我怎能在这里

设想我平淡的日子能赢得我的梦

所设想的生活？

因为是什么无根却既生根又成长？

———————————————

① "黑色思想"，改用英国玄学派诗人安德鲁·马韦尔
（Andrew Marvell，1621—1678）的诗作《花园》中的"绿色
思想"：

把一切上帝所造之物都扫荡，
化作绿荫里的一个绿色思想。

"黑色思想"本身喻指残忍或邪恶的思想。

可在这里见证这渐渐消逝的片刻，

我至少能设想

正在消逝的一切是如何长存的，

仿佛窗户打开，

山坡上的古老十字架象征我自己。

贝尼哈桑①

我在尼罗河上发现我的护照失实，
竟把灰肤的我说成黑人。一排坟墓
像舷窗②，从棕色悬崖不停凝视，仿佛
时间之笼里的野兽之眼，久已死寂，
无数双黑眼如狮眼一般盯个不歇③，
对准某个特殊日子：放眼未来世界，
到那天，是我死去，而不是它们消逝。

---

① 贝尼哈桑（Beni Hasan），埃及考古遗迹。
② 这首诗的韵脚（abbacca）也是仿照舷窗的形式设计的。
③ 原文为"stare away"，是双关，也可译为"盯向远方"。

内疚之树

我们初见它的时候，它光溜溜
如绞架，在空中涂出一个征候，
但随后就被茂密的树叶包围，
看似葱郁得难以绞死窃贼。

叫声低沉的鸽子从它的枝丛
敲打出可以购得的爱情，
而远在鸽子脚下获得爱情
全靠赊账，借助移动的悄影。

是一场怎样的交易咕咕地
在树干四周进行，谁都猜得
出来，只要看见树皮刻有
无数颗心，可已被飞镖刺透。

因此一旦踏入这魔幻之境
谁都能刻下他自己的心，
以一把折刀刻得齐齐整整——

延长他的寿命和树的生命。

就这样在树上挨排做记号
谁都能得到想要的镇痛药，
喝下镇痛药，被鸽子和昆虫
送入深沉的、深沉的梦中。

直到他后来醒过来，冷冷的，
发现树叶萎落，自己也老了，
而他刻下的心，虽然长得硕大，
他却认不出这颗心属于他。

鸽子的日子已被渡鸦占据，
而且还有尚未支付的利息；
在那光溜溜如绞架的枝丛，
莫不是一根绳套荡在丛中？

悬崖上的屋子

屋内是一盏小油灯的刺鼻味。屋外是
信号,闪烁在大海的荒凉之地。
屋内是呼呼的风声。屋外是风。
屋内是锁住的心和丢掉的钥匙[1]。

屋外是寒冷,是虚无,是汽笛。屋内是
硬汉,他忍痛发现自己的热血冷下去,
而盲钟越敲越响,越敲越快。屋外是
沉默的月,是由她统治的滔滔潮汐。

屋内是先祖的诅咒和祝福。屋外是
天穹空旷的碗,是空旷的深渊。
屋内是一名果断的男人,他跟自己
话不投机,在残梦里相互纠缠。

---

[1] "丢掉的钥匙",疑是对性无能的隐晦的表达,麦克尼斯写
这首诗的时候正处于他创作的干涸期,因此"钥匙"也可
以理解为"诗歌的钥匙"。

476

"8"字结

在巴士顶层前排①,渴望遇见命运②
他就打起精神,用脚使劲加速,
然后,当交通灯变绿,他跳起来疾走,
赶到定好的地方赴约,虽未延误,
却没在那里见到人。他选择等。
没有人来。他也许没必要担忧。

而今天,在火车后方的幽暗处
不愿、不愿遇见命运,他畏缩,祈祷
火车晚点,司机前所未闻地失职,
然而,车轮把他岁月的黑线缠绕,
滚动起来,让这一切有目共睹:
谁会到车站那里去与他相遇。

---

① 此处的"巴士"指双层巴士,诗中的"他"坐在顶层(即第
二层),司机位于"他"的正下方,因而诗中的"他"才把自
己设想为司机。
② "遇见命运",死亡的委婉说法。

477

一位老女士①之死

早晨五点钟，灰色的②声音

穿过潮湿的田野，喊了三次；

漫长的四十载里，声音那头

地面渐渐斜向皱起波纹的湖，

一个孩子瞥见湖中有艘巨轮

闪烁着，它的名字是泰坦尼克③。

名字或呼救？因为名字即呼救——

早晨五点钟船坞里的声音——

对于这位疲倦的老妇，一如此刻：

当她悄悄、缓缓驶向她的冰山；

我们听不清螺旋桨，我们几乎

---

① "老女士"，指麦克尼斯的继母，她深受麦克尼斯的敬仰与
爱戴，这首诗是写给她的挽歌。

② 原文"grey"是双关，既有"灰色"之意也有"沉郁"之意，
汉语里的"灰色"也刚好具备这两个意思。

③ 泰坦尼克（Titanic），英国客轮，建成时是世上最大的轮船，
1912年4月首航时在北大西洋撞到冰山后沉没，麦克尼斯
在诗中把继母之死比作泰坦尼克的沉没。

无法设想她八十年前的模样。

他们的呼救停息了。片刻过后
夜间护士来接班,白昼沉至
船中的海洋,正值灰色的四月,
她花园里的水仙花都在等待,
要给她编个花环,冰山也在等待;
晚上八点钟那艘巨轮沉入海中。

至日（1961）

苹果花

对不曾见过果园的孩子而言
第一朵花就是最娇妍的花；
对喝过威士忌后迷路的青年
而言，此后的早晨就是第一天。

在亚当听到审判之前，对他而言
第一颗苹果就是最可口的苹果；
当燃烧的剑给"堕落①"以认同，
树木就应由他为所有人栽种。

对动荡的脏乱之街的孩子而言
第一片海洋就是最辽阔的海洋；
对青年而言，当天空为他展开
他初见的世界就是他的初爱。

---

① "堕落"，指人类的堕落，传统犹太教和基督教神学将此归
 咎于亚当和夏娃偷吃知善恶树的果实。

但当亚当和夏娃被逐出伊甸园

第一个判决似是最糟糕的判决；

而当痛苦之门咣当一声关上

远处的天空仍然蔚蓝如往常。

因为下片海洋就是第一片海洋，

最后一片海洋也是第一片海洋，

而不管太阳升起得多么频繁，

总有新事物映入我们的眼帘。

因为最后一朵花就是第一朵花，

第一朵花就是最娇妍的花，

而当我们的脚步从伊甸园

迈出，此后的早晨就是第一天。

谜语

"究竟是什么东西绕着房子转个不住",
请猜。我们想,是一头狼还是一只鬼呢?
我们冰冷的后背对准厨房百叶窗的裂缝,
我们受惊的小脸被吹得吐司般温热。

但如今厨师已死,做饭无疑得靠电器,
没留空间给风口或梦境,孩子或老鼠,
纵在别处,我们仍对自己提出这问题:
究竟是什么东西绕着房子转个不住?

慢性子

盯住时钟时钟就会停，他们^①说：
把它丢开你就会长大成人。
愠怒的假日火车也不会
提前出发，即便你急得跺脚。

　　他把时钟丢开，任它走动；
　　汽笛响了，火车笑着启程。

别这么紧促地逼迫我，她^②说；
让我独处我就会落笔，
只是时机未到，我确信你知道
问题所在。请不要掰指度日^③。

　　他把日历丢到一旁不管；
　　邮递员敲门，但没送来信件。

---

① "他们"，疑指自以为是的长者。
② "她"，疑指缪斯。
③ "掰指度日"，出自英国谚语："不要掰指度日，要让每天富
　　于意义。"

哦,永远别把时钟拨快,他们说;

别管它,你有大把的时间,

你做的这种工作,慢慢进展

自然是最好。请不要慌忙。

　　他听从他们的建议,他不急

　　却发现时间已逝,才能尽失。

哦,你的机遇早就来了,时钟说;

别管它,它总停在同一位置①。

是谁说盯住时钟时钟就会停?

看,它走着呢。你的机遇正是我②。

　　他转身看见时钟在呵斥,

　　且旋绕如急流淌过岩石。

---

① 这句是"他们"所说。

② 这句是"时钟"所说。

大西洋隧道
（忆1940年）

美利坚一派灯火辉煌的气象，

向东望去大海黑幽幽，一艘船

黑幽幽，甲板上不见一支香烟；

这好似进入一条之字形隧道。

无数的人行走在回家途中：

爱尔兰的老修女，本应入伍的

年轻人，杰维斯湾[①]的幸存者；

隧道吸纳我们，使我们合体——

但我们对此不知，无论我们

走过多少英里，度过多少日子，

也不管多少声波的代码暗含

预防、毁灭的话。我们只是乘客，

---

① 杰维斯湾（Jervis Bay），位于澳大利亚东南部的海湾。

在这艘船上是，在我们自己的
生活中也是；是乘客，寄生虫，不曾
受托管理耳机或信号，接收不到
电码，而且难以博取信任。隧道

也许即将崩塌，这整个之字形
可能是一道渐渐裂开的罅隙
通向海底，趁着贝尔法斯特
或利物浦①还没勉强欢迎我们。

同时幽暗的船在滚动，一只球
随着桌子滚动而转个不休。
那些滞留在杰维斯湾的水手
或是喊出比分，或是沉默不语。

<hr />

① 利物浦（Liverpool），位于英格兰西北部的城市及港口，
以足球运动盛行闻名，利物浦足球俱乐部于1892年在此
成立。

摘自《幽暗的时代照耀》①

可敬的比德②

鸟儿轻灵地飘入谷仓又飘出

带回一则盎格鲁撒克逊故事:

木制大厅宽敞,正中的炉火窜得高,

他们的脚隐在灯芯草里,他们以手撕肉。

他们抬头,忽见一只燕子从幽暗的

暴风雨中飞来,蜿蜒地飞掠他们头顶,

然后飞走,又钻入变幻莫测的暗夜;

而这种场景,有人说,才是人的生活。

但此刻是就寝时分;他们从长凳上

接连起身,他们跌跌撞撞的巨大身影

---

① 这是一首组诗,每首诗的题目实际上是组诗的题目加上诗本身的题目,比如选译的这两首诗的题目实际上是《幽暗的时代照耀可敬的比德》《幽暗的时代照耀四位大师》。

② 比德(Bede,673—735),即圣比德,英格兰修道士、神学家和历史学家,著有《英格兰人教会史》,这首诗中的"一则盎格鲁撒克逊故事"就出自这本书,诗中的"他们"指诺森伯里亚(Northumbria)国王埃德温(Edwin,大约生于585年,从617年开始统治,死于633年)及其大臣,大臣试图通过鸟儿在暴风雨中飞进屋的故事规劝埃德温国王皈依基督教。

映在颤抖的墙壁上。世界或远方的
伪世界①如何才能成为鸟儿的港湾?
他们闭上被木柴烟熏疼的眼睛:有谁
能猜到他②来自哪里,又去往何处?
这种室内飞行似把燕子衬托得荒谬,
尽管它心痒、絮叨,在空中盘旋、憧憬,
以假定此刻除外的任何生活都存在。

四王③

光线无疑是一致的,生态有所不同:
整个爱尔兰淹没在林中。那些如今
自认身处黄金时代且在格伦达洛④
或克朗麦克诺伊斯⑤让想象摇曳在
废墟之上如火焰的人应该记住:
点燃最初的真实火焰的人往往不是
古代斯堪的纳维亚人,而是僧侣的

---

① 伪世界(non-world),疑指没有上帝的世界。
② "他",指埃德温国王。
③ 四王(the Four Masters),指包括布莱恩·博鲁在内的爱尔兰中世纪四王。
④ 格伦达洛(Glendalough),位于爱尔兰威克洛郡的冰川谷。
⑤ 克朗麦克诺伊斯(Clonmacnois),位于爱尔兰奥法利郡(Offaly)的修道院。

同胞,粗俗的国王(他们疯狂地搜刮

战利品只为互相攀比野心,永远不会

收手)——而这常常会导致一无所有。

这甚至——别在盖尔语联盟讲这事儿——

对"无上之王布莱恩①"而言也不例外,

八十年来沉陷于他自己的阴谋之网,

岁月让他厌腻权力,让他浑身是血,

让他在寒冷的受难日死于帐篷里,

让他归于壁龛。而他已归于壁龛。

他赢得最后一仗;也许太阳早已出来,

而挫败的古代斯堪的纳维亚人还没

痛击他,历史还没认可胜利和溃败。

光线无疑是一致的——且同等富足。

---

① 布莱恩·博鲁(Brian Boru, 926—1014),爱尔兰国王
(1002—1014),大半生都在对抗丹麦人和斯堪的纳维亚
人,在丹麦联盟最终失败后被杀,古斯堪的纳维亚人对爱
尔兰的统治就此结束。

自然笔记

蒲公英

千篇一律，引人注目，

它们照亮我童年的煤渣路，

易于描述，报春花的对立物，

但与报春花相异，能

生长在任何地方，铁轨，码头，

如不让我们堕入情网的

外向的朋友，同时也填满

不见报春花和玫瑰的裂缝。

猫

千篇一律，不受约束，

它们丰富我漫长平淡的童年时光，

难以描述，狗的对立物，

且与狗相异，能

在任何地方调情，跌倒，打哈欠，

如女人——不想要婚约

却走她们自己的路

好让爱人踏上更轻松的路。

秧鸡

千篇一律,叫声刺耳,

它们跨过我童年的周遭的树篱,

易于描述,乌鸫的对立物,

但与乌鸫相异,能

在任何地方赞美夏天,

如拐角处大声喧哗的人——

我们没见过,但其沙哑之声

可让我们确信他们存在。

大海

千篇一律,冷酷无情,

它啪啪地拍击我童年的砾石海滩,

难以描述,大地的对立物,

且与大地相异,能

在任何时候宣布永恒,

如某个东西,或某个人——

我们必须屈服于他,并以

屈服之躯寻觅生活。

沉睡的风

北风：

风被卷成了一团,沉睡在树上,

有名青年在树皮刻下一颗心；

不知何物闯入风的走神之脑,

他抛下绿叶,在天空摊开自己；

此外,他变得如云朵一般高耸,

同时也喧嚣、迅疾、自由且永生。

东风：

风瘫在集市里的一张轻便床上,

她胸怀沉重的历史。当月亮沉寂

不知何物在她的衣服下潜行,

在城市沉睡的时候她渴望水,

就一跃而起,拂走眼中的苍蝇,

拿起罐跑向她自己的季风之井。

西风：

当风静躺在布兰丹之船的甲板

水手们竭力唤醒她；她一动不动，

直到布兰丹拉起她的手，巧合与否

她站了起来，深吸一口，把她的唇

对向船帆，阵阵地吹。迷途已久的船

飞回家里，如一只鸟飞入传说之中。

南风：

在一片难以穿过的荒漠上风把头

藏在一个沙坑里；不知何物滑到

他缺失的耳朵里，他逐渐伸直，

如眼镜王蛇，起身，展开风帽，摇晃，

紧随耍蛇人的曲子，紧随"时光"，

要么破坏这世界，要么赐它福气。

公园里的湖

某个无人的清晨一名自认
永远不会被人爱的小职员
在公园里的湖中划桨，树木
从他头顶冷漠地垂下乳房。

河岸上一对鹅在他走过时
嘶嘶地鸣叫，鸽子都在求偶，
万物讥笑他；躺椅无人落座
却成对放置，无人伴他左右。

不论在自然界或人世，群鸭
游过他的船首如离弦之箭
更显他孤身的窘境，他情绪
低落，以至无视太阳的恩典。

倒刺从箭一般的水纹生出，
起皱有如燧石，唤不起回荡
在他脑海中的"石器时代"
但也有可能刺穿他的心脏。

公园里的星期天①

不见阳光。萧瑟的树嘀咕讽语。
卡罗来纳鸭和加拿大鹅忘却
两岸间的世界,红色天竺葵更添
凉意,幽暗的镜子中尽是讽语,
婴儿车被厄运笼罩,外出者忘却
为何出门,伦敦已迷失,天竺葵
在风中持续挺立,老人感到迷失
但犹自撑持,难民们忘却借口
而变得悲伤,因为讽语化为实体
从遮住隧道的绿色镶板上的
洒水器喷涌而出(拥挤的列车
卡在隧道里如灌肠器),或几近
迷失在隧道间,当腊肠狗奔走
如蜈蚣,无人知道这是几时几刻,

① 这首诗糅合现代生活和《圣经·创世记》里的故事"迨及第七天,上帝完成造物的工作就歇息了",麦克尼斯把《圣经·创世记》里第七天的场景和现代生活融合在一起,既讽刺上帝又讽刺现代生活的空虚。

哪怕有外邦人问起。适逢星期天：
迨及第七天上帝歇息了。那棵树^①
忘却善也忘却恶，趁讽语不休。

---

① "那棵树"，即圣经中"知善恶树"，吃下它的果实能分辨
善恶。

赫拉克利特①变奏曲

流动的甚至是墙壁,甚至是天花板,
且无法只从物理学角度解释;照片
在画镜线上起伏如钓鱼线上的鱼漂,
与此同时,叠放在书架上的书不住地
把标题卷入空格,地毯飞在去往
阿拉伯的途中,否则我不会站在这里——
我有意射出急流的地方——当我把名字
签在随着消融的笔起伏而去的便条,
否则这把椅子不会是"椅中的飞椅"——
在我自认下定决心那天所坐的椅子——
而至于那盏落地灯,它也轻快地坠入
一条不可逾越的恒河:那里无章可循,
华灯只能淹没在荣誉里,不顾某位忧郁
且渐渐消失的女神。不,一任你说什么,
重现乃消失的假定,这可能不妥当,

---

① 赫拉克利特(约公元前540—前470),古希腊唯物主义哲
学家,他认为一切都在流动变化中。

不合适,也不容易被认为不是静态的,

但你滑头的规则捉不到飞速滑动之物,

而且,到时候你这方面的顾问都是这样:

我只是不需要你给予建议,

你也不必费神地把我钉在我的房间里,

因为房间和我都要逃遁,我坦然告诉你:

人不能两次住在同一个房间里①。

---

① 改自赫拉克利特的名言"人不能两次踏入同一条河流"。

反射①

我壁炉上方的镜子反射出窗中屋；
入夜对镜直视时我看见两间屋子，
第一间屋里左边是右边，第二间屋里，
在镜中窗的里面，左边是左边，
但我是背靠背站在那里。落地灯
照入我镜中三次，照入我窗中两次，
镜中火穿过窗户隔在两间屋子外，
窗中火掠过阳台隔在一间屋子外，
我实际的屋子，一边是混糅的夜和灯，
一边是窗玻璃，我从两个方向凝视
远处，透过映像看见家门外的街灯，
而家门内的屋子搁浅在街灯光里，
也许一辆出租车会驶入我的书橱
（书橱里的书不适于阅读），然后经过

---

① 诗中总共提到四间屋子，实际所在的屋子，窗中屋（反射到
窗玻璃中的屋子），镜中屋（反射到镜子中的屋子），镜中的
窗中屋（反射到窗玻璃中又从窗玻璃中反射到镜子中的屋
子），而实际上只有一间屋子，即诗中"我实际的屋子"。

不散发热气的炉火,停在我的书桌旁——
我无法伏案写字,因为我不是左撇子。

堵车

交通灯变红,拒绝改变颜色,

烟越着越短,无人讲话,

报纸在他们手中不见了,

足球博彩里的泡沫不再

冒出,热点新闻冻结,海枣

从他们手中脱落如烧焦的

火柴,女孩不再大张旗鼓地

暴露性别,电码也消失了,

发动机熄火,在人行道上

高玻璃盒①里的腌制的尸体②

仍翘着耳朵,无人讲话,

无人拨号,后面一连几英里

还有巴士前挤,发出刺耳声,

但无人敢下车。女售票员

抑郁且不知所措,拒绝转乘。

---

① "高玻璃盒",对车的比喻。
② "腌制的尸体",指司机。"腌制的"原文为"in pickle",还
  有"陷于困境"之意。

餐车

爱抚只是为掩盖在桌底下偷偷
依偎的行为，我们还不知饿没饿
就跨过那些熟睡之人，摸索菜单，
避免直视周围人，纳闷是怎样的

乡村在雾气缭绕的窗外狂野得
飞入过去，叫我们不能稳住双脚，
一刻也不能。喝汤，还是吃葡萄柚？
我们最好边吃边消遣，然后睡觉，

也是为了消遣。瓶中水摇动瓶底，
杯中水和汤盘里的汤都溢出来，
手鼓在颅骨里敲响，服务员摇晃
在无形的钢索上。无论是好是坏，

吃鱼也罢吃肉也罢，我们的旅程
虽只是单程却让你我欣喜若狂，
我们能否，趁我们还没下车转乘，
冒一次险并引来周围人的目光？

雨刷

整个朦胧的夜里雨刷

在挡风玻璃上收割

一行水；我们战战兢兢，

　　在路上跌跌撞撞，

我们只能看见一段

暗中发光的柏油路，

雨刷在路面扫来扫去，

　　清晰，模糊，又清晰。

可要怎么说这条路呢？

它那近乎无形的弧面

千篇一律，它那远处的

　　无形的边缘神秘莫测——

它们[①]会一直纠缠我们吗，

当夜只被扫过我们的光

---

① "它们"，指上文的"近乎无形的弧面"和"远处的无形的边缘"。

或从其他移动的盒子①里

　　射到我们身上的光刺穿?

盒子里满是玻璃和水,

装有软垫,备有刻度盘,

声称能显示我们驶过的

　　路程,我们行驶的速度。

但仪表或指针都不能

告诉我们要去哪里

或白昼何时到来,假如

　　这条路在白昼就存在。

因为我们已不记得

我们置身于何处,除非是

在夜里,除非天空下着雨,

　　除非这辆汽车在前进,

雨刷摆向后又摆向前,

微微照亮我们面前的路,

我们看着路蹲伏向前,

　　总在我们前面移动,

---

① "移动的盒子",对汽车的比喻。

刚过这一小段被雨刷

扫得清晰而模糊的路，

路就被吸入车轴底下，

　　又被吐到我们身后，消失，

而我们，被黑暗照得目眩，

把黑色[①]未来拽向我们，

剥去我们手上的皮肤；

　　而我们不再跌跌撞撞。

---

① "黑色"，原文为"black"，兼有"晦暗""沉郁"和"悲惨"
之意。

真理

他父亲把真理装在形如棺材的
盒子里，送给他，然后就去世了；
但真理依旧存留在壁炉架上，
木头似的，如塞满真理的玩具盒
或他父亲藏于其中的玩具盒[①]。

然后他离开家，把真理丢在身后，
仍在壁炉架上，邂逅爱情，遭逢战争，
还经受污秽、沮丧、失败、背叛，
直到某天，出于怀疑他来到一所
他已不记得以前见过的房子，

他径直走进去；这里正是他的摇篮，
也正是在这里他学会为人处世。
他举起手，为他的家祈求福祉；
真理飞起并栖息在他的肩头，
一棵大树长出，从他父亲的墓里。

---

① "他父亲藏于其中的玩具盒"，对骨灰盒的比喻。

渎神

渎神之罪……可他纳闷这种罪的
本质是什么？躺在床上打寒噤
他想：如果我想到那些我知道
却不应思考的话——遇到困难时
我将因想到"诅咒"一词而被诅咒——
但诅咒谁？天啊！这些话难以置信；
随意诅咒别人，可我曾经……不，
这就是渎神了，不可宽宥。
于是他把冰冷的被单拉过头顶
对自己发誓：他不曾想过这些
他自己知道却从未承认的话。
七岁时就被诅咒，是太早了。

再过十年，他的名人录不再
广阔如宇宙，他求助于模仿——
祈祷、赞美诗、使徒的信条——
把自己打扮成快乐的渎神者，
但在一个荒谬的世上什么才是

恶作剧,在一个尽是蝼蚁的世上
对政治采取怎样的立场才算明智,
如果对性爱你没有丝毫欲望,
对艺术你不相信沟通的意义?
如果你不信上帝存在,那对他的
玩笑算作什么? 渎神从何谈起?
十七岁时地狱怎会是空荡的。

快到三十岁时,他已认定上帝
只是一句诅咒语,微不足道,
不再值得付之一笑,也不再是
证明个人自由的妥切的理由,
靠否认某些不值得否认的事。
因而人道主义高于一切,唯一的
罪就是违背"人道"的罪——
但你不能称之为"幻象",因为那
只是感情用事;唯一的——你不能
称之为罪,因为那是感情用事——
唯一的失败就是逃避真相。
但在三十岁时,什么才是真相?

又过了十年,神话必不可少,

他想：我可以使用脱离语境的

童年象征，马槽和十字架

对汤姆、迪克和哈里很有用处——

我们不是谁都身陷一场战争，

所以不是被迫称之为磨难①，

这不是我们的错吗？可磨难怎能

永不归咎于你呢？神话里的话

现在只是话而不再是信仰，

消融在他那不曾坚硬如钉的

双手中，也不能再替这个世界

——或他自己——说话，在四十岁时。

四十岁到五十岁。这十年间

他渐渐觉得这个问题无关紧要：

汤姆、迪克和哈里都不是耶稣，

而无论耶稣是不是上帝，

也不管这世上有没有上帝，

这个词都欠妥。对他自己而言

他不是汤姆、迪克或哈里，

更不是上帝，他只是年到五十，

---

① "磨难"与上文的"十字架"在原文中都是"cross"。

无名无姓,没有归宿,一个走动的
问号,但毫无意义,一如任何问题,
或者说,探求答案才毫无意义。

渎神之罪——其本质究竟是什么?

噩梦

窗已成一面冰窗,熊从窗前缓缓走过,
　　渺小如苍蝇;
天花板变作巨网,卷于其中的苍蝇闹个不歇,
　　高大如人类;
地板布满窟窿有如筛子,人们砰砰漏下去
　　落入老鼠的口中。

窗外不见别的房子,映入眼帘的唯有:
　　女士内裤飘在俗艳的
广告牌上,一排镀铬的灯柱漫无边际,
　　无数尸体悬垂下来,
一座破败的教堂不堪入目,塔尖的夜盗报警器
　　以冷漠的高音阻挠闯入者。

这时一个年轻人走来,他想讨些吃喝,
　　想玩乐,祈祷,做爱;
电器声音把他吵得远离滤过的空气,
　　广告牌向他眨眼;

他敲了敲房门，熊冲他嗡嗡叫，苍蝇
　　喊他走进来。

他看见屋里有一张双人餐桌，一面镜子
　　立在双人床侧面，
床头柜上放着一瓶香水，一罐饼干，一本圣经，
　　墙上挂着一个十字架，
旁边是一张漫画明信片：他细细打量这一切
　　然后看见地板

布满小洞，似遭过轰炸，从其中的一个洞
　　飘出一小缕白烟。
他看见烟爪抓住贴近地板的空气
　　并认清它的真面目，
是一个女孩的手臂，他一看见就能听到
　　她说：等等！等到我长大。

她的手臂越来越长，他想弯腰去抓她的手
　　却发现他动弹不得，
她的手臂越来越长，手指摸索援助之手，
　　手臂渐长声音也渐高，
一个旋即得救或失去性命的女人正在

呼救。而他动弹不得。

然后一切嗡嗡地轰隆。窗外灯柱上的少年
    在嘲笑,排下气,哭鼻子,
渺小如苍蝇的男人垂下颈项,高大如人类的
    苍蝇欢呼三声,
而他动弹不得。从地板下的暗处传来一声
    尖叫。手臂已没了踪迹。

美梦

他在常住的房间里醒来，

忽感彻底醒来，一心想打开

看书灯并读书——而开关

在哪儿？不见开关不见灯。不见

灯光、章节或诗文。彻底醒来

他摸索开关，却摸到那本

他留在暗处的书，可那是

一本怎样的书①？他感觉书

突然被谁的手轻轻拿走，

又听见一阵亲切的声音

传来，在暗处响得那么洪亮：

第一章的**开头**是这样的——

绝非第一章，他快摸到开关。

那声音驳答，第一个声音说的

全诗第一章是出自我的诗文，

---

① 由下文的"太初……"和"上帝说'让光降临'"可知此处
　　的书是指《圣经》。

而不是别人的：**开头**是这样的——
他却说，且听，我快摸到开关，
我已彻底醒来，我有明证；
开关在哪儿？我会为你指明
开关的方位。

　　　　　没有开关，
第一个声音答道；太初黑暗
降临于大地，你必须在暗处
等我，直到我告诉你开关
在哪儿，而不是为你指明
开关的方位，你从未知道
是在这里。

　　　　可我知道这个地方，
正是我常住的房间，只不过
开关已消失。

　　　　开关不见了，
再也打不开灯了：所以你
才不肯醒来

　　　　　而我却彻底
醒来，你可得听好。

　　　　　你会告诉我
你曾存在。**开头**是这样的——

听我说,这是我常住的房间;

我能从床铺伸手并感觉到……

什么?

　　那堵墙——但我不能。那堵墙

去了哪儿? 我的床铺贴靠它。

是什么贴靠它?

　　　　　　　你的声音为何

愈见消沉? 我为何听到

水流过那堵墙?

　　　　　　我们之间

被水隔开,我就在岸上,

你必须划桨。

　　　　划桨?

　　　　　　　　船的用途

是什么呢? 我就在岸上。

但我需要借助灯光划桨。

　　　　　　不。

没到岸之前别借助灯光。

摸索你的桨。

　　　　　这是我的桨。

松开绳子吧。准备好了吗? 划。

开头是这样的……

他把桨插入水中，
察觉到那堵墙在后退，听见
椅腿周围泛起涟漪，听见
云雀在烟囱口高歌，听见
衣柜里树叶沙沙作响，闻到
河的所有味道，却只能凭靠
感觉、嗅觉、听觉、知觉，
依旧看不到。这艘船没有
开关。没有开关也没有灯。

没有光吗？
请用力划桨。我在这里。

他划桨。
水噼啪作声，芦苇和细枝
窸窣、嘎吱地响：然后"哐啷"。
那只偷走暗处中的书的手
从暗处露出（那是她的手，
正是她的手），并抓住他的手
帮他走向河岸。

"而上帝说
'让光降临'。"

他常住的房间
已没有平时的墙壁，天空

化作四面墙壁,惊异的湛蓝
围住惊异的翠绿,围住她
却没围住别人。

    彻底醒来。

晦暗之林①

房屋可能被房外的人频频光顾，
如果房中有人思念他们。重回房中
你若与谁相思、单相思或心无所思，
是否糟糕？ 总之，频频光顾太熬人。
要想消除误解你必须走出房屋。

生活可能被它的幻影频频光顾，
如果只是偶然一瞥。迷失在象征
自己的迷宫里且滞留在林中的
这些天（虽然迷失）将是你的一生；
你若抛弃生活，必须是良善使然②。

然而我在林中幽暗的树干间绊倒
却也能发现良善，因此我若看到

---

① "晦暗之林（Selva Oscura）"，出自但丁的《神曲》，在中世
纪象征"罪恶之源"。
② "你若抛弃生活，必须是良善使然（Life, if you leave it, must
be left for good）"，"for good"是双关，兼有"永远"之意，
这句也暗含"永远抛弃生活"的意思。

隐秘的天空兀然射出一道光芒，
或者，发现风铃草漫过我的双脚，
就知道这个世界也是我，尽管浩茫。

我许还蓦见一块空地，一所陌生
的房屋映现——是我家吗？——但此刻
它欢迎我就是欢迎我思念的人；
房门旋转而开，一只手在招呼
我的一生准许进入的所有生活。

从头再来

仿佛我与你相识多年 切勿向我敬酒 除非
错乱的岁月地图上的那些边界不曾变更
而我们流尽泪水 仿佛这是第一座悬崖
我们就从这里拥抱大海 这些是最初的话
由我们传播 吸引鸟儿在我们的白昼筑巢
仿佛晓日永驻 他们独享晨歌却也唱给我们
但只唤醒我和你 我们只在此刻驻足于
一座无人叨扰的蓝色小山的山脊之下
"时间"仍淹留于此 吹奏他枯燥的铁杉笛
而成熟的"片刻"在挣扎且拒绝跌倒 所有
我们殊途而行的那些"岁月"在这由一吻
集聚的世界里忘却自身 趁钟声向外荡漾
直至天空之杯的边缘 把世界留在那里
逼近远处的蓝天 融入蓝天之蓝 从头再来
纵是独一无二的世界 也得从头重新开始
再谈起时有赖于新的舌之火焰 暗冥里的
新的光之技巧 当变得狂野的世界不作声
在她的风暴中从容 在她的古老岩石间雀跃

把今天的这一吻保存在天际的永恒之杯里

如今我也不会对未来或过去索求更多

这是眼由始至终的视觉 耳由始至终的听觉

而顷刻间任何人都得长久地滞留在这座

照亮并切分①映出太阳的边缘的悬崖 仿佛

这整个"中间"②是世界 而我们相爱多年。

---

① "照亮并切分",宾语为"边缘"。
② "中间",指上文提及的"第一座悬崖"和"大海"之间。

燃烧的栖枝（1963）

致玛丽①

请原谅我对你的付出。虽然噩梦
可被祛除,煤渣可被践踏,
我们也要用尽交通工具。嘎吱的
路和腾跃的梦②携我前行
直到我离路而去,丢下
神色癫狂的野兽与你晤面
在定然不存的绿野里。

---

① 玛丽·温布什(Mary Wimbush, 1924—2005),英国女演员,麦克尼斯的挚友(一度是麦克尼斯的情人)。
② "腾跃的梦",对下文"神色癫狂的野兽"的比喻。

肥皂泡

他闻着这种牌子的肥皂仿佛重回八岁时
去过的那座庞大的房宇：浴室的四壁敞开，
一片草地映入眼帘，一轮黄球穿过圈，滚来
然后停在握于一个孩子手中的球棍头上。

这些是那间房中的乐趣：有望远镜的塔楼；
两个褪色的大圆球，分别刻有地球和群星；
走廊里的黑狗标本；蜜蜂翁营的围墙花园；
野兔群居地；假山园；玻璃下的葡萄藤；大海。

他此刻回来重睹这等场景。天气当然晴朗，
一个成人的声音喊道"玩！"，球棍慢慢摆动，
然后啪，一面大锣在幽暗如黑狗的走廊里
轰隆作响，球向前飞，穿过圈，又穿过下个圈，

然后穿过幻影一般的圈，每个圈相继消失，
绿草已高过头，一个生气的声音喊道"玩！"
但球已去向不明，而球棍早就从手中滑落，
手伸在淌水的水龙头下但已不是孩子的手。

似曾相识之感

这种感觉不是成百上千年才出现一次，
而是一眨眼就出现一次，你将刚好坐在
你此刻坐的位置并挠肘，火车仍将经过
恰如此刻这样，说"这种感觉不止出现一次，
不止出现一次，不止出现一次"，车轮将
把时间密集地标在铁轨上，空中的鸟儿
将蜷缩在盒子里，咖啡豆将如此刻这样
被磨碎在研磨机里，我知道你要说什么，
因这一切都发生过，我们都曾饱尝辛酸，
经历我们的"重要年头①"，一切到此为止，
倘若你没有挠肘你真是可爱得过头了，
所以，无论我们理应遵从怎样的规则，
我们的爱必定逾越时间，正是时间在拖欠，
这双重幻象必定消失，过去必定融入未来，
当被人告知叩头我们能打响指，能酣笑，
当你在凝目，我仍将拿起这支铅笔，写下：
这种感觉不是成百上千年才出现一次。

---

① "重要年头"，原文为拉丁语"Magnus Annus"。

在拐角处^①

在拐角处总能见到大海。我们的童年
从假期返回的时候倒出鞋里的沙子，
且知道沙子源头有更多沙子，就像有更多
突现的海藻，有叫人惊奇的地平线。随后
我们稚嫩的爱孤零时渴望结合，在那个
拐角的某处：色诺芬结有层层的疮痂
自知身在家中，哥伦布^②忧惧流浪的生涯，
而《圣经》说它的篇幅已到极限。就在
那个拐角处，无论如何总有一个国度
以无数幺小的浪花侵蚀它的河岸底部，
唯一无政府的民主国家，我们都是与它
心灵相通的公民；我们记得它，如记得一个
以手腕为弹簧弹起陷阱或摇动摇篮的
人；我们记得这个人，当沙子散落在地毯上，

---

① "在拐角处"（round the corner）是一句英文的日常短语，喻
   指"在不远处"或"即将到来"。
② 克里斯托弗·哥伦布（Christopher Columbus，1451—
   1506），意大利探险家，于1492年发现新大陆（即美洲）。

当流亡的躯壳抱怨，当一阵风从拐角处
吹来残骸的气息或盐味，或当一道被月亮
贴到钢铁上的波浪扭动记忆里的手钻。
在拐角处——有朝一日——会有大海出现。

自杀者

而这里，女士、先生们（实际上我不是在
给你们领路），在几刻前就是他的办公室，
这个人你们不曾听闻。看那儿，收文筐里
放满账单，烟灰缸里留有烟灰，灰色①备忘录
堆放在他身上，一排排文件箱密密麻麻，
他尚未回复的信件挤在一起如陪审团，
在镇纸下连连点头，当微风从他离开的
窗户那里吹来；再看这儿，坏掉的收音机
还未经修理，他最后留在便条本上的
涂鸦兴许就是他自己的消化道溃疡，
诸如此类，也可能是铺满花朵的迷宫，
他曾有滋有味地在里面走来走去，直到
他突然跌倒，终于在蜀葵②下的人孔③里
意识到他的所有缺陷。铅笔　尖④也明显

---

① 原文为"grey"，兼有"灰色""枯燥"和"沉郁"之意。
② "蜀葵"，常用来祭祀圣斯塔法诺。
③ 人孔（Manhole），又译检修孔，是锅炉、下水道等的供人出
　　入进行检修的孔，在诗中指迷宫的出口。
④ "铅笔尖"，"笔"和"尖"之间的空格是为了突出"断裂"一词。

断裂,但当他以猫落地时的轻矫的脚步
或用简单的隐身伎俩走出这间屋子,
对熟悉他的人而言,即便街上一片混乱
这个笑容腼腆的男人也在身后留下
一丝完好无损的痕迹。

宠物店

冷血或暖血,爬动或摇曳的
玩物,嘈杂或寂静的玩物,
巨蟒或八哥,拖曳丝绸
如寡居贵妇的鱼,深思的猴,
都摆在这里待人购取。

蚂蚁似的绿色搪瓷水龟
挤在渺小的罐里,一群小鸟
在笼中互相肘击、斗嘴,
而在雪貂那头,耳膜、眼球
觉得金刚鹦鹉太过聒噪。

玻璃后是一片微型沙漠,
沙子上堆满被蛇丢弃的
褶皱的纱布,如用过的绷带;
在隔壁的沙漠里蜥蜴化石
摆出姿势站好,暂作停顿。

但顾客大多想买中意的东西——
兔子,仓鼠,树熊猴,猫咪——
可以抱在膝上爱抚的东西,
幻想它会以爱报爱
如绝育的淫荡女妖。

请咕噜或唧喳,你们得取悦我们,
受我们的性情和钱包摆布;
这里曾是荒野,而今是罐和笼,
但我们能给你们住所,避风港,
可你们的处境或许会更糟。

花展

被夜晚困于帐篷似的大教堂里，在几只灯泡下
他步履艰难地走在无尽的走廊里，不敢漠视
集聚如铜管乐队的花朵；这些花朵不适于采摘
（形如奶油干酪，纸，玻璃，多样的纺织品和塑料），
而且早就不记得天空已被强行地连根拔起，
　　即便它们曾有印象。

似鱿鱼、阴茎或外阴，似交牙或鲸须，似柳条
或秃顶，似硫黄，抑或冰冷如海草或鳟鱼，
这些迷人、愚昧、献媚、妖娆或恶毒的花朵
都对他视而不见；他竭力瞪得它们不敢对视，
但它们太多，也太过虚幻，瞄向同一个靶子①——
　　鸣枪队的不动靶。

因而他付钱进来就以绷带裹眼，但不知为何
忘记跟随他人走出——而此刻出路早已不见，

---

① "同一个靶子"，即诗中的"他"。

不过他内旋的眼睛在他倒下前看见某座

长满荨麻的果园,蓬乱的树篱,甚至某座花园,

那里的花朵,无论自夸或影射,低语或叫喊,

　　仍说一门活语言①。

---

① 活语言(living language),即现用语言。

取代

吐花的玫瑰自带芬芳，
取代标签上的一串名字。
蜻蜓退化为稚虫，
苔原和沙漠拥挤不堪，
投币口的一枚硬币
换来饼干和酒，取代主祭坛。

一只具有内在节奏的
金属龙虾被放置在讲台上，
取代双手易于出错的人；
深海渔民正在签订
浮游生物加工合约，
取代与金枪鱼和鳕鱼的搏斗。

在一座座屋顶脸挂于尖齿
用作诱饵，在盐锅和脑壳里
味道已消散，在一次次
冷冻后往日萎缩的头颅

和娘胎里的稚子的内脏
堆积在深渊里，取代关节。

因此你的"意志"取代
选择，而后花一般凋残，
赋格、誓言和希望化为乌有，
当天气被包装，宇航员滞留在
无尽的轨道，演说者取代
一面旗帜并在旗杆上自缢。

出租车

在第一辆出租车里他独自欸拉[1]，
计价表如实报价。他多给九便士，
但司机感谢他的同时侧目而视，
仿佛想暗示有人讨过一次搭乘。

在第二辆出租车里他独自欸拉，
但计价表额外另加六便士；他照给，
司机摘下围巾说："要确保你只是
对自己欸拉几句，没有别的用意。"

在第三辆出租车里他独自欸拉，
但翻起的座位陷落，且额外另加
一英镑六便士，还飘来一股怪味，
让他想起去往戛纳[2]的一次旅行。

---

[1] 欸拉(tra-la)：表达欢快之情的感叹词，音译为"欸拉"，但
   在诗中"欸拉"所表达的意思很可能与欢快恰恰相反，而是
   愤怒，类似于"他妈的"，这点在诗的结尾体现得尤为明显。
[2] 戛纳(Gannes)位于法国维埃达(Riviera)的城市，以富有
   闻名。

而在第四辆出租车里,他又独自
欻拉,扯着嗓门叫嚷,但司机对他
视若无睹,说道:"欻拉,我可不能
搭载这么多人,更别说多一条狗。"

车祸[1]之后

恢复知觉后他知道
时间定然流逝了,因为
沥青已变得高如铁杉,
他沿沥青爬向他的
防撞头盔,却发现它已
变形,一如他起皱的手。

但生命似乎仍未止息:
他能听见信号从月球
弹回来,层架式鸡笼里
母鸡们把自己烧黑,
盲目的幼猫静默不语
思忖是否要扑上去。

然后他抬起头,看到
空中有两杆巨大的秤,

---

[1] 1961年夏,麦克尼斯遭遇车祸,肋骨严重擦伤。

左边的秤盘空空如也，

右边的秤盘空空如也，

在死寂、死寂的静穆里

他知道死也无济于事。

春季大扫除

跛夫因失去腿而隐隐作痛，
老人哀悼倒地的人体模型，
黎明伴着喑哑的琴弦到来，
春天奔驰在法警的货车里。

脓疱伴着炫光，盛开的木兰
伴着结满浆果的冬青。
没写任何东西的书桌里
藏有钥匙、存根和纪念盒。

拦鱼网下陷，鼹鼠丘隆起，
打字机响起，舆论衰减，
赠给痉挛孩子的成堆硬币
摇晃并碰撞，当出纳机奏响

"春天的仪式"。在边远地区
高大的马群冲撞，黑色手指
在水下挖掘海底，整座公寓

散发出十字面包^①的味道。

和平与和平的谣言。机械的
大脑计算或然性。喷气式飞机
在天空中画出广告和祷辞：
快找个人把一切焕然一新。

新妈们在全新的病房里尖叫，
新型真空吸尘器到处乱窜，
封装起来的失聪的新灵魂
凝视黎明时啁啾的鸟群；

而在沙滩的一根柱子上
有个瘦削的男人擦着柱基，
拖起他的空篮子，呐喊道：
忏悔吧！是收尾的时候了。

---

① 十字面包（hot cross bun），一种表面有十字架图案的小圆
　面包，在耶稣受难节食用。

又是冰冷的五月

郁金香头如棋子——象或后①——
猛拉它们的根,以无声的频率
哀悼着,是风,而不是它们,
在移动;挡泥板贴着挡泥板,
汽车永远不会出现,纵是车主
也不会现身认领它们,是时间,
而不是它们,在移动;肘挨着肘,
在路旁酒吧里有人举起酒
一饮而下,一饮而下,卒被堵住,
阴沟被阻塞,移动已中止,
休息室爆满有如停车场,
郁金香也感觉到春寒料峭,
而倾斜的下风只不过是在
模仿一枚象的移动,前面的
棋格仍在前面,郁金香花瓣

---

① "象""后"和下文的"卒"都是国际象棋的棋子,象沿对角
线移动,后沿直线移动,卒一次移动一格。

只会落下来并堵住阴沟，
一切到此为止；这个月仍是
悬浮无果后的虚假的生机，
是时间在移动，是我们受损。

拉文纳①

我对去过拉文纳留有什么印象？第一，

我是从希腊出发，先到威尼斯，再到拉文纳，

因此我的眼睛似乎暗淡，世界似乎平坦。第二，

见过丁托列托的虚幻的深渊和光线后

我被眼前墙上的镶嵌图案击倒②：鹅群

嘶嘶地啄食狄奥多拉③的腹股沟里的谷粒④，

但此刻她在圣维托教堂⑤的墙上栩栩

如生，像触不到的高个，白手起家的女皇，

她资助基督一性论者和绿党⑥，也有可能

---

① 拉文纳（Ravenna），位于意大利东北的城市。

② "我被眼前墙上的镶嵌图案击倒"，圣维托教堂里的四壁以
   及穹顶都是镶嵌图案，让人看后有一种眩晕的感觉。

③ 狄奥多拉（Theodora，约公元500—548），拜占庭皇后，查士
   丁尼一世（Justinian I）之妻，手中握有统治实权，对当时
   的政治事件和神学问题产生很大影响。

④ 据说，在狄奥多拉没成为拜占庭皇后之前，她的父亲早逝，她
   因迫于生计而做过马戏演员和妓女，她曾在剧院里当着大庭
   广众脱下衣服，腰带系于私处或腹股沟，摊开四肢仰面躺倒，
   奴隶会把谷粒撒在她的私处供鹅群啄食，以此取悦观众。

⑤ 圣维托教堂（San Vitale），位于拉文纳。

⑥ 绿党（the Greens），拜占庭的以农民为主的党派，与以贵族
   为主的蓝党（The Blues）相对。

对人施以刺刑。不止这两点，第三，久已
丢失的恺撒①军港，现在以克拉斯的名义
留存：今天的大海就如他的利布尼亚②战舰，
隐于幕后。拜占庭的问题，以及罗马的问题，
日益突显，他们的名声沉沦在疟疾肆虐的
沼泽里。平坦的土地如今是由一家制糖厂
和一座教堂（克拉斯的圣阿波利奈尔③）
统治。我对去过拉文纳留有什么印象？
一股恶臭混有荣耀的气息，冰冷的
目光掩饰镶嵌的黄金。

---

① 奥古斯都·恺撒（Augustus Caesar，公元前63—公元14），
　罗马帝国第一代皇帝，尤利乌斯·恺撒的继承者。
② 利布尼亚（Liburnia），位于亚得里亚海东北海岸的古国，利
　布尼亚人擅长航海与造船。
③ 即圣阿波利奈尔教堂（Sant' Appollinare），位于拉文纳。

君士坦①

肉上有太多凝乳,横跨金角湾②的

传送带每天都运转两次,它上面

涌现太多深色布帽,层层叠叠的

历史正在重演,慢慢地进展、腐烂——

凹下去的地层里鬼魂有如断层,

有如螨虫,让人想起停滞或瓦解,

融入雾中。这个地方仿雅典而建

似属北方,是通向托米③或基辅④的

歇脚之地;游客的眼睛用宣礼塔

耍玩挑棒游戏,一只虱子蛰伏在

---

① "君士坦",原文为"Constant",麦克尼斯把"Constantinople
（君士坦丁堡,今为位于土耳其西北部的伊斯坦布尔）"缩
写为"Constant","Constant"本身的语意是"常数",喻指
"恒久不变的事物"。

② 金角湾(the Golden Horn),土耳其西部的博斯普鲁斯海峡
的入口,形成伊斯坦布尔港。

③ 托米(Tomi),疑指中非共和国的托米河。

④ 基辅(Kiev),乌克兰首都。

禁用的非斯帽①里，泡沫从许久前

溺死在麻袋里的人的身上冒出，

第四十字军因奸淫掳掠而解体，

神学家，太监，告密者，金匠，涌现如

墙外的真菌，这场游戏代价太高，

一场罗马人和土耳其人的残梦

成形，变为君士坦，水手和流亡者

熟悉它的红灯和雷基酒②，当天空

被连串火焰烧红，不知可是意外，

且如帐篷那般笼罩暴乱和废墟，

但有人从容镇定，脑中另有所想，

他的手掌上有一行字：圣智教堂③。

---

① 非斯帽(fez)，地中海东岸各国的男士佩戴的红色毡帽，呈
圆筒形。
② 雷基酒(raki)，一种产自土耳其和巴尔干半岛的白兰地。
③ 圣智教堂(the Church of the Holy Wisdom)，即位于土耳其
伊斯坦布尔(Istanbul)的圣索菲亚大教堂。

十月作于布卢姆斯伯里[①]

爱德华时代邮筒等候爱德华时代信件；博物馆
张开死寂的双手，一只鸽子在学者衣领上留下
一道痕迹，酒吧的菜单上写着青豆、青菜、豌豆，
黑人和学童四处寻找文化，守护神吹毛求疵，
享乐者在草坪游荡，他们断掉的纤指感到刺痛，
他们娇嫩的眼皮永远低垂，不因新学院而痛苦，
有时，甚至当他们心不在焉，我们最想念他们，
比如，在电话亭从鬼魂之耳里拿出热乎的听筒。

停车收费器在纠察，打开乔治时代的锁，无形的
费用高如渐黄的树林，把我们的历史分类、删减，
而福克斯[②]裹着浴巾禅坐在布卢姆斯伯里广场，
当悬铃木的树叶轻轻落下，嵌入他铜像的头发。

---

① 布卢姆斯伯里（Bloomsbury），位于英格兰伦敦市中心的城区。
② 查尔斯·詹姆斯·福克斯（Charles James Fox, 1749—1806），英国政治家，支持美国独立和法国大革命，1816年贝都福公爵在伦敦的布卢姆斯伯里广场竖立一尊福克斯铜像。

卡戎①

列车员②手中黑压压地攥满钞票；
"拿好你的车票"，检票员说，疑虑
黑压压地占据他的头脑，"紧握
渐渐消失的地图"。我们穿过伦敦，
透过玻璃能看到鸽群，但不能
听见他们谣传战争，我们能看到
丢失的狗在猖吠，但从不知道
他的猖吠尖锐得如雄鸡在啼鸣，
我们只好缓缓行进，在每个请求站
都能看到无数积极却又茫然的

---

① 卡戎（Charon），渡亡魂过冥河去冥府的神。
② "列车员"的原文为"conductor"。"conductor"一词在古语
　里有"船长"之意，与下文的"乘坐渡船"呼应。

面孔①，我们只好缓缓行进，永恒

在旋转的灯光中播出它本身，

然后我们来到泰晤士河②，目睹

所有的桥梁垮塌，更远的海岸

消失在雾中，我们因而问列车员

我们该怎么办。他说：乘坐渡船，

也只能这样了。我们打开手电筒

看到船夫站在眼前，如维吉尔和但丁

看到他那样。他向我们投出冰冷的目光，

眼神死寂，搭在桨上的手黑压压地

攥满奥尔卜③，小腿肚斑驳地呈现出

曲张的静脉，还对我们说出冰冷的话：

你们若想赴死就得为死付出代价。

---

① "在每个请求站／都能看到无数积极却又茫然的／面孔"一句疑是受到 T. S. 艾略特名作《荒原》的影响：

虚幻之城呵，
在冬日黎明的棕色的雾下，
一群人涌过伦敦大桥，那么多，
我没想到死亡毁灭那么多人。

——《荒原：（一）死者的葬礼》

② 泰晤士河（Thames），英格兰南部河流，是英格兰著名的母亲河，沿岸有许多名胜古迹。

③ 奥尔卜（obol），古希腊钱币。

牵线

有人在林中暗处给他们牵线，

她把他吓一跳，因为她还年轻

且来得这么晚。缓缓地缓缓地

细枝在他们的头顶挪动着①，

而在他们脚下草丛里的幼虫

笑着把自己分割。缓缓地缓缓地

云朵在树梢的上空挪动着，

朝没有胆量落山的太阳前进，

他把她吓一跳，因为他已年老

且来得这么早。缓缓地缓缓地

弦乐四重奏曲在内心里

定着调子。你们俩早该相遇，

他说，要不然也不该在此刻。

内心里的弦乐四重奏曲

都已定好调子，却无处可去。

有人在绿坟里给他们牵线。

---

① 此处涉及物理学上的参照物的概念，树枝并没有走动，是
人在走动，但以人为参照物走动的就是树枝。

天生的权利

自打我出生争吵从未间断，
我不曾非想成为男子汉；
他们不问我是否会骑马
就对我喊道"快来外面呀！"
他们拖着尥蹶子的马，说：
"这是你的战马，别问对错。"
他向后翘起耳朵①，我也如此，
我说"骑上他与找死无异"，
他们说"当然"；桀骜的马嘶鸣，
我觉得自己愚蠢，内心惶恐。
太阳升起来，我的脚被卡死。
分钟、时辰和年头都已逝去，
我不知多少机会被我错过，
马童喊道："是时候骑马了！"
我奋着下巴，口渴得张大嘴：
赠予我的马直盯着我的嘴。

---

① "向后翘起耳朵"指马尥蹶子时向后扬头并翘起耳朵，是内
心拒绝或惶恐的表现。

儿童游戏

别碰触我,别忘记我,碰触我,忘记我,

当你从梯子下走过把盐撒在肩头①,

飞走吧,彼得,他们在梵蒂冈②等候,

回来吧,保罗,回到你的马其顿轿车里。

跳房子,翻筋斗,边唱边跳绕圈转③。

我们派谁带走她? 碰到木头④就转身。

我是碉楼之王,肮脏的庸医,你下来。

看见喜鹊你就把盐撒在她的尾巴⑤。

---

① 据迷信,"从梯子下走过(walk under a ladder)"会招致厄
  运,"把盐撒在肩头(throw salt over one's shoulder)"能驱
  除厄运。
② 梵蒂冈(Vatican),罗马教皇皇宫及府邸的所在地。
③ "跳房子""翻筋斗"和"边唱边跳绕圈转"都是儿童游戏
  的名字。
④ 据迷信,在儿童游戏中"碰到木头(touch wood)"就不会
  被捉住。
⑤ 据迷信,"把盐撒在喜鹊的尾巴(put salt upon a magpie's
  tails)"能使心中愿望得以实现,"put salt upon a magpie's
  tails"也有"捉住喜鹊"之意。

猫之友——黑鬼,他认识,我认识,你认识,

因为他把陈设架绕发射场摆一圈。

阿多尼斯①之钟②说"野猪獠牙和骗贼",

守卫一跃而起,詹金斯和众人皆倒。

高贵且年老的"约克公爵③"即将转身,

当你落入汤姆·蒂德勒的地盘④,祈祷吧,

阿塔兰特⑤之钟说"我要以慢跑击败你":

别碰触我,忘记我,碰触我,别忘记我。

---

① 阿多尼斯(Adonis),希腊神话中的美少年,阿佛洛狄特
　(Aphrodite)的情人,被野猪咬死。

② "阿多尼斯之钟说……",模仿《鹅妈妈童谣:柑橘和柠檬》
　的措辞。

③ 约克公爵(Duke of York),英国贵族头衔,受封者多是英国
　国王的次子。

④ 汤姆·蒂德勒的地盘(Tom Tiddler's ground),一种游戏,
　游戏中被选定为汤姆·蒂德勒的孩子划地为界,捕捉侵入
　的孩子。

⑤ 阿塔兰特(Atalanta),希腊神话中善于竞走的女猎手,
　她只愿嫁给能在竞走中击败她的人,因捡拾希波墨涅斯
　(Hippomenes)扔在路上的三颗金苹果而被希波墨涅斯
　击败。

树木聚会①

祝你健康,柳树大师。请给我设计
一根击打红球的球棒;不光如此
我若技穷就得把竖琴挂在你身上。

祝你健康,橡树大师。你象征力量,
可你做事的时候为何一再延宕?
要当心呵,免得铁甲时代撵上你。

祝你健康,黑刺李大师。要活跃、机敏,
要让黑人牧师有一根黑色长棍,
使他的无知的羊群因怕你而跑走。

祝你健康,棕榈大师。如果你给我们
酿造棕榈酒,借助身体拯救我们,
我们会烧尽桥和黄包车来赞美你。

---

① "聚会",原文为"party",兼有"党派"之意。

祝你健康,松树大师。虽然航程终止
请你在自己的桅杆上扬起旗帜,
给我们搭建瞭望台,让我们守望你。

祝你健康,榆树大师。所有巨树中
诗人认出你是最为悠久的树种,
然而大风可能会对你吹毛求疵。

祝你健康,榛树大师。万圣节时你的
有待拾起但不能让人看见的坚果
是必须在你体内叽叽喳喳的鬼魂。

祝你健康,冬青大师。所有装点
客厅墙壁的树中你最惹人喜欢,
但谁能想到你身上流这么多血?

祝你健康,苹果大师。你最高的树枝
引诱我们此时此刻就想爬上去,
尽管古老谣言说你体内或有条蛇。

祝你健康,红杉大师。你那惊人的
腰围和持久的树液,是无可超越的,
但曾在你体内筑巢的生物在哪儿?

祝你健康,榕树大师,但请不要酗酒,
否则你会分不清你的四肢和躯干,
"上下"之感也将从你身上消失。

祝你健康,菩提树大师。如果佛陀
重临,就让你的树枝再度保持沉默,
好让他的话又因你的谅解而洒蜜。

祝你健康,紫杉大师。我的骨头很少,
我也无保留地承认我的租期已到,
但别恼,我会给你开一张延付支票。

运动页面

追忆往昔，口念咒语，逃避现实——

永葆青春之人的球场和战场；

各就各位！预备！争球！比赛开始！

走投无路，如履薄冰，直奔终点，

我们的幽灵弹回来又被掷出，

而球蹲坐在空中如一只蜘蛛，

把球门柱周围的视野串起来，

而我们，虽未上场，却畅所欲言。

但我们的幽灵依靠窃自魔术

和音乐的隐喻，再配以崭新的

女巫扫帚和得分时的咯咯声，

复又跃过五栅门①和熊熊火焰，

而我们看见的名字似乎重于

名字、神液或护身符，直到我们

---

① "五栅门"，在诗中指球门。

想起印出来的线始终是边线，

而我们的比赛都是葬礼竞技①。

---

① "葬礼竞技（funeral game）"，古代西方为纪念刚去世的死者而举行的体育竞赛。

摘自《当他们准备就绪》

一

他们是如此吝啬,都没留下
哪怕一丁点儿小费;其他人
疯狂地给小费,没任何意义,
当冰冷的电脑统计营业额
发现不盈不亏,没任何意义。

二

虽不识字,却通晓多国语言,
他站在坍塌的巴别塔上,
遗传特性被祛除,而即便
他的偶像生有泥土之脑
他也无法读懂楔形文字。

六

他像小丑一样穿过环。生来
就不及环的高度或深度,
他把环投掷在水平的

场地上；环变成一个火轮，
但他像小丑一样穿过环。

九

他在电话簿里被人发现，
按要求赞美旁白和脚注，
也赞美花朵。当他走进
某间房它立刻变成太平间
给他想到的人通风报信。

十

身为市民活在一直膨胀、
烧着无烟燃料的宇宙中，
他在塑料设备中活得够久，
当他们决定录下他的指纹
他却连一个指纹都没留下。

十二

当孩子表明承诺。不必敦促他，
谁都这么说。干旱接踵而至，
随后，当他过二十一岁生日，

一片小于神灵之手的云^①飘来，

在那以后就不必敦促他了。

---

① "一片小于神灵之手的云"，疑是喻指蘑菇云。

这才是生活

这群年迈的女战士从岩石斜道摸索进入王陵,
穿着凉鞋和便裤,急匆匆,红指甲抓住象形文字,
溜到幽深宁静的隐蔽处;一切涌现,美食和服务,
所有赭色家仆和牲畜(从侧面细看),安置好的
便利设施都不收费,好让她们以惯常方式生存,
被花岗岩衬得优雅,这才是生活,她们早已决心,
可在备好的黑石棺里过夜,把头藏在丧尸布下,
沙漠下的幽暗的日子都将氤氲着独立和感恩,
她们因而再也不必担心什么东西会从天而降①,
但只要想就准能得一份法老的火鸡和南瓜派。

---

① "从天而降",原文为"fall out of the sky","fall out"暗指
"fall-out(核爆炸后的放射性坠尘)"。

虎皮鹦鹉

（写给罗伯特·麦克布莱德[①]）

虎皮鹦鹉一身婴儿蓝[②]的羽毛，

它的镜子镶有婴儿粉[③]的边框，

它的笼子是舞台，它的栖枝是道具，

它的黑眼睛是小垫上的别针，

它的尾巴是丢失的唱片上的唱针，

它只能窃窃地说"我在"。笼栏[④]

之外也许有一番别样的景象——

一望无际的星系，繁密的星辰，

众多的行星，无数的小行星，

甚至是客厅远处的四面墙壁——

可这团蓝色小物虽能摆弄

它的喙，却只见它自己和宇宙，

蓝色小宇宙，因此让我摆摆架子，

---

① 罗伯特·麦克布莱德（Robert MacBryde, 1913—1966），苏格兰画家。

② 婴儿蓝（baby blue），一种色调柔和的浅蓝。

③ 婴儿粉（baby pink），一种泛着浅黄的粉红。

④ 笼栏（wire），构成鸟笼的金属栅栏。

让我摆摆架子，让我摆摆架子，

因为这整个世界是舞台笼子

隐居处时装表演托儿所礼堂①

或是宇宙飞船。地球，能听见我吗？

虎皮鹦鹉之于蓝色，镜子之于我：

虎皮鹦鹉，能听见我吗？长尾摆荡，

镜子摇晃在轻如空气的笼中：

虎皮鹦鹉，能看到我吗？射电望远镜

收到一个甚是异常的信号，人类

种族在退化、衰减②，坟墓里的

巨型爬行动物咯咯地叫，大猩猩

在山上交换它们最后的消息，

但虎皮鹦鹉断不是生来无用，

他在燃烧的栖枝上坚守岗位——

我叽叽喳喳地说"我在"③——凝目

---

① 原文没有标点，麦克尼斯故意为之，加上标点是"舞台，笼子，隐居处，时装表演，托儿所，礼堂"。
② 麦克尼斯用跨行的方式把"人类种族"拆成"人类"和"种族"，是为了强调"退化、衰减"。
③ "我叽叽喳喳地说'我在'"是虎皮鹦鹉的独白。

如电视演员对着屏幕孤芳自赏①。

---

① 麦克尼斯在这首诗的最后九行里预言一个充满危险与灾难的人类世界，对虎皮鹦鹉的称呼从"它"变成"他"疑是暗示人类灭绝，而虎皮鹦鹉取代人类，在诗的结尾，把虎皮鹦鹉比作欣赏屏幕里的自己的电视演员是一种讽刺，但讽刺的对象不是虎皮鹦鹉。

贺拉斯①的备忘录

一

*Aere perennius*②? 渐渐消失的方言。

弗拉库斯,为何还要费力追求简洁,

既然知道后代连审视或追随你

都力有不逮,既然他们无法驾驭

语言,更不消说驾驭你的语言,

他们惯常性地被限制于冰冷的

通道里,成了冰冷的精液的信使,

陷在宇宙辐射和喜剧辐射之间,

我们为这等世界竖一座纪念碑,

其恒久性、吸引力,不如一只蜉蝣,

也不如一则昨日洗涤剂的简介?

---

① 昆图斯·贺拉斯·弗拉库斯(Quintus Horatius Flaccus,公元前65—公元8),古罗马诗人,以《颂歌》(*Odes*)和《讽刺诗集》(*Satires*)闻名,自17世纪以来一直对英国诗歌有很大影响。

② "*Aere perennius*",拉丁语,译为英语是"More lasting than bronze"(比青铜更恒久)。

然而

我应更正我的说法，

虽不是想自辨或省时，而是想记录：

你不再滥用①声名如罗马大祭司，

沉默的维斯塔尔②每天都得继续

攀登朱庇特神庙③。但书④是否

已被妥善保存似乎还有待商榷，

即便有人在米开朗琪罗广场⑤上

看见一个头发整齐的无言之人

对过去视而不见。但你的形象永远

"比青铜更恒久"：因为哪怕是硫酸

或别的酸也不能损坏你的形象，

更别说摧毁，你伊奥利亚⑥语的韵律

转变成拉丁语——*Aere perennius*。

---

① "滥用"，原文为"presume on"，也可译为"仰仗"。
② 维斯塔尔（Vestal），古罗马神话里照看维斯塔圣火的神父。
③ 朱庇特神庙（Capitol），位于古罗马卡匹托尔山（Capitoline Hill）。
④ 但书（proviso），正文之外附带的说明。
⑤ 米开朗琪罗广场（Piazzale Michelangelo），位于意大利佛罗伦萨。
⑥ 伊奥利亚（Aeolia），古希腊的殖民地，位于小亚细亚西北沿海地区。

二

归自我那咫尺之遥的昔日祖国，

我想知道我们是如何被批评定义，

   我们[1]不曾见过班杜西亚[2]之春

一如你没见过大西洋的变幻莫测，

你觉得六翼天使和滴水兽无用，

罗马之路对我来说也枯燥无味，

   我倒是喜欢乡间小径

不见罗马笨重的脑袋四处捣乱，

那我们有何共同点，弗拉库斯？如果我

不曾自诩是米西纳斯[3]，你不曾简述

   洛克菲勒中心[4]的生涯，

如果你不曾归入基督教的框架，

---

[1] "我们"，指包括麦克尼斯在内的深受贺拉斯影响的后辈诗人。

[2] 班杜西亚（Bandusia），一个度假村，位于英格兰赫特福德郡圣奥尔本斯市的麦克唐纳峡谷（MacDonald Valley），一度被人遗忘。

[3] 米西纳斯（Maecenas，约公元前70—公元8），古罗马政治家，古罗马皇帝奥古斯都（Augustus）的顾问，贺拉斯的文学赞助人。

[4] 洛克菲勒中心（Rockefeller Centre），位于美国纽约曼哈顿的建筑群，由洛克菲勒家族投资兴建。

我不曾归入异教的框架；就这点来说

你寻不到赫斯铂里得斯①，我就寻不到

　　乐土②，而反之亦然，

如果你寻不到乐土，那我也寻不到

赫斯铂里得斯。看来我们俩都在

历史的特殊场合遇到一个让我们

　　既分开又平行的前提——

只有借助语言才能缩小的鸿沟。

这个时代喧闹如布鲁图斯死在

自己剑下的那个时代，但基于战争

　　和战争的谣言，我会借一丝机会

调高我的音调接近你。你的音调早已

穿过同一条鸿沟去往北方和未来，

给不了丝毫安慰，只不过告诉我

　　你是如何充实你的

---

① 赫斯铂里得斯（Hesperides），位于西方的金苹果园，由众仙
　 女看守。
② "乐土（Tir na nóg，或 Tir-nan-og）"，出自爱尔兰神话，也可
　 译为"天堂""乐园"或"极乐世界"。

一天,而我有权选择步你的后尘。

三

"或当着一片纷乱①" 如我们的一位同辈

在二十世纪三十年代所言,而在另一位

　　羡慕者看来这是 "极端的轻浮",

如果你,弗拉库斯,活在这个年代且不受

　　党派的诱惑,也会甘心一如既往地

充当次要人物。

是的,奥古斯都必得乘坐密封火车抵达,

而你必得称赞他,甚至觉得你有心称赞,

　　一如你有心称赞雷古勒斯②;

但我们可以凭借政治和个人牵绊

　　揣测是什么促使你不出所料地

　　　打心眼里倾向于退步,

溜向拉拉奇③的怀抱。到时你会在

一棵圣栎下的阴影处忘记凯旋门

_____

① "或当着一片纷乱",即这节诗结尾的最后一句。
② 雷古勒斯(Regulus),罗马将军和政治家。
③ 拉拉奇(Lalage),《颂歌》中的贺拉斯心爱之人的名字。

和受人摆布的选举；
啰唆的蝉准许你做爱后入眠，

　　她从梦中醒来，嫣然含笑，

　　　　对你说出只言片语，

你以空话润色，那讲述溃逃之狼的

古老奇谈，而今在伦敦，当所有扩音器

　　吼道"狼重复狼语"

我就能寻见庇护，如你曾经那样，

　　要么在语言里要么在笑声中，

　　　　或当着一片纷乱。

　　四

虽然年迈诗人自认是冥顽不灵的

狄俄尼索斯们，鄙视阿波罗①们，

　　我却认为，弗拉库斯，像你那般

尝试一种有欲望的礼仪更合适②。

耳朵里、嘴里或阴道里的怪玩意儿

———————————

① 阿波罗（Apollo），希腊神话中的神祇，司预言、音乐、医药、
　　诗歌、智慧等之神，即太阳神。
② 原文为"modest"，兼有"谦逊"和"谨慎"之意。

对你来说不是帮助也不是侮辱，

　　却造就堕落的一代，

对他们而言"精益求精①"早被抵押。

而你（虽然他们称你为趋炎附势的寄生虫）

对此必须有所了解，虽然你那个年代

　　甚至从未预见

竟会如此看重无可挽回的"粗制滥造"。

所以如今，当面对空无一人的

疗养院或被霉菌侵袭的旧货店，

　　关键在于永不认可②

任何先入之见：让平庸化为新奇。

你，如果他们称你为遗产猎人③，

对此会表示同意，不管市场如何

　　动荡：关键在于认可

---

① 这里的"精益求精"和下节诗里的"粗制滥造"指诗人写
　 诗的态度。
② 原文为"recognize"，兼有"辨认"之意。
③ 遗产猎人（legacy hunter），又译"遗产追逐者"，意指向富
　 有的老年人献殷勤以期获得遗产的人。

未出生的面容和柴堆里的黑鬼。

这两种天赋，无论是永不认可
还是预先认可，都能在你的时代
　　久逝后造福我们两千年，
能解岁月之毒，促使与眼神呆滞、

下颌多肉的骇人老叟达成妥协，
他们是我们一直规避但不久就会
　　与之相似的人，虽然提及规避
我们的后辈和我们如出一辙。

五

弗拉库斯，有些生灵在你太过恐怖，
唯夕暮时可见，他们白天打瞌睡，
夜里却存有戒心；我有恩于他们：
小蔑视鬼、莉莉丝①和小莽撞鬼。

与他们过从甚密就是让自尊
蒙辱，一个人的宝贵身份经由

---

① 莉莉丝（Lilith），犹太传说中戕害婴儿的女魔。

所幻想之物过滤就丧失殆尽，
到如今只化作手指，影对影。

这却意指摆脱白天在城里伪装的
假身份，自负的、冷漠的陈俗之人，
而你生活在那个年代时曾试图
在你的萨宾①农舍里逃避这种形象。

这甚至对你而言都得以古语描述——
对我们更是如此，在我们眼里，家神，
珀那忒斯，及其同类，只是花言巧语，
只是从超市购得的骨灰瓮。

但我一想起堕落的妖精和幽灵
比你的名著不朽就不由得奇怪；
夕暮时我前去幽会，天空整日都
脏兮兮的，雨雪在即，各类怪物到来，

意图叫我堕落，几乎让我感到惬意，

_____

① 萨宾（Sabine），意大利中部的古代民族，公元前290年被罗
　马征服。

狡诈之爪抓住翻领，匆忙的惯犯

在门厅里给予忠告："趁他们还没

判你无罪并收留你，请先认罪"。*Lusisti*

Satis[①]——有印象吗？一样却又异样，

如今打退堂鼓似乎好过屈服于

这个时代的出镜率高、时常登上

广告的偶像。很快这些暗地里的

渎神且淫秽的交易行为；甚至

记忆里只有童年的第二个童年，

都似乎好过一群茫然的后代，

人的一生只受制于站立空间。

---

① "*Lusisti Satis*"，拉丁语，意为"你干得漂亮"。

观星者[1]

四十二（即便别人对这个数字毫无兴趣

我也对它有点兴趣）年前的今晚，群星闪耀，

西行的火车空空如也，车厢里没有走廊，

因而我在车厢里穿梭能瞥见这罕有的景象，

那些打在天空中的洞[2]甚是明亮

让人几乎睁不开眼，我感到兴奋，部分由于

它们的拉丁名，部分由于我曾在教科书里

读到它们有多么迢遥，似乎它们的光

早在我没出生时就已离开它们（至少几道）。

此刻回想起这件事我才醒悟，

起码在那时候（四十二年前）它们中的

---

① 这首诗源于麦克尼斯的一段少年经历，他在自传《弦音失调》(The Strings Are False)里有所记载："1921年1月，我发现自己独坐在一列夜行火车里，火车左摇右晃地从滑铁卢驶向舍尔伯尼，车厢空空如也，这感觉太美妙了。群星在我两畔闪耀；当火车改变方向，我在车厢里穿梭，探看星座。我真能对夜张口，饮下一袋袋、一桶桶的星星。"

② "打在天空中的洞"，对群星的比喻。

几道离开的光再不会及时到来，

好让我能抓住，而那几道光

终于抵达这里时，可能发现并无

任何活人淹留在

一辆深夜火车里：在车厢里穿梭

欣赏星光，徒然计算零加零的结果[①]。

---

① "计算零加零的结果（add noughts）" 疑是暗指 "那几道光"
终会消逝。"add noughts" 也可作别的解释，屠岸前辈译为
"加几句废话"；"赞美这景象。徒劳地加几句废话" 是屠岸
前辈对最后一行的翻译，"加几句废话" 似乎可以理解为加
几句赞美的废话，暗指诗中的星光终会消逝，赞美无用。

作别伦敦

离开这座卑鄙的大城市，我
勉强装出总算摆脱她的样子，
虽然只要工作缠身就无法摆脱。
　　尽管如此，让花瓣纷纷飘落
　　把一座座城市点缀成花城。

当我初次遇见她，她是鼓和囚车
如大海一般响在我儿时的耳畔，
我的鼻孔里仍留有马尿和汽油。
　　尽管如此，让花瓣纷纷飘落
　　把一座座城市点缀成花城。

随后，对于与我同龄的少年她是
眨眼之门上的外国名字，多变的
酒和冰，无常的眼睛和翡翠。
　　尽管如此，让花瓣纷纷飘落
　　把一座座城市点缀成花城。

后来在伦敦生活、恋爱，我驾驭了
她的雾，引用约翰生[①]的话就是：
厌倦了伦敦就是厌倦了生活。
　　尽管如此，让花瓣纷纷飘落
　　把一座座城市点缀成花城。

然后割取人头的战争到来，
这座城市也被封禁，人越来越少
却越来越亲密，我们重回子宫。
　　尽管如此，让花瓣纷纷飘落
　　把一座座城市点缀成花城。

我们由此重生，却倍感扫兴，
忍受诸多垃圾和冷漠，希望
凤凰升起，因为他们许过此诺。
　　尽管如此，让花瓣纷纷飘落
　　把一座座城市点缀成花城。

无人起身，只见几座无意义的

---

① 塞缪尔·约翰生（Samuel Johnson, 1709—1784），英国作
家，词典编纂家。

建筑物，人们又变得彼此陌生，
对谁都疏远，哪怕是同胞或朋友。

正是如此，花瓣才纷纷飘落
把一座座城市点缀成花城。

尾声

我们或许能深入地相知，

当夜重获青春，且夜夜不同，

当月亮仍悬在杰里科①上空。

谈过去谈得太多了；此时此刻，

当无数时刻卡在心跳之间

我们或许能深入地相知。

可是什么在暗处叮当作响？

我们或许能深入地相知，

当隧道与隧道在山下汇合②。

---

① 杰里科（Jericho），巴勒斯坦的城镇，位于死海以北的西岸
地区（West Bank）。
② 指1962年意大利和法国合力打通勃朗峰（Mont Blanc）隧
道一事。

集外诗

马哈巴利普兰^①

幽暗的圣殿里轮矛然面向大海、触犯大海，

在再无敬神仪式之地沉重的尘世碎浪猛拍

    树苗、公牛和蜡烛，

可这群牧牛人和神祇怎能在岩石间彻夜

起舞呢？望向这失落边境之海的两边：稻谷、

棕榈汁和粪便蜂拥如海市蜃楼，砰砰作响

    如铜锣，海岸无人栖息。

幽静，只听见海水翻涌，澳大利亚的黑色战马^②

来势汹汹，暗冥，只看到鬃毛有如磷火，幽静，

    纵然岩石风车挥刀弄斧——

千手处女^③面对面地睥睨那个蠢货，那个恶魔^④；

---

① 马哈巴利普兰（Mahabalipuram），印度的海边城市，以七座
　巨石塔庙闻名，又称"七塔城"。
② "战马"，喻指突击舰。
③ "千手处女"，指湿婆之妻迦梨女神（Kali）。
④ "那个蠢货，那个恶魔"，即湿婆。

暗冥,纵然毗湿奴①和湿婆散发岩石之光,幽静,

纵然克利须那的牛群号叫着;在暗冥和幽静中

　　注视非凡的生活之乐——

让人又敬又惧;这种天真②胜过十三个世纪前的

罪恶,当时一位艺术家打量这堆花岗岩却只见

　　一堆废墟,然后俯首

冲向岩面之下,仿佛发现一群鱼在跳芭蕾舞,

竞相追逐——是那千形万状:挤奶女工、精灵、

大象、巨蛇和羚羊——他刚瞥见就抓起木槌

　　然后呐喊道:快看哟!

如今我们重见,不在意祷辞和手印的我们

在这印度教的世界里发现一片被红外线

　　相抵的紫外线区域,

苦行和狂欢似是用一种陌生的死语言表达,

但如今我们重见却不琢磨,只是跳过雕刻家

直视岩面内部,我们不是听见就是看到那些

---

① 毗湿奴(Vishnu),印度宗教中的神祇,有崇敬者把他奉为
　　至高无上的神和救世主,也有崇敬者把他、梵天(Brahma)
　　和湿婆一同奉为宇宙守护神。

② "天真",原文为"innocence",兼有"无罪"之意。

熟稔的活语言警句。

熟稔，即便其象征形式内在，熟稔如我们的梦，
一尊尊雕像井然有序，正是我们需要的梦，
　　　因为我们已忘记舞步；
这睡在蛇身的神是我们诞生时便失去的
睡眠的原型，这群没有翅膀、只靠屈膝蓄力
就能飞翔的人物才是我们最诚挚的渴望，
　　　仅次于科学和机遇。

这些浮雕中巨幅有上百之多，高四十英尺，
在很多方面甚至比天堂和动物界更浩茫，
　　　当然半真半假，
因为禁食的苦行僧①总以单腿凌空而立
以获得力量，而在他脚下伪善猫挺直后腿
神气十足，也被雕刻家没有提及的老鼠
　　　羡慕得直咬牙。

他也没有提及被克利须那挽救于厄运的
单纯且俊秀的乡巴佬又变得忙碌而快乐，

----

① "禁食的苦行僧"，即湿婆。

专注于自身，以及他①，
他们②就这样受困于岩石中，他们的牧歌
将激发（同时也祛除）旅行者的欲望和嫉妒，
让旅行者走出自我，去没有裂缝或边缘的
　　世界里寻找自我：

一个单色的世界，所有的色彩放荡不羁，
一个静谧的世界，它的每阵和声清朗可闻，
　　精神和石头的馈赠；
造物一劳永逸地成形，创造者兼毁灭者③
最后一次站在毫无特征的陆地末端；
在暗冥的修道院，一根花岗岩阳具抽象
　　如北极；也同等孤岑。

但旅行者必须继续前进，海浪袭击寺庙，
活花岗岩对抗死水，警句和特征被时间
　　及其风化作用侵蚀；
我们至今才见识神之化身，目睹上帝成形

---

① "他"指克利须那，加粗是为了区别于这节诗第一行中的
　　"他（指上文的雕刻家）"。
② "他们"，指上文的乡巴佬。
③ "创造者兼毁灭者"，即湿婆。

并居于形体之中,感觉我们衰老的肢体

对岩石浮雕中的不朽的肢体予以回应。

　　解脱^①,才是贴切之意。

［ 1959 ］

---

① 　这里的"解脱"和上文的"浮雕"在原诗里都是"Relief"。

序诗
（致爱尔兰的杰出人物）

罗马人把目光投至反方向，道路
依旧是乡间小径，永不准时伸来：
放眼望去，叛乱的牲畜正在突袭，
森林凌乱如幽暗的阴谋，早就被
砍倒却只留下阴谋，一缕缕鬼火
如未经深思的理想，参差的墙壁
裂开如漏洞百出的论点，湿透的
干草堆已泛灰，屈服如奴隶，鸬鹚
像牧师那般等待猛扑，蓝色山丘
像女人那般等待摆脱寂寞，荆豆
闪耀如无休止的寿筵，秃鼻乌鸦
泛滥如拥挤的酒吧里的插科打诨，
黑脸的羊好似黑脸的鬼魂，流浪汉
行走如山楂树，衣衫褴褛，双手粗糙，
鲑鱼并肩地悬浮而游，摆好姿势，
像情侣那般逆流而上，石堆和草垛
摆好姿势有若隐士，碎裂的悬崖

摆好姿势有若碎裂的英雄,波涛
碎裂在他们身上有若岁月,阳光
碎裂,侧穿云层有若上帝的言辞,
灰色变成紫色,暗褐色变成紫色,
绿色绿得已到极限,岩石和污泥
幻化成光,无所不在的超然之光,
吸收所有色彩,而后就蓦地消失;
这一切闪熠与晦暝,腾空与俯冲,
咆哮与梦醒,尖厉的叫声与歌声,
白昼与腐朽,暗夜与愉悦,悲与喜,
利与弊,光辉与污秽,和这座岛屿,
全附着于在大西洋落山、艰难驶入
雾蒙蒙的西部的夕阳。诺曼城堡
和都铎时代的贿赂都徒劳无益:
本地人仍旧是本地人,接受贿赂,
许下诺言而后又食言,正当荆棘
掩埋空无一人的棱堡。因此如今
某所隐蔽于荒草丛的乡下小宅
看起来古老得可以永仁不倒了,
在沼泽里的灰白如骨的橡树旁。
旧的混乱保持自有的模式,新的
秩序寸步难行,几乎是纹丝不动,

只见些许气泡或几只外来昆虫

滑过水面：塞壬的声音在舞厅里

（即便是盖尔语族区的舞厅）引诱

我们缄默且卑鄙的圣人和英雄

去乘风破浪并加入虚华的未来。

你去本布尔本山①吧！对游客而言

这片土地似乎是仙境，避世之所。

但她的儿子视她为不值流连的

梦，她的女儿更是如此；邮轮汽笛

盖过往日的枭鸣。橙色短裙兴许

能抗衡橙色②绶带，但在世界别处

黑白人种把他们的世仇化解为

碎茶杯里的暴风雨。令人晕眩的

无界地球的恐怖之处涌现如蘑菇③，

相比之下，何谓"边界"？而在当前，

她的孩子要么离开并失去爱尔兰，

要么留在那里迷失自我，我们仍能

在吞声前审时度势。我们怎样才能

言之有理或遗下一股感恩的味道？

---

① 布尔本山（Ben Bulben），位于爱尔兰斯莱戈郡。
② 橙色（Orange），暗指奥伦治会（Orange Order）。
③ "涌现如蘑菇"，指突然涌现且数量惊人，同时暗指蘑菇云。

"爱尔兰的杰出人物"？够资格吗？

一场舞台会议？一个历史的陷阱？

一名地理狂热分子？让我们倒掉

种族垃圾而直奔主题：何谓国家？

你去邮局吧！国家可是一个他们

为之献身的归宿，抑或一种姿态，

如在一首诗中、一出戏里，华丽的

辞藻，赋予意外事件以意义，顺便

证实虚无之物？因而那十六个人[①]

在逝去那刻把无人想读的诗歌

强加给他们的同伴？这自然不必

提及，一旦诗歌重新沦为散文——

牧师和杂货商的国度。我们在场，

哪怕只待片刻，提出问题并停留

片刻，等待一个也许会消融在

我们手中的答案。当然还有事实，

哪怕早已经过删减、夸大、篡改，

但总而言之有何意味？某个已被

证讫而我们不想证实的事？好像

有人用日记记载一段露水姻缘

---

① "十六个人"，指因参与复活节起义而被处死的十六个爱尔兰人。

599

省略所有以水挥洒而成的部分，
情感的交织。即便如此，我们这些
生于这片水乡词国的土地的人
也知道判断爱情要以事实为据——
即便这段姻缘理当结束——等于说
此事不曾发生。这就大错特错了。
凡事发生则永续。因为过去永续，
即便邮轮汽笛尖叫不止，而人渣
站在委员会会议室和办公室里，
别处的水一直在流淌。在散文的
字里行间我们瞥见涟漪，如透过
官方面具的孔洞看见一个总是
独处的人，而看清与否无关紧要。
"事实"自有其位置，但应学会保持。
肉体的感觉不只是肉体。我们遇见
她，或错过她，只靠机缘；我们生于
这里，而不是别处，只靠我们把握
机缘，否则就会失而不得。水始终
汩汩流淌，字词冒泡，目光闪烁，
棱镜使身份、那种肮脏、那些争吵、
谎言、失望和自我欺蒙得以保留
却仍不敢证明真爱于世不存；

我们乃是悖论和棱镜的继承者

被"愤怒之鸽"污蔑为趋利避害，

仿佛透过浸满雨滴的柔和空气

阳光能让花岗石或冰砾土幻变，

因而我们——困于两片大陆之间

且没能见证他们的半数的革命，

也没能见识他们的多数的特权：

错综复杂的原始人——依旧能全然

不顾他们的口号，和我们的口号，

渴求带走这时间和地点的机遇，

即便现在也能给它快乐，不知为何。

你去梅努斯小镇①或德里城墙吧，

去卡舍尔城堡②或香农河堤吧，

去隐村克拉达③或空岛布拉斯凯茨④，

去香顿之钟⑤，艾伦沼泽⑥，博因河，

---

① 梅努斯小镇（Maynooth），位于爱尔兰基尔代尔郡（County
　　Kildare）。
② 卡舍尔城堡（the Rock of Cashel），位于爱尔兰蒂珀雷里郡，
　　是爱尔兰最著名的城堡之一。
③ 克拉达（Claddagh），位于爱尔兰戈尔韦郡的村庄。
④ 布拉斯凯茨（Blaskets），位于爱尔兰大西洋沿岸的群岛。
⑤ 香顿之钟（the Bells of Shandon），位于爱尔兰科克郡。
⑥ 艾伦沼泽（the Bog of Allen），位于爱尔兰都柏林之西的泥
　　炭沼泽。

去蒙特乔伊监狱①、克罗克公园②

或杰罗姆山③，去德格湖④或桑迪街⑤，

莱特弗莱克花圃⑥，莱特肯尼酒吧⑦，

克朗麦克诺伊斯十字架，去哪里由你，

去荒僻之地，幽暗且肮脏的城镇，

或黄褐色的豚草地，虽然记载里

没有提及，甚至记在露水姻缘里，

一如悒郁的时分，当两个人觉得

他们的爱因看似随意而确定无疑，

甚是寻常，朴实无华，司空见惯，

悒郁的时分，也是内心隐蔽的时刻，

当他们还有资本忘记说"我爱你"，

还能打哈欠，还能思索其他依旧

以这种缺失为轴心的事情。因此

眼睛能错过溪流中的一股，耳朵

甚至会漠视瀑布，心灵只专注于

---

① 蒙特乔伊监狱（Mountjoy Prison），位于爱尔兰都柏林。

② 克罗克公园（Croke Park），位于爱尔兰都柏林。

③ 杰罗姆山（Mount Jerome），位于爱尔兰都柏林。

④ 德格湖（Lough Derg），位于爱尔兰多尼戈尔郡。

⑤ 桑迪街（Sandy Row），位于爱尔兰贝尔法斯特。

⑥ 莱特弗莱克（Letterfrack），位于爱尔兰戈尔韦郡多山地区康尼马拉的村庄。

⑦ 莱特肯尼（Letterkenny），位于爱尔兰多尼戈尔郡的城市。

实在的事实,忘记被早期思想家

奉为万物之源的水仍是我们的

生命之象征;但已是过眼云烟了,

恰像泥炭再也不能变成森林,

恰像刻好的骰子不能改变点数,

恰像孩子不能否认自己的出生地,

恰像凡人不能忘记最初的爱情,

如是被迫我们能否认水在流吗?

[1959]

塔拉萨[①]

解开船揽，我绝望的伙伴们；
让古远的海藻砰地碎裂，
让声势浩大的浪涛忘记
莽夫们最后一次登船远航，
让所有阻力拧成一股绳——
此刻我们必须要再度起航。

扬起船帆，我沮丧的伙伴们；
让每道地平线晃来晃去——
你们知道恶果：你们不够坚决，
你们不分是非，你们心地不纯，
你们昔日的生活是教堂废墟——
不过，让你们的毒药治愈你们。

扬帆出海，可耻的伙伴们，
但你们将创下纪录，青史留名；

---

① 塔拉萨（Thalassa），希腊神话中的海洋女神。

顶穿移动的大理石悬崖，

独角鲸挑衅我们追求自在；

我们的路线仰仗一颗悬星，

"生命"就在终点。扬帆出海。

[1963]

译后记

毫不夸张地说，任何喜欢现代诗的读者都拜读过穆旦前辈翻译的《英国现代诗选》，我正是在这本书中第一次读到麦克尼斯的诗，虽然穆旦前辈只选译三首麦克尼斯的诗（主要原因是《英国现代诗选》是一本未竟之作，而不是穆旦前辈对麦克尼斯不够重视），但这三首译作在我翻译《麦克尼斯诗选》的过程中发挥了至关重要的作用，我从中获益良多，抛开习得的译诗技巧不谈，措辞上也有不少借鉴之处，比如《秋记续篇》第十八章中的"一盏星星"这种措辞纯粹是模仿他的译作《跳板》中的"一粒信念"。此外，杨宪益前辈译过五首麦克尼斯的诗，可以说每一首都是经典（而且都是杨宪益前辈二十岁出头时的译作），其中《雪》是一首经典译作，译文中的"雪的细卵"用得很巧妙，我受到"卵"这个意象启发而在翻译的过程中注意发掘隐藏在词背后的意象，进而较为完整地呈现麦克尼斯的早期风格。王佐良前辈也是麦克尼斯的译者，拙译《秋天日记》，就整体而言，是以王佐良前辈的前译为根基，《秋天日记》共24篇，虽然王佐良前辈只选译第三篇，但从各个方面——译诗的技巧、句法的变换、译文的措辞和口吻——来讲，王佐良前辈的译文无疑是典范，让我少走不少弯路。因而从某种意义上说这本《麦克尼斯诗选》的译者不止一个，如果我在翻译的过程中没有阅读以上三位前辈的译作，这本译作肯定不堪卒读。

如今出版译诗集之难早已是共识，这本译作能够问世是多人共同努力的结果，感谢张桃洲教授垂青于我，不仅在译诗上为我提出宝贵的建议，而且毫不犹豫地把《麦克尼斯诗选》推荐给"白鲸文丛"的各位老师并纳入出版计划；感谢"白鲸文丛"的各位老师看重《麦克尼斯诗选》并予以出版；感谢诗人、批评家王炜耗费半年多的时间阅读全书并撰写精湛的序言，如果没有他的序言，《麦克尼斯诗选》肯定不会以饱满的面貌问世，他的序言就像一块"跳板"，能让读者以更广阔的视野阅读麦克尼斯；感谢诗人、翻译家连晗生在译诗上对我知无不言，指点迷津。

吕鹏

2022年11月于吉林长春